桜色の春をこえて

一章

「これからあなたに訪れる未来は、どんな未来ですか？」

街中《まちなか》を歩いているとき唐突《とうとつ》に、こんなアンケートを受けたなら、どう答えるだろう。

もちろん、人によって反応は千差万別《せんさばんべつ》だ。明るい未来と答える人もいれば、暗い未来と答える人もいると思う。もしかしたら、

「未来？　そんなものありはしない」

と答える人もいるかもしれない。迷惑《めいわく》そうに舌打《したう》ちし、足早に立ち去る人だっているだろう。

……去年の私なら、なんと答えただろう？　恐《おそ》らく、

「独りきりの寂《さび》しい未来」

と答え、調査員を絶句させただろう。去年の今頃、私は抜け殻《がら》だった。

でも今年は違う。

「希望に満ちた未来」

笑顔で答え、ウインクの一つでもするかもしれない。

希望。それは、明日《あした》がよい日になると信じ、前に進むこと。

『明日はきっといい日になるよ。希望を持つんだ私』

私は始まったばかりの新生活に思いを募《つの》らせながら、自転車のペダルをせっせと踏《ふ》みつける。風が気持ちよかった。春の暖かい風が私の髪《かみ》を靡《なび》かせ、汗《あせ》ばんだ体を優しく撫《な》でてゆく。ときおり飛んでくる桜の花びらが顔にかかるたび、甘《あま》いチョコレートでも食べたあとのように、うっとりしてしまう。

私は明日、この街にある私立中栄《なかさかえ》高等学校に入学するのだ。

この街を選んで正解だった。昨日《きのう》越してきたばかりなので、偉《えら》そうなことは言えないけど、実家のある東京《とうきょう》とは明らかに違っているのだ。

「何が？」と訊《き》かれれば、答えにつまってしまう。空気とか雰囲気《ふんいき》とか、「上手《うま》く説明できない何かが」としか言えない。でも、そんなものだと思う。一目惚《ひとめぼ》れとかと似たようなもので、心が揺《ゆ》り動かされた感覚は、口で説明できるものではない。

何より暖かくてよかった。私は寒さが苦手だ。東北《とうほく》は寒い地域だと思っていたけど、どうやら勝手な思い込みだったらしい。念のため厚めの上着を用意してきたけれど、これなら不要だろう。

大きく息を吸い込むと、緑の香りが鼻孔《びこう》をくすぐってきた。

街道には自然が多く見受けられる。道路脇《わき》の花壇《かだん》や植林、民家のトレリスに誘引《ゆういん》されたスイトピー。それらが絶妙《ぜつみょう》に景観とマッチしており、街の中に自然があるというより、自然の中に街があるといった感じがする。

私は辺りをキョロキョロ眺《なが》めながら自転車を漕《こ》いでいた。当然、脇見運転《わきみ》だ。例え道路に大きな石ころが転がっていたとしても、私が気づくはずもない。視線を前に戻した私が見たのは、石に乗り上げた前輪だった。

反射的にブレーキをかけたのは失策《しっさく》だった。前輪が横滑《すべ》りを起こし、ハンドルが限界まで切れ、激しくバランスを崩《くず》してしまう結果となった。

私自身は地面に足をつき転倒は免《まぬか》れたけど、自転車が横倒しになってしまい、カゴに入れていたビニール袋《ぶくろ》が落ちてしまった。さっきスーパーから買ってきた夕飯の材料だ。

すぐに拾い、中身を確認する。

卵は無事だ。一緒《いっしょ》に購入《こうにゅう》した皿も割れてない。緩衝材《かんしょうざい》で包んであるグラスにも問題はないようだ。よかった。バクバクする胸を撫《な》で下ろしながら自転車を起こす。

なんの変哲《へんてつ》もないシティーサイクルだ。青いフレームは疎《まば》らに塗装《とそう》が剝《は》げ、地金《じがね》が剝《む》き出しになっているし、前輪のホイールも歪《ゆが》んでいる。なんともみすぼらしい外見だ。

今倒れたからではなく、元からボロボロなのだ。リサイクルショップで売られていたのを、十歳《さい》の誕生日プレゼントに、お母《かあ》さんが買ってくれたもので、いわゆる中古というやつだ。本当は新品が欲しかったのだけれど、家計に余裕《よゆう》がないことは、なんとなく知っていたので、駄々《だだ》は捏《こ》ねなかった。

「ありがとう、お母《かあ》さん。大切にするね」

素直に喜び、十五になった今でも大切に使っている。買ってもらったとき、ガスパールなんて名前までつけてしまった。我ながら子供っぽい。

前輪の泥除《どろよ》けには、癖《くせ》のある丸字で『中堰杏花《なかぜききょうか》』と書かれている。なくさぬよう、自分で書いたのだ。そしてその後、この名前が間違いだったことがわかった。このとき私は『中堰杏花』ではなく、現在の『真世《まなせ》杏花』になっていたのだ……。

私は振り切るように首を振った。思い出すのはやめよう。過去に縛《しば》られるのではなく、今は未来に歩みを進めるのだ。希望の未来に。

私は春風の中を突《つ》き進んだ。

滝《たき》のような汗《あせ》が額から溢《あふ》れ、顔を伝い、首を伝い、胸まで達する。ペダルが重い。呼吸が苦しい。心臓の鼓動《こどう》が全身に響く。

私が賃借《ちんしゃく》したマンションは小高い丘の上にある。体力というか、運動能力というか、持久力というか、そういったものと無縁《むえん》な私にとって、この坂が唯一の難点だった。

私はガスパール（自転車）を押しながら坂を上がっていた。

悠々《ゆうゆう》と脇を通過してゆくバイクに、憎《にく》らしげな視線を送っていると、風に絡《から》め取られた花びらが前を横切り、何処《いずこ》かへと旅立って行った。私は静かに微笑《ほほえ》み、疲れきった体に鞭《むち》を入れた。

徐々《じょじょ》に傾斜が緩《ゆる》やかになってゆく。もうすぐ坂の頂上だ。

足が平地を捉《とら》えたとき、目の前がハレーションを起こした。

目が光に順応するに従い、視界の端々《はしばし》で春の使者が踊《おど》り始める。やがて開かれた光のカーテンの向こうに、私は心を奪《うば》われる。

何百本という桜が道の両側に植えられ、それが延々と続いているのだ。これを見れば疲れなんか吹っ飛んでしまう。今は七分咲き程度だけれど、満開になったなら、さぞ絶景が広がることだろう。

ほんとこの街を選んでよかった。ここに引っ越してこなければ、この光景を見ることはできなかっただろう。

ルンルン気分で鼻歌を唄《うた》いながら、途中《とちゅう》の角を右にまがると、周りの景色《けしき》に不釣《ふつ》り合《あ》いなくらい重厚な、五階建ての複合マンションが見えてきた。

駐輪場《ちゅうりんじょう》にガスパールを止め、『チュイルリー・南福住《みなみふくずみ》』と綴《つづ》られた入り口を潜《くぐ》った。このマンションの三階、三〇一号室が私の新居だ。

マンションなんて、どこもヘンテコな名前だけれど、ここの大家《おおや》はなぜ、こんなマンション名をつけたのだろう？

素朴《そぼく》な疑問を抱《いだ》きながら階段を上る。

踊り場にきたとき、小さな男の子が駆《か》け下りてきた。少し遅れて母親と思《おぼ》しき人も降りてきた。私が軽くお辞儀《じぎ》をすると、彼女も返してくれた。

母親か。私のお母《かあ》さんはどんな気持ちでお父《とう》さんを見送ったのだろう？　そして……どんな考えで私の下《もと》を去ったのだろう……。

首の後ろに絡《から》みついてきたものを振り切るように、ダッシュで部屋へと向かった。

私が借りたのはワンルームだ。築十年が経過している割に内装は綺麗《きれい》なもので、壁紙は真っ白、畳《たたみ》には日焼けも見られない。不動産事情に詳《くわ》しくないけれど、これで月四万二千は破格なんじゃないだろうか。

最初は眉唾《まゆつば》だった。なんせ見つけたのは不動産情報を掲載《けいさい》しているインターネットサイトだ。賃貸金額が違っていたり、写真とは全然別の物件だったなど、トラブルの話もよく聞く。それを考えると私はラッキーだ。

二週間前、不動産屋に車で連れてこられたとき、真っ先に桜並木に目を奪われた。そのときは蕾《つぼみ》だったけれど、感動は今より大きかった。この蕾は数週間後には花を咲かせ、ここを溢《あふ》れんばかりの桃色《ももいろ》で飾《かざ》ることだろう。時期的にも、ちょうど私が引っ越してくる頃だ。運がよければ最高の出迎えが期待できる。

窓の外には一面の桜の木。遠くには緑色の山々。街の騒音《そうおん》とも無縁《むえん》なうえ、家賃も手頃。ありえないくらい条件のよい部屋だ。本当にここで合っているのだろうか？　実は間違っているのではないだろうか？

「いいえ、この部屋で間違いありません」

不動産屋の高橋《たかはし》さんは、眼鏡《めがね》を指でなおしながら得意気に答えた。私は目を輝かせながら契《けい》約《やく》書に印鑑《いんかん》を押したのだった。

部屋の隅《すみ》には、ガムテープで封がなされたままのダンボールが積まれている。まだ収納する家具がないため、大半の荷物はダンボールに収めたままなのだ。

引越しの単身パックに納めるため、家具はなるべくこちらで購入《こうにゅう》することにした。冷蔵庫などの電化製品は、事前に家電量販店で購入しておいたので、昨日《きのう》の内に配達してもらった。タンスや棚《たな》は、今度の日曜にでも見繕《みつくろ》ってこよう。食器や洋服をダンボールから出すのは風情《ふぜい》がないけど、今だけと思って我慢《がまん》するとしよう。

両手両足をピンと伸《の》ばし、クッションを枕《まくら》がわりに寝そべる。人の痕跡《こんせき》が感じられないくらい徹底的に清掃《せいそう》された室内は、なんだか他人行儀《ぎょうぎ》だ。生活臭《しゅう》が消えているためだろうか。けれど、目を凝《こ》らすと至るところに擦《す》り傷や窪《くぼ》みが確認できる。生活の残り香《が》は消えていない。人がいた痕跡は消えることがないのだ。

この部屋にはどんな人が住み、どんな人生を送っていたのだろう？

大学生が日々勉学に励《はげ》んでいたかもしれない、仕事に疲れた社会人が一息吐《つ》いていたかもしれない、新婚《しんこん》さんが暮らしていた可能性だってある。

様々な営みを受け入れ、次に繋《つな》いできた部屋。今度は私が引き継《つ》いだ。ここはもう私の家なのだ。ここが私の居場所、帰ってくる場所なのだ。

聞こえてきた歓声《かんせい》に引き寄せられ、台所の窓を開ける。裏は公園になっており、サッカーボールを追い掛ける子供達の姿《すがた》が確認できた。子供達の母親だろうか。女性が三人脇《わき》に立ち、話に花を咲かせている。とても幸せそうだ。

誰にでも幸せなときがある。幼いとき、誰もが自分は幸せだと考えるのではないだろうか。私はそうだった。けれども、月日が覆《おお》い被《かぶ》さってくるに伴い、人生には幸せな時間と、不幸な時間の両方があることを経験する。そして、人は一喜《いっき》一憂《いちゆう》するのだ。

不幸になりたい人はいない。幸せを必要としない人もいない。

全《すべ》ての人はこう願う。

「永遠に幸せでいたい、不幸なんか経験したくない！」と……。

けれど、そんなのは叶《かな》わぬ願いだ。幸せばかり謳歌《おうか》していられない。生きている限り、不幸は否応《いやおう》なしに降りかかってくる。問題は不幸なときではなく、幸せを感受しているときだ。どんな幸せにも、必ず終わりは訪れるのだから。

『幸せが音を立てて壊《こわ》れる』

小説なんかで耳にするフレーズだけど、それは、どんな音なのだろう？

形のないものが壊れるのだ、空気の振動なんか起こるはずがない。やっぱり、ただの比喩《ひゆ》なのだろう。けれど、私は幸せが壊《こわ》れる音を物理的に聞いたことがある。……それも二回。

一回目のときは『ガラガラ』だった。

私の実家は玄関《げんかん》の滑《すべ》りが悪く、開けるときこんな音がするのだ。

ガラガラと音を立てたのち、「さよなら」と言って、お父《とう》さんは家を出て行った。

お父さんとお母《かあ》さん、二人の仲が拗《こじ》れていたことは知っていた。夜中に怒鳴《どな》り声で目を覚ますことも頻繁《ひんぱん》にあった。それでも二人は私に悟《さと》られぬように、夕飯とか休日の買いものとか、家族三人が揃《そろ》っているときには、いつもどおりに振《ふ》る舞《ま》おうと努力していた。しかし、二人は嘘《うそ》を吐《つ》く才能に欠けていた。

まず、お母さんから笑顔が消えた。誰に対しても頬《ほお》を緩《ゆる》ませていたお母さんが、一向に笑わなくなった。そして、笑みの消失と比例するように、溜息《ためいき》の回数が多くなっていった。お父さんからは挨拶《あいさつ》が消えた。お父さんは出勤する際必ず、「行ってきます」を言っていたのに、ある日を境にピタリと口を閉ざしてしまった。まるで「俺《おれ》はこの家となんの関係もない」と言わんばかりに。

それから一ヵ月くらい経《た》ったとき、「さよなら」なんて久方ぶりの挨拶を残して、お父さんは家を出て行った。その日を境に、お父さんとは会っていない。

大人《おとな》って勝手だな、と思った。

お父さんが出て行ったとき、お母さんは涼《すず》しいくらいの笑顔だった。

「今日《きょう》から二人きりになるけど、杏花《きょうか》は寂《さび》しくなんかないよね。お父さんなんかいなくてもへっちゃらよね」

呆然《ぼうぜん》としていた私は、お母さんの言葉に促《うなが》されるまま首を縦《たて》に振った。頷《うなず》くしかなかった。十歳《さい》の子供には、親の言うことは絶対なのだ。

「やっぱり杏花は、私に似て物分かりがいいわね。わがままなお父さんのことなんか忘れて、二人で笑って暮らそう」

今にして思えば、あのときの『寂しくなんかないよね』『へっちゃらよね』は私に言ったのではなく、お母さんが自分に言い聞かせていたのかもしれない。

『お父さんなんか出て行っても寂しくないわよ』

『お父さんなんかいなくてもへっちゃらよ』

『お父さんのことなんか忘れ、笑って暮らすのよ』

こんな具合に。

結局、そのお母さんも、わがままな大人の一員だったのだけど……。

私はクッションを力任せに蹴飛《けと》ばしたのち、『ご挨拶』と熨斗《のし》が貼《は》られた箱を抱《かか》え、部屋を出た。これから隣《となり》へ挨拶だ。箱の中身は洗剤。習わしに沿い、ソバにしようかとも思ったけれど、中にはソバが苦手な人もいるだろうと考え、洗剤セットにした。消耗品《しょうもう》ならイヤがられることはないはずだ。

ビクビクしながら隣のインターホンを鳴らす。何しろ引越しの挨拶なんて初めての経験だし、私にとって隣《となり》の住人は、いわば未知の存在なわけだ。そりゃあ緊張《きんちょう》だってする。

固唾《かたず》を呑《の》みドアが開くのを待つも、全然反応がない。

留守《るす》かな、と思い、踵《きびす》を返そうとしたとき、中からドシドシと足音が聞こえてきた。

なんだ、ちゃんといるじゃないか。

足音が手前で止まり、ガチャリと鍵《かぎ》が外される。やがてドアが開かれ、隣人《りんじん》が姿《すがた》を現す。

私は真っ先に夜の渋谷《しぶや》を連想してしまった。

茶色に染まったミディアムロングの髪《かみ》に、きつめのアイライン。ラメをあしらった黒のTシャツに、サスペンダーをぶらつかせたショートパンツ。

夜遅くまで遊び歩いたことがないのでわからないけれど、そんな時間にいるのは、こんな感じの人なのではないかなと、勝手なイメージを持っていたりする。偏見《へんけん》だろうか。

「誰?」

彼女は当然の質問をしてきた。

「えーと、昨日《きのう》隣に越してきた者です。挨拶《あいさつ》に伺《うかが》いました。これ、つまらないものですけど、どうぞ」

彼女からのプレッシャーに尻込《しりご》みながらも、持っていた洗剤セットを差し出す。

彼女は「ふーん、そう」と素《そ》っ気《け》なく洗剤セットを受け取り、ドアの向こうに消えてしまった。

額を拭《ぬぐ》い、フッと息を吐《は》く。

正直、余りお近づきになりたくないタイプだ。歳《とし》は私より上だろうか、見るからに素行《そこう》に問題を抱《かか》えてそうな雰囲気《ふんいき》だった。……不良ってやつなのかな。あの人とは距離《きょり》を置いておいた方がよさそうだ。

さてと……、こんなものでいいのかな？　私の部屋は端《はし》にあるため、お隣はこの三〇二号室だけなのだ。この階の全世帯を回るのが礼儀《れいぎ》なのかな、とも思ったけど、さすがにオーバーなのでやめた。こっちは一人暮らしの学生だ。世間も堪忍《かんにん》してくれるだろう。

私は自分の部屋へと引き返した。


眼前の赤色が緩慢《かんまん》に揺《ゆ》らつき、徐々《じょじょ》に天井《てんじょう》が像を結ぶ。いつの間にかウトウトしてしまったらしく、外は日が暮れ、窓から注ぐ夕日が部屋を満たしていた。自覚はなかったけど、大分疲れが溜《た》まっていたらしい。

目をゴシゴシ擦《こす》ったのち、冷蔵庫を開け、昼間買ってきた材料をまな板に並べる。

豚肉、トマト、ピーマン、玉ネギ、バター。夕飯はポークソテーだ。少々脂《あぶら》っこいけど、明日《あした》から始まる高校生活に備え、栄養をつけておこう。

キャビネットからナイフケースを取り出し、カウンターの上に広げる。ペティーナイフやスライサ、ポテトピーラーとカービングフォークまで揃《そろ》っている本格的なナイフセットだ。

そこらの店で売っているのと一緒《いっしょ》にしてもらっては困る。スイスの老舗《しにせ》ナイフメーカーの品で、三年間使い込んだ今でも全く切れ味が落ちないのだ。軽くて手によく馴染《なじ》み、使い勝手も抜群で、私はとても気に入っている。

私が料理を始めたことを知った親戚《しんせき》の伯父《おじ》さんが、プレゼントしてくれたのだ。

お母《かあ》さんのお兄《にい》さんにあたり、今年で三十九歳《さい》になるけど、未だ独身だ。真面目《まじめ》で優しいし、責任感も強い。なぜ結婚相手に恵まれないのか不思議でならない。

私のことを自分の娘《むすめ》のように可愛《かわい》がっており、頻繁《ひんぱん》に連絡《れんらく》をくれるのだ。私の携帯《けいたい》の着信履《り》歴《れき》とメールボックスは、伯父さんの名前が八割を占めている。このマンションの連帯保証人も引き受けてくれた。近いうち、お礼を言いに行かなきゃ。

伯父さんは私に愛を注いでくれる。その思いに偽《いつわ》りはないのだろうけれど、時々、にわか雨のように、脈略《みゃくらく》もなく疑念が降ってくる。

これは、実妹が仕出かした途方《とほう》もない行為に、兄として後ろめたさがあるためではないかと。妹の代わりに、罪滅ぼしをしているのではないかと……。

豚肉の筋に切り込みを入れ、塩、胡椒《こしょう》、小麦粉を塗《まぶ》す。トマトを湯むきし、ピーマン、玉ネギを細かく切る。トントントン。まな板の音が規則正しく響く。

大抵の女の子は最初、お母さんから料理を教わる。私もその例に洩《も》れず、お母さんに料理のいろはを仕込まれた。今でこそリズミカルに食材を刻《きざ》めるまでになったけど、料理を始めたばかりの頃は手元が震《ふる》え、キャベツの千切《せんぎ》りすら満足にできなかったのだ。

私の不器用さは、コーチのお母さんを笑壺《わらいつぼ》に放り込んだ。

こっちは真剣なのに、何も爆笑《ばくしょう》することはない。私は本気で腹を立てていた。

台所のテーブルに額を載《の》せ、大笑いしているお母さんを他所《よそ》に、私は手を切らないよう慎重《しんちょう》にキャベツを刻み続けた。

「危なっかしいわね。そんなにビクビクやってたら進歩しないわよ。上達したいのなら、怖《こわ》がってないで思い切っていきなさい。こう」

笑壺から脱したらしいお母さんは、手本を見せてあげるとばかりに、私から包丁《ほうちょう》を奪《うば》い、凄《すご》い速さでキャベツを刻み出した。

「自分を向上させたかったら、傷つくのを恐《おそ》れず進まないと」

そう言って包丁を返してきた。私は教えどおり思い切っていき、左手を絆創膏《ばんそうこう》で装飾したものだった。

そんな私も次第に上達し、お母さんの代わりに食事を作れるまでになった。

当初は、働き始めたお母さんの負担《ふたん》を少しでも減らす目的だった。しかし、始めてみるとなかなか面白くて、知らぬ間に趣味の一つになっていた。

ふと考える。こんな手の込んだことをして、なんの意味があるのだろう？

料理は手間がかかる。使ったボウルやヘラ、食べ終わった食器の後始末。趣味とはいえ、面《めん》倒臭《どうくさ》いのは事実だ。どうせ食べるのは私一人だ。手を抜いたとして、誰も文句は言わないはずなのに。

トントントン。まな板で軽快なリズムを奏《かな》でながら、細かくなっていく玉ネギの刺激《しげき》に瞼《まぶた》を押さえる。部屋に差してきた夕日の眩《まぶ》しさも眼痛に拍車をかけてきた。

不気味《ぶきみ》なほど真《ま》っ赤《か》な夕日だ。そういえば、あの日の夕日も、今日《きょう》みたいに真っ赤だった。

切り終えた野菜を片手鍋《なべ》に入れ、一息吐《つ》く。

これをバターで炒《いた》めればソースのできあがり。あとはお肉を焼けば完成だ。ほんと手間のかかる作業だ。好きでなければやっていられない。食べてくれる人でもいれば話は違うけど。一年ほど、私は自分の分しか作っていない……。

何気なく外に目を向けると、遊んでいた子供達が帰って行くところだった。ベンチに座っていた母親達の姿《すがた》は見えない。夕飯の支度《したく》のため、先に帰ったのだろう。

子供達は、「さよなら、またね」と手を振り、それぞれの方角に散って行った。

あの子達には出迎えてくれる人がいる。家のドアを開ければ、台所から包丁《ほうちょう》の音が聞こえてくるはずだ。もしかするとお父《とう》さんが帰ってきており、居間のソファーで新聞でも読んでいるかもしれない。歳《とし》の近い兄弟が、はしゃぎながら駆《か》け寄ってくるかもしれない。

外の子供達に、少し嫉妬《しっと》してしまった。

私のお父さんとお母《かあ》さんが発した、「さよなら」のあとに、繋《つな》がる言葉はあるのだろうか。

例えば「またね」……とか。

ガスコンロにフライパンをかけ、調理を終了する。食事を早々にすませ、浴室で一日の汗《あせ》を洗い流す。

お風呂《ふろ》から上がり窓を開けると、心地よい夜気が入ってきた。体の火照《ほて》りが徐々《じょじょ》に引いていき、それに呼応する形で眠気《ねむけ》が湧《わ》いてくる。今日はもう寝てしまうことにした。

欠伸《あくび》を噛《か》み殺しながら電気を消し、布団に潜《もぐ》る。

明日《あした》はいよいよ入学式だ。高校はどんなところだろう。体験入学で中に入ったことはあるけど、あんなものでは実際の温度を感じることはできないし、ましてや感触《かんしょく》なんか摑《つか》めるはずもない。温度や空気、感触といったものは、徐々《じょじょ》に自分の中に浸透させてゆくものだ。

そういえば、体験授業のときに仲良くなった、切妻《きりづま》さんはどうしているだろう。隣街《となりまち》に住んでいるらしいけど、受験結果はどうだったのだろう。もし良好だったのなら同じクラスになれると嬉《うれ》しい。

……どんな子と同じクラスになるのだろう。

真面目《まじめ》な子や、不真面目な子。ひょっとすると、隣人《りんじん》のような不良もいるかもしれない。彼ら（彼女ら）と私は、どんな高校生活を送るのだろう。

まだ大人《おとな》にはなっておらず、かと言って子供でもない。大人と子供、そのどちらでもない不安定な時間をすごしている人達が織りなす質感。それはどんな肌触《はだざわ》りなのだろう。柔肌《やわはだ》のようにしなやかだろうか？　荒れ肌のようにささくれ立っているだろうか？　鏡のように滑《なめ》らかだろうか？　針のように刺々《とげとげ》しいだろうか？　淡水のように澄んでいるだろうか？　泥海《どろうみ》のように濁《にご》っているだろうか？

嬉《うれ》しいことや辛《つら》いこと、色々な経験をするだろうし、一概《いちがい》には言えない。とはいえ、人生で二度訪れることのない、かけがえのない青春の一コマをすごす場所だ。なるべくなら笑ってすごせる場所にしたい。いや、すごせる場所にするのだ。

友達もたくさん作るし、勉強だって頑張《がんば》る。部活にも全力で取り組んでやる。握《にぎ》り締《し》めた拳《こぶし》を高々と上げ、自分を奮起《ふんき》させた。

家族がいなくたって、幸せになってやるんだ。

私はゆっくりと目を閉じた。

サッとカーテンを引くと、眩《まぶ》しい朝日が部屋に射し込み、白壁に鮮明《せんめい》な私の影を投影する。

ついにこの日がきた。今日《きょう》、私は新しい一歩を踏《ふ》み出す。

窓を開けると朝露《あさつゆ》の匂《にお》いと共に、雀《すずめ》の鳴き声が聞こえてきた。よい音色だ。思わず耳を傾けてしまう。

静かに深呼吸をし、清々《すがすが》しい朝の空気を体内に取り入れると、眠《ねむ》っていた体が徐々《じょじょ》に目覚めてきた。肌寒《はださむ》さが消え、細胞一個一個が春の陽気を感知し、軽く汗《あせ》ばみ始めた。

軽い柔軟《じゅうなん》体操で寝起きの倦怠《けんたい》感を飛ばしたのち、上着のボタンに手をかける。

新品の制服に袖《そで》を通し、洗面所の鏡の前に立ってみた。

グリーンを基調にしたブレザーで、チェック模様のスカートや、襟《えり》のパータイが可愛《かわい》らしい。中学のときはセーラーだったから、ブレザーを着るのが楽しみだった。

その場でクルッとスカートを翻《ひるがえ》し、

「なかなか似会ってんじゃん、私」

などと、独り言を発してみたりした。

ヘアスプレーで髪型《かみがた》を整え、冷蔵庫の牛乳で咽《のど》を潤《うるお》す。

基本的に朝食は摂《と》らないことにしている。本当なら何かしら食べた方がよいのだろうけど、私はどうも朝に弱いらしく、胃がもたれてしまうのだ。育ち盛りだというのに、情けない。

コップを濯《すす》ぎ、歯磨《はみが》きを終え、出発を決める。ここから学校までは自転車で三十分ほどの距離《きょり》だ。時間的にはまだ余裕《よゆう》がある。しかし万が一ということもある。入学式に遅刻なんてことになればとんだ笑い者だ。万全《ばんぜん》を期して早めに登校した方が無難だ。

ふと今日がゴミの収集日だったことを思い出した。

この街はゴミの出し方に厳しいらしく、市役所は分別《ぶんべつ》の詳細《しょうさい》なパンフレットまで発行しているのだ。袋《ふくろ》も有料で、なくなったら市内の店から買わなければならない。なんでも家庭ゴミの量を減らすのが目的らしい。

戸締《とじ》まりとガスの元栓《もとせん》を確認したうえ、鞄《かばん》と一緒《いっしょ》にゴミ袋を持ち、部屋を出る。

外はいい天気だ。寒さが残っているわけでもなく、むせ返るように日差しが強いわけでもなく、ジメジメした梅雨《つゆ》の時期にもまだ早い。今が一年の内で、もっともすごし易《やす》い季節だ。

私は、花びらが点々と落ちる外廊下《ろうか》を進み、仄《ほの》かな陰影を帯びている階段を下り、すりガラスが塡《は》められている出口を抜け、新たな一歩を大地に刻《きざ》んだ。

陽春《ようしゅん》の下《もと》で高らかに両手を挙げ、もう一度深呼吸をする。

今度は思いっきり吸った。朝独特の湿《しめ》った臭《にお》いではなく、青々とした香りがした。草木が日光に夜露《よつゆ》を払《はら》い除《の》けてもらうときの、焼けるような香りだ。

引っ越してきて三日しか経《た》っていないけれど、私はもうこの街の空気に馴染《なじ》んでいる。この街は私を受け入れてくれた。例えば、今日《きょう》が雨だったらどんな気分だっただろうか。ここまで清々《すがすが》しくはなかっただろう。雨なんて気が滅入るだけだし、やっぱり晴天が一番だ。

甘酸《あまず》っぱいような、ほろ苦いような気分に浸《ひた》りながら、ゴミ収集場に向かう。

カラス除《よ》けネットを捲《まく》ろうと手をかけ、ビクともしないことに首を捻《ひね》る。よく見ると、地面の杭《くい》に、金具で固定されていることに気がついた。

どうやって外すのだろう。しばし金具と格闘するも、一向に外し方がわからず、次第に焦《あせ》りが出てきた。

——ここまで厳重にしなくても。

私が朝一番で途方《とほう》に暮れていたとき、

「ねえ、あんた」

手を止め、後ろを振り返る。

そこには彼女が立っていた。昨日《きのう》、挨拶《あいさつ》に行った私を、玄関《げんかん》先で冷たくあしらった不良な隣人《りんじん》。その彼女が不機嫌《ふきげん》そうな顔で仁王立《におうだ》ちしているのだ。

何より動揺《どうよう》を誘《さそ》ったのは、彼女のいでたちだった。

グリーンのブレザーにチェックのスカート、そして胸のパータイ。今の私に限りなく近い服装をしているのだ。「同じ」ではなく「近い」が正しい。かなり着崩《きくず》されているため、素直に同じ制服と言い切れなかったのだ。……スカート丈《たけ》なんか天と地の差だ。

市内でこの制服を採用している学校は、私がこれから入学する中栄《なかさかえ》高校のみだったはず。

これって、つまり——。

私は惚《ほう》けたように立ち尽《つ》くしていた。彼女は続ける。

「何やってんのか知らないけど、用がないんなら早く退《ど》いてくれない？ そこにいると邪魔《じゃま》よ」

そう言って、持っていたゴミ袋を掲《かか》げた。

「いや、用がないわけじゃなくて……ネットの外し方がわからなくて、その……」

私はビクつきながら言葉を発した。すると、

「愚図《ぐず》なのね」

彼女は器用に金具からネットを外し、ゴミ袋《ぶくろ》を乱暴《らんぼう》に放る。そして甘《あま》い香水の香《かお》りを残し、去って行った。多分、学校に向かったのだろう。

……隣人《りんじん》トラブルだけは絶対に避《さ》けなくては、と心に誓《ちか》った。


私立中栄《なかさかえ》高等学校は、自由な校風を売りにしている。その名は全国的に有名らしく、私のように他県から進学してくる生徒も少なくはない。そのため膨大《ぼうだい》な生徒数を有し、それに合わせる形で敷地面積も広大だ。グラウンドに至っては、壮大《そうだい》という言葉が相応《ふさわ》しい。

とくに驚《おどろ》かされるのは校舎《こうしゃ》の様相だ。

赤レンガ調の外壁、アーチ型の屋根、ガラス張りのエントランス。校舎の典型を一蹴《いっしゅう》した、モダンなデザインを採用しているのだ。斬新《ざんしん》さに敬意を表したいくらいだ。

私が通っていた中学は、クモの巣のように区画整備された都市の一角にあり、規則正しく羅《ら》列《れつ》する建築物に圧迫されながら立っていた。かろうじて運動場と呼ばれている場所はあったけれど、小さな公園程度の規模で、地面は総ウレタンだった。校舎もありきたりなもので、センスを微塵《みじん》も感じさせない造りだった。

さすがは私立。可愛《かわい》らしい制服といい、近代的な校舎《こうしゃ》といい、お金をかける部分が公立とは違う。これでいて進学校なのだから驚《おどろ》きだ。

校舎に比べ、至ってシンプルな正門を抜けた私は、脇《わき》に立つ教師に一礼し、駐輪場《ちゅうりんじょう》にガスパールを停《と》め、夢やら希望やらが犇《ひし》めき合う校内を進む。

校内はどこもかしこも慌《あわただ》しさに包まれていた。

講堂からは、どこか気取ったマイクテストが聞こえ、校舎の窓からは、パイプ椅子《いす》を運ぶ上級生達の姿《すがた》が見え、昇降口の前には、私と同じワッペンを胸につけた子が何人も並んでいた。ワッペンは学年別に色分けされており、新入生は若葉を模した緑色だ。マジックテープで脱《だっ》着《ちゃく》が可能で、進級するごとに新しいのを支給される仕組みらしい。

緊張《きんちょう》のため、初々《ういうい》しい顔はどこか強張《こわば》っている。私も似たような顔をしているのだろう。

期待と不安の入り混じった顔。

月並みな単語だけど、これが一番適切だ。期待と不安。意味は違えども、心情的には似ているのではないだろうか。どちらも心底には希望が含まれている。

未来に対して希望を持っているから、それが叶《かな》わないのではないかと不安になる。逆に不安になるということは、多少なりとも希望を持っていることだ。希望を抱《いだ》かない人はいないし、不安がない人もいない。そしてどんな不安だって、それを上回る希望で覆《おお》い隠《かく》せるはずだ。

昇降口へと入り、備えつけのスリッパに履《は》き替え、照明がきつい廊下《ろうか》を歩く。

大雑把《ざつぱ》に行動をシミュレートしてみた。

まず教室のドアを開ける。何人かはこちらに視線を向けるはず。私は「おはよう」と口を開く。このとき元気いっぱいだと引かれてしまうかな。なんせ全員と初対面なのだ。いきなりハイテンションで入っていったら変な人に思われてしまう。小声で、遠慮《えんりよ》がちに言った方が無難だ。自分の席に荷物を降ろして、椅子《いす》に座る。隣《とな》り合った席に誰かいたのなら、何気なく話かけてみよう。切り口は……そのときになって考えればいい。

問題なのは女子が一人もいなかった場合だ。性別の違いという壁は、やはり強固だ。初対面の男子と話すのは腰が引けてしまう。そんなときは仕方がない、席で大人《おとな》しくしていよう。でも第一印象は重要だ。内気にしているより明るく振《ふ》る舞《ま》った方が断然いい。さて、どうしたものか。

教室に近づくと、中からガヤガヤと聞こえてきた。結構な人数が集まっている。

私はゴクリとツバを呑《の》み込み、ドアをスライドさせた。

「あっ、真世《まなせ》さん！　ひっさしぶりー」

まさか、名前を呼ばれるなんて夢にも思っていなかった。くどいようだけど、この街に知り合いはいない。当然、この高校に中学時代の同級生は誰もいない。仮に私を知っている人がいるとすれば……。

「もしかして、切妻《きりづま》さん？」

念のため確認してみた。

「正解。ちゃんと憶《おぼ》えてくれたんだ。なかなか返事してくれないから、忘れられたのかと思ったわよ」

「ゴメンなさい。体験入学のときと大分見た目が違ってたから、咄嗟《とっさ》にわかんなくて」

「当然よ！　年頃の女の子は、半年もあれば別人のごとく大化《おおば》けしちゃいます！」

「髪型《かみがた》変えたんだね。あと、コンタクトにしたんだ」

「もう高校生だし、思い切ってイメージチェンジしたの。どう、似合ってる？」

そう言って切妻《きりづま》さんは、指で自分の髪を梳《す》いてみせた。

カーラーでアレンジされたショートの髪が流れるように舞い、微《かす》かにシャンプーの匂《にお》いが漂《ただよ》う。椿《つばき》だろうか、ほのかに甘《あま》い香りだ。

「あのロングをバッサリやっちゃったんだ。勇気あるなー」

「真世《まなせ》さんもどう？　思い切ってショートボブとかにすれば」

切妻さんはハサミに見立てた人差し指と中指で、私の髪を切る真似《まね》をしてみせた。

「遠慮《えんりょ》しとく。なんか踏《ふ》み切れないし」

「似合うと思うんだけどな」

切妻さんは残念そうに肩《かた》を竦《すく》めた。演技ではなく心の底から残念そうな顔だった。

ああ、彼女は紛《まぎ》れもなく切妻緑《みどり》なのだ。ふと、そんな考えが脳裏に浮かんだ。

彼女と知り合ったのは半年前の体験入学のときだ。顔見知りもいないため、一人ポツンと割り当てられた椅子《いす》に座っていた私に、気さくに話しかけてくれたのだ。初対面の私とも気兼ねなく話す、明るい子だった。角張った部分のない人柄《ひとがら》に触《ふ》れるうち、私も自然と口が軽くなっていった。

……ただし、容姿《ようし》は今とは別物だった。腰《こし》まであるロングを後ろで結わえ、化粧《けしょう》っ気《け》のない顔には黒フレームの眼鏡《めがね》を光らせ、まさに優等生といったスタイルで、失礼な言い方だけど、目立ったところのない子だった。

私は改めて、様変わりした彼女を見やった。

今の彼女からは、あのときの素朴《そぼく》さは微塵《みじん》も感じられない。現在、青春を謳歌《おうか》しています、と体で主張しているかのようだった。

半年か。長かったようにも思えるし、閃光《せんこう》のようにすぎ去った気もする。ただ、目の前にいる彼女——切妻緑は確実に変化を見せている。外見だけでなく、恐《おそ》らく内面も。

「遅れ馳《ば》せながら合格おめでとう！　これで真世さんは晴れて田舎者《いなかもの》の一員ね」

自虐的《じぎゃく》なジョークを交えながら、切妻さんは私の肩《かた》に手を回してきた。

「ここもじゅうぶん都会だけ思うけどな？」

「お世辞なんかいいって。東京《とうきょう》に比べれば大した規模でもないでしょ」

「でも、バランスが取れてる。全《すべ》てが無機質なアスファルトに覆《おお》われてるわけでもないし、人間関係が希薄《きはく》でもないし。自然がいっぱいで居心地のいい街だと思うよ」

「それって、都会の人が田舎《いなか》を褒《ほ》めるときに使う典型句だって」

切妻《きりづま》さんはガックリと頭《こうべ》を垂《た》れた。私は苦笑いで取り繕《つくろ》う。

その後は会話が弾《はず》んだ。彼女が最近はまったという海外バンドの話や、国内アーティストの解散。今ひとつ成果が奮《ふる》わない地元球団に憂《うれ》いを抱《いだ》いていることなど、切妻さんの話は尽《つ》きることがなかった。

——身近に話せる存在がいるって、いいものだ。

私は張っていた肩《かた》から、スッと力を抜いた。


「みなさんはこの瞬間《しゅんかん》より、栄《は》えある我が高の生徒となられたわけです。私は今日《きょう》という日に何よりの喜びを感じる次第であります」

思うに、簡易《かんい》式のパイプ椅子《いす》は厳《おごそ》かな式には不向きだ。弾力《だんりょく》の薄《うす》い座板は、長時間座っているとお尻《しり》が痛くなってくる。

「それと同時に我が中栄《なかさかえ》高等学校は、東北《とうほく》地方の中心都市に設立され、今年でちょうど二十周年という節目《ふしめ》を迎えることと相なりました」

背中まで痛くなってきた。

「私はこの時期を一つの区切りではなく、転換期と考えております」

前に寄りかかろうにも、肘《ひじ》をつく机もない。この苦痛を解消する手立てはないに等しい。私は寝付きの悪い熱帯夜を越すときのように、体をもぞもぞと動かし、楽な体勢を探していた。

恐《おそ》ろしく長い祝辞だ。既《すで》に十分は経過している。

祝辞なんていうのは例文に沿う形で、ほとんど似たような内容になるはずだけれど、この学校では校長先生のオリジナルらしい。草稿《そうこう》を確認するようすもないことから、即興で話しているのかもしれない。

『式』と名がつくものは、どうも好きになれない。私に限らず、年頃の少年少女にとって、身動きを封じられたうえ、長々とした話を聞かされるのは、苦痛でしかないのだ。

気を紛《まぎ》らわすため、他《ほか》のクラスに目を向けてみた。

新入生はクラスごとに、男女二列に分かれ並んでいる。すぐ後ろは父母が並び、我が子の晴れ姿に感無量といったふうだ。中には、二階席から望遠レンズで我が子を狙《ねら》っている強者《つわもの》もいた。

「教員、そして在校生一同は深い愛情を持ち、みなさんを温かく迎える所存であります」

ようやく終わってくれた。生徒の間から姿勢を崩《くず》す音が聞こえてきた。私も腰《こし》を伸《の》ばし、肩《かた》を回す。これで少しはマシになったかな。

「続きまして、PTA会長祝辞」

アナウンスが響くと同時に、生徒の間から「えー」と非難が漏《も》れる。

司会の先生は咳払《せきばら》いをしたのち、来賓《らいひん》席のPTA会長をステージに促《うなが》した。とうのPTA会長は、そんな会場のようすを尻目《しりめ》に、意気揚々《いきようよう》と壇上《だんじょう》へと歩み寄り、校長先生を上回る長さの祝辞を述べ、満足げな面持ちで席に戻って行った。

時間が押しているらしく、式のピッチが上げられた。市長や同窓会長の祝電が早々と読み上げられ、新入生宣言、教員紹介《しょうかい》、と円滑《えんかつ》に進行される。

在校生の校歌斉唱《せいしょう》を聴きながら、何気なく周りを見渡したときだ。他クラスの列に、明らかに不釣《ふつ》り合《あ》いな人が交じっていることに気がついた。

着崩《きくず》した制服に茶色のミディアムロング。

彼女だ。私の隣《となり》、三〇二号室の不良少女。上級生とばかり思っていたけれど、まさか同じ新入生だったとは。

その粧《め》かしきった身なりからは、新入生が纏《まと》うべき緊張《きんちょう》も不安も見受けられない。場違いなくらい堂々としており、初々《ういうい》しさといったものが皆無なのだ。そのため、どこか浮いた存在に思え、あたかも、そこに独りで佇《たたず》んでいるようだった。

物憂《ものう》げさと苦悶《くもん》が入り混じったような顔を、ときおり顰《しか》め、お腹《なか》を押さえている。

お腹でも痛いのだろうか。かなり苦しそうだけれど、ひょっとして……女の子の日？

確かにあれは辛《つら》い。酷《ひど》いときには、薬を飲まなければ外出すらできないし、高熱が出ることだってある。ストレスが溜《た》まっているため、ちょっとしたことにでも、ついイラッときてしまう。朝の失礼な態度はそのためかな。

私は一人頷《うなず》きながら、「新入生退場」のアナウンスに従い、会場をあとにした。


時計の針が十二時を回ったあたりから、春の陽気も徐々《じょじょ》に衰退《すいたい》してゆき、吹きつける風もなんだか冷たくなってきた。下校する生徒の中にはコートを羽織《はお》っている子もちらほら見られ、私は冬の残り香《が》に身を震《ふる》わせながら、薄着《うすぎ》で登校してきたことを後悔していた。

クラスごとのミーティングを終え、今日《きょう》は午前中で解散となった。実家を離れ、新しく市内に居住する新入生に配慮《はいりょ》し、早々に切り上げたというわけだ。住民票の移動とか、新生活を始めるには何かと手間がかかる。私もその一人だけれど、役所への手続きはとうに終えている。帰ったら気楽な午後を満喫するだけだ。

「やっぱり東京《とうきょう》って暖かいの？」

隣《となり》を歩いている切妻《きりづま》さんは、私のようすを察したらしかった。

「暖かいというより、暑い。夏場なんてクーラーがなきゃ家の中でも熱中症にかかりそうなくらい」

寒さで強張《こわば》った頬《ほお》の筋肉を、たどたどしく動かす。

「それ、マジすか？」

「はい、マジっす！　扇風機《せんぷうき》なんか熱風がくるだけで役に立たないっす」

「私、東京《とうきょう》で生活する自信ないな」

「そうかな、住んでしまえば慣れると思うよ」

「無理無理。暑いのだけはダメ。慣れるなんてあり得ない」

「大丈夫《だいじょうぶ》だって。どんな辛《つら》さだって、すぐに慣れるよ」

そう、人は順応しまう。悲しみだって、いずれは自分の中に置き場を見つけることができる。

そして受け入れ、前に進んでいくのだ。

「真世《まなせ》さんにしてみたら、今日《きょう》は寒いくらいなんだね」

「朝はあんなに暖かかったのに。できれば上に着るものがほしいかな。切妻《きりづま》さんは平気なんだ」

「そりゃあそうよ。この街で生まれ育ったんだから」

生まれ育った街か。故郷を捨てた私にとって、耳に痛い響きだ。

切妻さんが急に辺りをキョロキョロし始めた。

友達でも捜しているのだろうか。彼女は地元組だ、新入生の中に知り合いがいるとしても不思議ではない。

「友達と待ち合わせでもしてるの？」

切妻さんは「えーっと」と言葉を濁《にご》し、

「それより、ちょい上かな」

マフラーで口元を隠《かく》しながら言った。

つまり、友達より『ちょい上』の存在を探していると……。

私は即座に意味を飲み込み、「ははーん」と悪戯《いたずら》な笑みを浮かべた。

「あっ、いたいた。おーい！」

切妻さんが手を振る先には、男子生徒が一人立っており、その彼もこちらに気づいたらしく、手を振り返してきた。

私はにやけ顔のまま、切妻さんの肩《かた》を肘《ひじ》で小突《こづ》く。

「御祭《おさつ》しのとおりです」

彼女は、しおらしく答えたのち、彼を紹介《しょうかい》してくれた。

名前は砂森歴《ゆなもりわたる》といい、切妻さんのお隣《となり》に住んでいるらしい。いわゆる幼馴染《おさななじ》みというやつだ。

驚《おどろ》いた。というか、余りにもベタな関係に唖然《あぜん》となった。こんなの一昔前の純愛ドラマや、捻《ひね》りのない少女マンガでしか見たことがない。まさか実在する間柄だとは。

もう一度切妻さんを小突いた。今度は少し力を込め、グリグリとやった。脇《わき》に当たってしまったらしく、切妻さんは擽《くすぐ》ったそうに身を仰《の》け反《ぞ》らせながら、砂森君へ私の紹介を始めた。

「もったいねえ。せっかく東京《とうきょう》に生まれたのに、自ら進んで田舎者《いなかもの》になることねえじゃん」

つい数時間前、似た台詞《せりふ》を聞いた気がする。二人は相性バッチリのようだ。

「自由気ままな一人暮らしってわけか。羨《うらや》ましいな。俺《おれ》もいつの日か、うるさい親元を離れて自由を謳歌《おうか》したいもんだ」

砂森《ゆなもり》君は遠い目で虚空《こくう》を見つめる。彼が見ている春空のスクリーンには、自由を謳歌している己《おのれ》の姿《すがた》が映っていることだろう。

「自炊《じすい》はおろか、部屋の片付けもろくにできやしないくせに。歴《わたる》が一人で暮らしたら間違いなく阿鼻叫喚《あびきょうかん》の地獄絵図《じごくえず》になるわ」

切妻《きりづま》さんは両手を広げ、呆《あき》れポーズを取った。砂森君は口元を微《かす》かに引き攣《つ》らせる。痛いところを突《つ》かれたというやつらしい。

「女ってやつはなんでこう夢がないんだ」

「現実主義って言ってよね。理想と妄想《もうそう》の区別ぐらいちゃんとつけないと」

男の子にとって一人になることが理想なのだろうか。やっぱり、自分の城とかいうのに憧《あこが》れているのだろうか。私は意図せず手に入れてしまった。独《ひと》りきりの城を。けして望んだわけではないのに。

「家事とか大変でしょ」

「うん。でも一年も続けてるから、今では日課かな」

言い終え、自分が語るに落ちてしまったことを悟《さと》った。

「真世《まなせ》さんって、中学のときから一人なの？」

困ったな。他人に我が家の内情を晒《さら》すのは気が引けるし、聞かされる方としても面白くないはずだ。だから、

「お母《かあ》さんの帰りが遅いから、家事は基本的に私がやってたんだ」

姑息《こそく》な言い回しでやりすごした。当時、お母さんの帰りが遅かったのは事実だし、家事は私が担当《たんとう》していたのも、また事実。嘘《うそ》は一つもないけれど、彼女を騙《だま》していることには変わりない。多少なりとも罪悪感はあった。

そして次の一言に、私は激しく動揺《どうよう》させられることとなる。

「娘《むすめ》に手料理振《ふ》る舞《ま》ってもらえるなんて、真世さんのお父《とう》さん感無量なんじゃない」

衝撃的《しょうげき》だった。吸った空気と吐《は》いた空気が咽元《のどもと》でぶつかり、激しく咳《せ》き込んでしまった。

胸をトントン叩《たた》き、咳を静め、背中を擦《さす》ってくれていた切妻《きりづま》さんにお礼を言う。

空咳《からぜき》で咽《のど》の調子を整えていると、正門付近で大型車の停車音がした。シャトルバスが到着したらしい。遠くから通学する生徒のため、学校ではシャトルバスを運行しているのだ。

「私と歴《わたる》はあれで帰るけど、真世さんはどうするの？」

どうやら二人は、朝あれに乗ってきたらしい。

「私は自転車だから、ここでお別れだね」

切妻さんは「じゃあまた明日《あした》ね」と微笑《ほほえ》んだのち背中を向ける。砂森《ゆなもり》君も「俺《おれ》のこともよろ

しくな」とあとに続く。

私は二人がバスに乗り込むのを見送り、家路についた。


部屋の前まできたとき、玄関《げんかん》ポストに挟《はさ》まっているものに気がついた。なんだろうと思い引っ張り出してみると、それは文房具屋《ぶんぼうぐや》なんかで売られているプラスチックバインダーで、表紙には『マンション便り　三階』とラベルが貼《は》られていた。大家《おおや》さんからの連絡《れんらく》でも記されているのだろうか。そんなことより、まずは部屋に入ろう。

私は暖かい部屋の中に逃げ込む。

脱《ぬ》いだ制服をハンガーにかけ、衣類用ミストをスプレーし、皺《しわ》を伸《の》ばしながら一日を振り返ってみた。

運よく切妻さんと一緒《いっしょ》のクラスになれたし、切妻さんの恋人らしき砂森君とも面識を持った。滑《すべ》り出しは好調だ。この調子で他《ほか》のクラスメートとも上手《うま》くやっていこう。

明日《あした》から部活の見学が許される。私は中学からやっていた弓道部《きゅうどうぶ》を候補に挙げているのだけれど、切妻さんはどこを選ぶのだろう。やっぱり砂森君と同じ部活を選択《せんたく》するのかな。あり得る。

あの二人はそうとう深い仲だ。あのとき、この世界には間違いなく二人しかいなかった。私の存在なんかなかった。帰りのシャトルバスを待つ、大勢の生徒なんて存在していなかった。……恋は何物にも勝《まさ》る、か。お母《かあ》さんも同じ状態だったのだろうか。私なんかそっちのけで、自分とあの人だけの世界を見出してしまった。

古傷が軋《きし》み始めたとき、コツコツと靴音《くつおと》が聞こえてきた。私の部屋の前をすぎ、隣《となり》の部屋辺りで止まり、次の瞬間《しゅんかん》、ガシャンと乱暴に玄関《げんかん》ドアが閉められた。隣人《りんじん》が帰ってきたようだ。やっぱり粗暴《そぼう》な人なのかなと思いながら、マンション便りに目を通す。

予想通り、大家さんからの通知だった。なんでも屋上の給水塔《きゅうすいとう》が故障《こしょう》したため、しばらくの間、修理業者がマンションに出入りするとのことらしい。

他《ほか》に書かれていることは……。

ページを捲《めく》った私は、あれ？　と首を捻《ひね》った。目にかかる前髪《がみ》を掻《か》き上げ、もう一度よく確認する。

バインダーには三階の各部屋番号と、入居者の苗字《みょうじ》が記載《きさい》されているのだけれど、私がいる三〇一号室の欄《らん》は、『真世《まなせ》』ではなく『大和田《おおわだ》』となっているのだ。

あれこれ考えを巡《めぐ》らせ、そうか、前ここには大和田さんという人が住んでいたんだ。私は越してきたばかりだから、まだ用紙に記載されていないのだろう、と自己解決した。

他に連絡《れんらく》事項はなく、最後に、〈読み終えたなら、次の部屋へ回してください〉とあった。小さく呻《うめ》いた。またあそこに行かねばならないとは。

正直、気が進まないけれど、飛ばすわけにもいかない。重い腰《こし》を上げ、マンション便りを次の部屋、三〇二号室へと回しに行く。

インターホンを押すと、昨日《きのう》と同じく、ドシドシと足音が響いてきた。

できれば彼女ではなく、家族の誰かに出てきてほしいな、と祈《いの》った。けれど私の祈りは、肌《はだ》寒《さむ》い春風に飛ばされ、虚空《こくう》へと掻き消えてしまったようだった。

開いたドアの向こうにいたのは――彼女だった。私と同じ新入生でありながら、入学当日から堂々と服装を乱し、あからさまな化粧《けしょう》までしてくる、不良な隣人。

「今日《きょう》はなんの用？」

彼女は私を確認するや、不機嫌《ふきげん》さを滲《にじ》ませた声で応対してきた。「今日は」とついていることから、昨日の挨拶《あいさつ》の意味はあったようだ。着替えの途中《とちゅう》だったらしく、上着を脱《ぬ》いだブラウス姿《すがた》だ。パータイも外され、スカートはホックだけで腰《こし》に定着している状態で、私がいかに予期せぬ来訪者だったのかを物語っていた。

そして、帰ってきてすぐ洗顔したのだろう、化粧の下に隠《かく》されていた素顔が明るみの下に晒《さら》されていた。

「…………」

私は口をポカンと開けたまま、無言で彼女を凝視《ぎょうし》していた。

……見惚《みと》れていたのだ。

濃《こ》い化粧《けしょう》に注意が逸《そ》れ、気づくのが遅れたけれど、彼女はなかなか端整《たんせい》な顔立ちをしていた。アイラインなんかしなくても瞳《ひとみ》は大きく際立っているし、張りのある頰《ほお》はモスリンのように柔《やわ》らかそうで、エアウェーブをかけた髪《かみ》がふんわりしている。

絶対にあんな厳《いかめ》しい化粧より、ナチュラルメークの方が似合っていると思う。

「さっきから何ジロジロ見てんの！」

彼女の怒気《どき》を含んだ声で、我に返った。

「あっ、いえ、なんでもないです。これどうぞ」

両腕《うで》をピンと伸《の》ばし、マンション便りを渡す。よく考えると同級生なのだから、敬語を使う必要はないのかもしれない。

彼女は昨日《きのう》と同じく、射抜くような目で睨《にら》んでくる。視線に堪《た》えかねた私は、首を垂《た》れ、下を向いた。なんだか、バレンタインデーの告白シーンみたいだ。渡すものはチョコではなく、マンション便り。目の前にいるのは憧《あこが》れの人ではなく、不良な隣人《りんじん》。

その不良な隣人は沈黙《ちんもく》している。さっきのことが気に障《さわ》ったのだろうか。だとしたら状況は芳《かんば》しくない。彼女は間違いなく素行《そこう》に問題を抱《かか》えている。長時間ここに留《とど》まっているのは危険かもしれない。早めに切り上げよう。

「それじゃあ……」

それじゃあ、私はこれで。そう言って切り上げようとしたとき、両手にかかっていた重みが消え、ドアが閉められた。

一瞬《いっしゅん》、小さな声で「ありがとう」と聞こえた気がしたけれど、恐《おそ》らく空耳《そらみみ》だ。

自分の部屋に戻り、クッションに寝そべる。

まさか同じ高校の、同じ学年の子と隣《となり》同士になるなんて。確かマンション便りには『澄多』と書かれていた。『すみた』と読むのだろうか。

隣人関係に苦労させられそうだな、と思っていると、不意に部屋のインターホンが鳴らされた。

「はーい」と玄関《げんかん》へ進み、ドアスコープを覗《のぞ》く。すると、魚眼《ぎょがん》レンズは不審《ふしん》な男性を映し出していた。

――怪しかった。あからさまに怪しかった。上下に赤いスーツを着込み、ソワソワと挙動《きょどう》不審なありさまは、とても宅配業者や光熱費の徴収《ちょうしゅう》人には見えなかった。返事をしてしまったため、居留守《いるす》も通じそうにない。

念のためドアチェーンをかけ、もしものとき悲鳴を上げる準備をしながら、恐《おそ》る恐る玄関を開けた。

「えーと、真世《まなせ》……杏花《きょうか》さん、ご本人ですね？」

私を確認した赤い男性は、ビクッと体を緊張《きんちょう》させたのち、バカ丁寧《ていねい》な口調《くちょう》で話し始めた。

「はい、そうですけど。何か用でしょうか？」

「ああ、いてくれてよかった！　どうも、お初《はつ》にお目にかかります。私ここの大家《おおや》で、石組《いしくみ》という者です」

そう言って、白髪染《しらがぞ》めを塗《ぬ》りたくっている頭を深々と下げてきた。

あれっ、おかしいな。大家さんはこの人ではない。一昨日《おととい》、鍵《かぎ》をもらったばかりだからしっかりと覚えている。もっと年配で、腰《こし》のまがった人だったはず。

私が不信感を露《あらわ》にしていると、石組と名乗った男性が手招きで、誰かをこちらに促《うなが》してきた。どうやら連れがいるらしい。

横から現れたのも男性で、しかも、私が知っている人だった。

「高橋《たかはし》さんじゃないですか。なんでまた」

ここに入居するときにお世話になった、不動産屋の高橋さんだった。

「ご無沙汰《ぶさた》しております、真世《まなせ》さん。今日《きょう》は……大切なお話があってきました」

高橋さんは、苦痛を伴っているかのように声を出した。

これは不吉《ふきつ》な知らせに違いない。この赤い大家は不吉の前触《まえぶ》れだ。きっとこれから不幸なことが起こる。私の幸せはここで終焉《しゅうえん》を迎えるのだ。直感のようなものが働いた。

「申しわけありません！　実は入居の件で、少々手違いがございました」

ああ、やっぱり！

私は世界が色彩を失い、セピア色に褪《あ》せてゆくのを感じた。

「つまり、今すぐここから出て行けと」

「いえっ、そういう意味では……」

高橋さんはバツが悪そうに目を逸《そ》らした。

経緯《けいい》はこうだった。高橋さんの会社がこのマンションを扱うのは今回が初で、まだ大家さんとは面識が浅いらしい。そのため、双方《そうほう》の情報伝達にズレが生じ、契約済みの物件を誤って未契約とホームページに記載《きさい》していたのだそうだ。私が鍵をもらったのは大家の代理人で、当然、賃貸《ちんたい》状況なんか把握《はあく》していない。今朝《けさ》、長期旅行から帰ってきた石組さんが二重契約に気づき、高橋さんの会社に連絡《れんらく》を入れたというわけだ。

「そういう意味じゃないならどういう意味ですか！　今日の夕方、ここに本当の賃貸人が引っ越してくるからそれまでに出て行けってことじゃないですか！」

私は興奮《こうふん》して叫《さけ》んだ。甚《はなは》だ近所迷惑《めいわく》だけど、叫ばずにはいられなかった。大声を出しているうち、大粒《おおつぶ》の涙《なみだ》が頬《ほお》を伝ってきた。

私は不幸だ！　せっかく掴《つか》んだと思った幸せも、霧《きり》のように四散《しさん》してしまい、残ったのは悔しさだけだ。

「会社の者が大至急代わりの物件を探しておりますので、それでなんとか」

高橋《たかはし》さんは助けを求めるように、隣《となり》でオドオドしている石組《いしくみ》さんへと視線を躍《おど》らせる。

「そうだ！　大家《おおや》仲間に問い合わせてみましょう。もしかすると部屋が空《あ》いているかも」

そう言い残し、石組さんは逃げるように外廊下《ろうか》を走って行ってしまった。残された高橋さんは遠ざかる石組さんの背中を見つめながら、

「旅行に行くなら、連絡先《れんらくさき》くらい教えてほしいもんだ！」

と非難がましく呟《つぶや》いた。

非難したいのは私の方だ。けれど、高橋さんを責めたって事態は解決しない。とりあえず適当な部屋に移り、そこを拠点《きよてん》に新居を探すしかない。その間の賃貸料は高橋さんの会社が払《はら》ってくれるらしい。しかし問題はそこではない。私は天国から真《ま》っ逆《さか》さまに転落したのだ。高いところから落ちるほど、地面に激突《げきとつ》したときの衝撃《しょうげき》は凄《すさ》まじい。何もかも順調だっただけに、この精神的ショックは計り知れない。

手摺《てすり》にもたれた私は、萎《な》えてしまい焦点《しょうてん》が定まらない瞳《ひとみ》で、名残惜《なごりお》しそうに桜並木を見つめる。ぼやけた桜が風に揺れているさまは、まるで幻《まぼろし》を見ているかのようで、私は自分の意識が本当に衰《おとろ》えてゆくのがわかった。

一段と冷たさを増した風が通過してゆき、その突《つ》き刺《さ》さるような痛みに、消え入りそうだった意識は現実へと引き戻された。

立ち眩《くら》みのような不快感に苛《さいな》まれた私は、足元をフラつかせ、その場に蹲《うずくま》る。

「大丈夫《だいじょうぶ》ですか真世《まなせ》さん！　今すぐ救急車を！」

血相を変えた高橋さんは、慌《あわ》てて救急車を呼びにかかる。私は手でそれを制す。

「私は大丈夫です。そんなことより早くここを」

「出ましょう」とあとに続けようとしたとき、視界の隅《すみ》に人影が伸《の》びてきた。

「外がやけに騒《さわ》がしいと思ってみれば。あんただったのね！」

引き寄せられるかのように首を斜《なな》め上に向けると、そこには、あの人が朝と同じく仁王立《におうだ》ちしていた。

……不良な隣人《りんじん》。澄多《すみた》さん。

「家の前で喚《わめ》かれると迷惑《めいわく》――」

私を見た途端《とたん》、彼女は言葉を途切《とぎ》れさせた。

私の顔は酷《ひど》いものだった。頬《ほお》は涙《なみだ》でずぶ濡《ぬ》れで、鼻はぐずぐず、目も真《ま》っ赤《か》。とても他人に晒《さら》せたものではない。彼女が驚くのも無理はなかった。

私は一度洟《はな》を啜《すす》ってから「すいません」と謝る。彼女は眉《まゆ》を顰《ひそ》め、隣《となり》で決まり悪そうに下を向いている高橋さんの方に視線を向けた。そして、

「警察呼んだほうがいいわね！」

と言って部屋に踵《きびす》を返した。

「待ってください。違うんです」

このままでは大事になりそうだったので、仕方なく事情を話して聞かせた。

「つまり出て行くにしても、当てがないと」

聞き終えた彼女は両手を組み、値踏《ねぶ》みでもするかのように私の足から頭にかけて一瞥《いちべつ》し、おもむろに唇《くちびる》を動かした。

耳を疑った。彼女は今、なんと言ったのだろう。隣《となり》の高橋《たかはし》さんも目を丸くしている。

「あたしの家にくればいいよ？」

さっき聞いた言葉を、鸚鵡《おうむ》返しに自分の口から発してみた。

「それで全《すべ》て解決でしょ」

「でも……」

「何か不満でもあるの！」

彼女の眼力に圧倒され、私は首を縦《たて》に振ってしまった。

「それじゃ決まりね。あんた荷物どのくらいあるの。一人なら大した量じゃないわよね。さっさと運んじゃいなさい」

こうして、強引な彼女に押し切られる形で、私の新生活は思いがけない方向へと展開して行った。これは予期せぬ幸運なのだろうか？　それとも、降りかかった災《わざわ》いなのだろうか？　わからない。私は狼狽《ろうばい》するだけだ。

ただ、荷物を運んでいるときに見た桜並木からは、確固とした色彩が放たれていた。

二章

幸せが壊《こわ》れる音。二回目のときは、ビリー・ジョー・トーマスの『雨にぬれても』だった。私は携帯《けいたい》のメール着信音をこれに設定しており、部活を終え、家に帰る道すがらそれは聴こえてきた。眩《まぶ》しい夕日が川辺を赤く縁取《ふちど》っていたのを憶《おぼ》えている。

ガスパールを止め、バッグの小物ポケットから携帯を取り出す。夕日が反射するディスプレイを手で遮光《しゃこう》すると、『真世真弓《まなせまゆみ》』と表示されていた。お母《かあ》さんからだ。

お使いのリストでもあるのかなと思いながら受信ボックスを開き、そして、息を呑《の》む。

『さよなら』と、無機質な四つの文字がディスプレイに浮かんでいた。

他《ほか》に文章はなかった。これだけでじゅうぶんと考えたのかもしれない。だとしたら、お母さんの判断は正しかった。『さよなら』。これだけで大よそ理解できた。

お母さんもわがままな大人《おとな》だったのだ、と。

私は無我夢中《むがむちゅう》でガスパールを走らせた。目を擦《こす》りながら走った。道に落ちていた空《あ》き缶《かん》をタイヤで弾《はじ》き飛ばし、交差点の赤信号を無視し、進入禁止の場所を通過し、舗装《ほそう》されていない穴だらけの砂利道《じゃりみち》をがむしゃらに走った。

家の玄関《げんかん》前でガスパールから飛び降り、玄関に直行する。

引手に指をかけた瞬間《しゅんかん》、全身が凍《こお》りついたように動かなくなった。

玄関の引戸は厳重に施錠《せじょう》されていた。お母さんは出かけるとき必ず鍵《かぎ》をかける。つまり、もう家にいないということだ。

深々と溜息《ためいき》を吐《つ》いたのち、ポケットから古臭《ふるくさ》い小鍵を取り出し、鍵穴に差し込む。

玄関をガラガラ鳴らし、靴《くつ》をきちんと脱《ぬ》ぎ揃《そろ》え、各部屋を淡々と巡《めぐ》った。

それは捜《さが》すというより、いないことを確かめる確認作業のようなものだった。仮にいるとしたら一番可能性が高い、お母さんの自室を最後にしたのは、現実に直面する時間を少しでも引き延ばしたかったからかもしれない。

先き延ばしにしていた現実は、思ったとおり厳《きび》しいものだった。

主《あるじ》がいなくなった部屋は侘《わ》びしい限りだった。普段使っているコートは見当たらず、クローゼットもがらんどうで、三面鏡と一体になっている化粧棚《けしょうだな》はスッキリしていた。

怒《いか》りとか悲しみとか諦《あきら》めとか、様々な感情が私の中を去来《きょらい》していた。声を限りに絶叫《ぜっきょう》したかった。けれど、これらの感情は上手《うま》く言葉にできず、最終的に私の口から出たのは、

「お母さんのバカ」

小学生でも言えるような、ありきたりの罵《ののし》り文句だった。

猛《もう》ダッシュしてきた自分を鼻で笑いながら台所へ向かい、冷蔵庫のウーロン茶で咽《のど》の渇《かわ》きを潤《うるお》したのち、メールの返信をした。

『元気でね』


ささやかな皮肉のつもりだったけれど、はたして伝わっただろうか。

ふとテーブルの上に置かれた封筒《ふうとう》に気がついた。

中には通帳と印鑑《いんかん》、そして、便箋《びんせん》が一枚だけ入っていた。

均等に四つ折りにされた便箋を開くと、

杏花《きょうか》の好きな虹鱒《にじます》のムニエルを作っておいたから、今晩食べて。


そんな一文が真ん中の列に、几帳面《きちょうめん》な字で書き込まれていた。

まったく、律儀《りちぎ》なんだか無責任なんだか。

便箋を破り捨て、通帳を棚《たな》にしまい、感情を殺しながら外へと出る。道路に放置したままのガスパールを回収しなければ。

ガスパールはコンクリート塀《べい》の脇《わき》に倒れていた。乗り捨てたあと、勢いそのままに塀と衝《しょう》突《とつ》したようだ。ぶつかった衝撃《しょうげき》で前輪のホイールがまがってしまい、歪《いびつ》な回転軌《き》道《どう》を描くようになってしまったけれど、走りには問題ないようなので気にしないことにした。

そう、直視さえしなければ、何事も平気なのだ。

台所に戻り、昨日《きのう》のご飯をレンジで温めなおし、お母《かあ》さんの最後の手料理に箸《はし》をつける。

どうせなら、こんなフライパン一つで作れるやつじゃなく、もっと手の込んだ料理にしてほしかった。……虹鱒のムニエルはもう作らないことにしよう。

それにしても、我が母が、娘《むすめ》を捨ててまで向かった先はどこだろうか？

——多分、あの人のところだ。

＊

三〇二号室は二LDKらしく、私が借りていた部屋より広々としていた。普通の複合マンションなら、各階ごとに一LDKと二LDKを分けそうなものだけれど、このチュイルリー南《みなみ》福住《ふくずみ》は独創的な構造をしているようだった。

そのだだっ広いリビングは、現在、重い空気に包まれている。

年頃の女の子が二人いるのに、嬌声《きょうせい》もなければ、昼下がりにやっている退屈な芸能番組の騒音《そうおん》もない。カーテンが閉《し》め切られているため薄暗《うすぐら》く、掃除《そうじ》も満足にされていないらしく、部屋の隅々《すみずみ》には埃《ほこり》が目立ち、天井《てんじょう》にはカビまで発生していた。

唯一のインテリアは、テレビの横に置かれたCDコンポくらいのものだけれど、彼女は音楽を聴《き》かないらしい。スピーカーのサランネットにも大量の埃が吸着し、長い間使用されていないことが窺《うかが》えた。

使われているのは全体の三割程度で、残り七割は無人家屋のような状態だ。

『この部屋は死んでいる』

それが、私の率直な感想だった。

膝《ひざ》の上に手を置き、礼儀《れいぎ》正しくソファーに腰掛《こしか》けている私は、目の前の彼女を見やる。

本名は澄多《すみた》有住《ありす》というらしい。十分ほど前、素《そ》っ気《け》なく自分の名を口にしてきた。

私も自己紹介《しょうかい》をしたけれど、彼女はとくに興味を示したようすもなかった。

「そう……」

と簡潔に答えたのち、テーブルの下から雑誌を取り出し、読書に耽《ふけ》ってしまった。

そしてそのまま、私達は会話もないまま十分近く向き合っているのだった。

「あのー」

たかが声をかけるだけなのに、尻込《しりご》みしてしまう。

「んっ」

彼女は雑誌に視線を落としたまま、気のない返事を返してきた。

「この部屋に招いてくれて、ありがとうございます」

「イヤなら出ていけば」

「いえ、そういうことじゃなくて」

この人とはどうも会話が噛《か》み合わない。性格というか、考え方というか、思考の根底をなしている認識論が違っている気がした。

私に関心がないのか、こちらを見ようともしないし、話しかけてくることもない。私が言うのはお門違《かど》いだけれど、この対応はおかしい。図々《ずうずう》しさを承知で暴言を吐《は》かせてもらえば、ここに私を招き入れたのは彼女だ。言い出しっぺなら、もっとこう、それなりの態度があるのではないだろうか。少なくともこの図式はおかしいと思う。

とうの澄多さんは読書に勤《いそ》しんでいる。表紙には『相対性理論を揺《ゆ》るがす超光速粒子《りゅうし》は実在した』や、『シベリアの地下に眠《ねむ》る特異建造物の決定的証拠《しょうこ》』といった文字が確認できた。トンデモ系の雑誌だ。

何か会話の糸口でもないだろうか、と考えていると、

「家の中を案内するからついてきて」

たった今思い出したかのように言ってきた。

何気に気がついたのだけれど、澄多さんはマンションの部屋のことを『家』と呼んでいるのだ。私はどちらかと言えば『部屋』と認識しているし、そう呼んでいた。家……か。

確かに、自室と区別するため、家と呼んだ方がいいかもしれない。私も彼女に習い、家と呼称することにしよう。

「ここがあんたの部屋。中の家具は好きに使って」

通されたのは、L字型に延びる廊下《ろうか》の、ちょうどまがり角の部屋だった。八畳《じょう》はあるだろう

か、結構広い。ロッカータンス、本棚《だな》、机が無駄《むだ》なく並べられており、可能な限り自由なスペースを確保している。窓からの景観も上々。日当たりも良好。まさかこんなよい部屋をあてがってもらえるとは。

「それじゃ次は風呂場《ふろば》ね」

家の中を一通り案内されたあと、私は玄関《げんかん》前に並べておいた荷物を部屋へと運び入れ、二度目の荷解きを行った。

教科書類は本棚の空《あ》いている場所へ、衣類はタンスへ、制服は毎日着るので収納せず、ハンガーで鴨居《かもい》に吊《つ》るしておく。

こんなものだろう。ここへ滞在《たいざい》するのは僅《わず》かな間だ。どうせすぐ引っ越すことになるのだから、ダンボールからは主要なものだけ出しておこう。

テレビや電子レンジといった家電を、台所の隅《すみ》に移動させ終えたとき、彼女がやってきた。

「注意事項を言うからね」

注意事項？

「一つ、玄関脇《わき》の部屋には侵入禁止」

玄関を入ってすぐ脇には扉《とびら》があった。銀色のドアノブが禍々《まがまが》しく光っていた。あそこのことだろう。言われるまでもなく、他人の部屋へ無断で入ったりはしない。

「二つ、リビングのカーテンを開けてはならない」

なぜだろう。夜ならいざ知らず、昼間なら開けておいた方がいい。この高さなら覗《のぞ》かれることもないだろうし、それでも心配ならレースでも引いておけばよい。それに掃除《そうじ》のときはどうするのだろう。はたきをかけたら埃《ほこり》が舞ってしまう。

「ここで生活するのならこの二つを守って」

そういい残し、澄多《すみた》さんは引っ込んで行ってしまった。質問は受けつけないらしい。色々と解《げ》せない部分はあるけれど、私はただの居候《いそうろう》だ。大人《おとな》しく従うことにしよう。

リビングに戻る前、あることを思い立ち、ダンボールを一つ引っ張り出した。入っているのは食器だ。もしかしたら必要になるかもしれない。この家の食器棚には、皿の類がほとんど見られないからだ。

そういえば、洗面台にも歯磨《はみが》きコップが一つしかなかったし、玄関のシューズラックにも靴《くつ》がほとんどない。広い割には、人の気配に乏《とぼ》しい気がする。家族はどうしたのだろう。彼女は一人暮らしなのだろうか？

窓辺に飾ってある花の挿《さ》していない花瓶《かびん》が、なんだか寂しげだった。

「三十点」

相変わらず無駄《むだ》な音のない荒涼《こうりょう》としたリビングで、会話もなく夕食を終えたとき、澄多さんは数字を口にした。

問うまでもなく、夕食に対しての評価だとわかった。ちなみに、何点満点中の三十点？

「あたしは、シャキッとした歯応《ごた》えの金平《きんぴら》ごぼうしか認めていないの。だから二十減点」

彼女は開いた両手を私の前に掲《かか》げ、左手の小指と薬指を折りまげた。どうやら百点満点中の三十点のようだ。……赤点？

「そして、ダシ巻き卵は甘《あま》くなきゃダメ。これも減点二十」

中指と人差し指をまげた。減点方式を採用しているらしい。

「形が崩《くず》れているところも十減点」

左手が目の前から消えた。

「夕食の準備が遅かったから、更《さら》に十」

立てられている指が四本になった。

「あとは……。さっき引き戸のレールに躓《つまず》いたから、マイナス十」

「いや、それ料理と関係ないし」

私の弁明は無視し、澄多《すみた》さんは食器を下げに台所へ歩いて行ってしまった。私はその背中を啞然《あぜん》と見送る。

夕食を準備したのは私だ。献立《こんだて》は金平ごぼうとダシ巻き卵。料理は普段からしているし、ここに置いてもらう恩もあるので、自ら志願したのだ。

台所をあさっていたときは驚《おどろ》いた。冷蔵庫にはろくな食材もなければ、調理道具すらまともに揃《そろ》ってないのだ。おかげでもう一つダンボールを開ける破目になった。

昨日《きのう》、卵を買っておいたのは幸いだった。それでなんとかダシ巻き卵を作り、冷凍庫から奇《き》跡《せき》的に発見したごぼうに包丁《ほうちょう》を入れたのだ。

解凍するのも大変だった。それなのに、甘くなきゃダメとか、形がどうのとか、シャキッとしていないだの、準備が遅いなんて文句を言われる筋合《すじあ》いはない。遅くなるのがイヤなら手伝ったらいい。そもそも彼女の好みなんか知らないし、レールは自己責任だ。

私が頬《ほお》を膨《ふく》らませていると、澄多さんが戻ってきた。手には本が握《にぎ》られている。

彼女は私には気も留《と》めず、読書を始める。立派な表紙には、『スウェーデンボルグ　主なる者からの啓示《けいじ》』とタイトルが打たれている。ややオカルト寄りだ。

「家族とは一緒《いっしょ》に暮らしてないの？」

軽い頭痛を感じつつ、口を開く。

仮にも同じ屋根の下にいるのだ。一時的な同居とはいえ、雑談ができるくらいの関係は築きたい。それに、このまま無言でいると、彼女とは永遠に喋《しゃべ》れなくなりそうな気がした。私は気後れしていた心を、無理やり前に押した。

「そんなの、見たらわかるでしょ」

相変わらず素《そ》っ気《け》ない返事だった。しかし、まだ引けない。

「お父《とう》さんの転勤か何か？」

澄多《すみた》さんの肩《かた》が、ピクッと小さく動いたのがわかった。

「今の時代、安易《あんい》に個人情報を教えるのは得策でない。と、あたしは思うわけよ」

額を押さえ、彼女とのコミュニケーションの難しさを実感する。彼女の興味を引くような話題はないだろうか。私は頭を巡《めぐ》らせる。

「憧《あこが》れの人とかいる？」

これならどうだろう。恋愛は女の子にとって興味津々《しんしん》の話題だ。

「いるよ」

よし、食いついてくれた。

「誰！　誰！」

私はテーブルの上に身を乗り出し返事を待った。やっぱりこの手の話にはドキドキしてしまう。すると、

「市川亀次郎《いちかわかめじろう》と尾上菊之助《おのえきくのすけ》。あとは中村勘太郎《なかむらかんたろう》」

はいっ？　予期せぬ答えに、私はきょとんとなった。

「ちなみに、二代目、五代目、二代目ね」

「誰？」

「歌舞伎役者《かぶきやくしや》よ。知ってるでしょ？」

私は首を傾《かし》げる。

「別にいいけどね」

澄多さんは、「じゃあ、話はこれで終わりね」といった具合に、再び本に目を向けた。

「よくわからないけど、歌舞伎って、面白いものなの？」

せっかく始まった会話を終わらせまいと、私は食い下がる。

「加賀見山《かがみやまこきょうのにしきえ》旧　錦絵、白波五人男《しらなみごにんおとこ》、鳴神《なるかみ》は凄《すご》かったわね。NINAGAWA十二夜なんて変わり種《だね》もあったたねえ」

「へっ、へえー。見てみたいな、歌舞伎」

「東京の新橋演舞場《しんばしえんぶじょう》にでも行ってみたら」

「新橋か。渋谷《しぶや》とかなら、たまに友達と遊びに行ってたけど。新橋にはほとんど行ったことないな。サラリーマンの街ってイメージが強いからかな？」

「ふーん、あんた東京《とうきょう》にいたんだ」

そう言って澄多さんは、パタンと本を閉じ、奥へと消えた。

話をするだけなのに、なんでこんなに疲れるんだろう。私はソファーにもたれかかった。自然と上を仰《あお》ぐ形となる。本来真っ白だったであろう天井《てんじょう》は色褪《あ》せ、黒ずんでいた。ジッと凝視《ぎょうし》していると、まるで曇り空でも見上げているような錯覚《さっかく》に陥《おちい》ってくる。さしずめ、垂《た》れ下がっているクモの巣は雨筋といったところだろうか。

この家は室内に雨が降っている……。

予定表では今週の木曜が休校日になっていたはず。午前中は掃除《そうじ》で潰《つぶ》れそうな気配だ。それまでに新居が見つかればいいのだけれど。

リビングの戸が開かれ、制服を持った澄多《すみた》さんが現れた。これから明日《あした》の準備をするらしく、制服にエチケットブラシをかけ始めた。

私は彼女の登校スタイルを思い出していた。

そのスカート丈《たけ》は膝上《ひざうえ》を掠《かす》りもしていなかったし、学年識別のワッペンも外されていた。パータイも緩々《ゆるゆる》だったし、ブラウスの第一ボタンも開いていた。

彼女には校則という概念がないのだろうか。私は呆《あき》れた目を向けていた。

「どうかしたの？」

澄多さんが私の視線に気づく。

「ううん、なんでもないの。私も少し着崩《きくず》そうかな、なんて思っただけ」

適当なことを言って誤魔化《ごまか》した。

「やめときな。入学そうそうガンジーに睨《にら》まれるよ」

「ガンジー？」

「今朝《けさ》も校門のところにいたでしょ。あれがそう。生活指導の柏崎《かしわざき》。あたし達はガンジーって呼んでる」

私は朝の校門を脳裏に浮かべ、脇《わき》に立っていた教師の姿《すがた》を、微弱な記憶《きおく》の中から掬《すく》った。あの人がそうなのだろうか。

「なんでガンジーなの？」

「『頑固《がんこ》な爺《じい》さん』の略。いつも生活態度にうるさいから」

生活指導担当なのだから当たり前のような気がした。それに『うるさい』イコール『頑固』とは違うのではないかとも思ったけれど、渾名《あだな》なんてそんなものだろう。ただそれとは別に、話に引っかかる箇所がある。

「なんだか、昔から知ってるみたいに聞こえるんだけど？」

「ああ。あたし去年も一年だったから」

彼女は恥《は》ずかしげもなく、さらりと返答した。

それって……いわゆる、留年というやつでは。

なるほど、彼女が纏《まと》っている、新入生らしからぬ空気と大胆《だいたん》さに合点《がてん》がいった。

「やっぱり」と口が滑《すべ》りそうになるのはなんとか堪《こら》えたけれど、それとなく表情に出てしまったのだろう。澄多さんはキッと顔を凄《すご》ませ、

「名誉《めいよ》のため言っておくけど、成績じゃないわよ。出席日数が足りなかっただけよ」

と考えていたことに対して、ダイレクトな答えを述べてきた。

出席日数なら名誉が守れるのかは疑問だったけれど、私には、平日の昼間に、悪い友達と遊

び歩いている澄多《すみた》さんの姿《すがた》が容易に想像できた。

私は愛想笑《あいそわら》いを浮かべ、そそくさと台所へ逃げた。

キッチンペーパーでフライパンの油を拭《ぬぐ》い、泡立《あわだ》てたスポンジで皿《さら》の表面を撫《な》でながら、物思いに耽《ふけ》る。

威圧《いあつ》的な態度といい、わがままな言動といい、私は彼女に好感を持てずにいた。むしろ嫌悪《けんお》感《かん》を抱《いだ》いているくらいだ。短期間とはいえ、上手《うま》くやって行く自信は毛筋《けすじ》ほどもない。

ここにきたのは愚策《ぐさく》だった。なんであのとき頷《うなず》いちゃったんだろう。素直に代わりの部屋に移っていればよかった。私は心の底から後悔していた。

とはいえ、今更《いまさら》どうしようもない。大家《おおや》の石組《いしくみ》さんは事態が丸く収まったと思っているし、高橋《たかはし》さんは、事態に収拾《しゅうしゅう》がついたと会社に連絡《れんらく》してしまった。今になって「やっぱり別の部屋に移りたいです」なんて言えない。

『一刻も早く新しい部屋が見つかりますように』

祈《いの》りながら、シンクで洗剤を洗い流し、水切りプレートに載《の》せた。

水滴《すいてき》を拭《ふ》き取るものでもないだろうか?

引き出しや食器棚《だな》を引っかき回し、キッチンタオルを探すけれど、それらしきものはどこにも見当たらない。

最後の望みを懸《か》け、上のキャビネットを開いたとき、そこであるものを発見した。

　私は思い立ち冷蔵庫を開けた。

　部屋に射す朝日が瞼《まぶた》の裏を白く染め、まだ睡眠《すいみん》を欲している脳を無理やり覚醒《かくせい》させる。私は布団の中で大きく背伸《の》びをし、ヨロヨロと上体を起こした。

　目を擦《こす》りながら辺りを見渡し、なんどか欠伸《あくび》を繰《く》り返していると、バラけていた記憶《きおく》が繋《つな》がり始め、ここが私の部屋でないことを思い出した。

　他人の家で向かえる朝は不思議なものだった。どこか違和感のある家具の配置に、不慣れな天井《てんじょう》。この部屋にとって私は異物でしかない。

　壁の時計を一瞥《いちべつ》し、時間に余裕《よゆう》がないことを悟《さと》った私は、すぐ制服に着替え、部屋を出た。

　澄多さんはまだ寝ているのだろうか。一番奥の彼女の寝室は静まり返っている。

　昨日《きのう》の朝からするに、通学にはバスを使用しているのだろう。私は自転車だからまだ間に合うけれど、彼女はバス時間に遅れた場合、確実に遅刻だ。

　起こした方がいいのかな。けれど、下手《へた》に起こしたなら、

『うるさい！　あたしは今日《きょう》、休業日なの』

　かけ布団に頭を埋《うず》め、怒号《どごう》を発する彼女の姿が容易に想像できた。

　やはり放っておくべきなのかな。しかしその場合、

『なんで起こしてくれないのよ！　少しは気を利かせなさい。この役立たず』

もっとえらい目に遭《あ》いそうな気がした。

決断できずにいる私の耳に、リビングから物音が聞こえてきた。どうやら要《い》らぬ心配だったようだ。

憂鬱《ゆううつ》が一つ減ったことを喜びつつ、リビングのドアノブを回すと、下着姿の澄多《すみた》さんがいた。着替え中らしい。

私が「おはよう」を言うより先に、

「ちょっと！　今入ってこないで」

入室を拒否《きょひ》されてしまった。仕方なく、彼女の着替えが終わるまで廊下《ろうか》で待つ。

なんでなのよ。女同士なんだから、別にいいじゃん。そういえば修学旅行のとき、入浴を恥《は》ずかしがっていた子が何人かいた。考え方は人それぞれかな。

「いいよ」と聞こえたのでリビングに入る。

「ノックぐらいしなさいよ」

澄多さんはヘアスプレーで髪形《かみがた》を整えながら、非難がましく言ってきた。

「自室でもないのに？」

「そんなことより、早くしないと遅刻《ちこく》よ」

ハッと見た時計の針は、かなり際どい位置にきていた。

「あんた準備はできてるわね」

私は自分のバッグを掲《かか》げ、準備万端《ばんたん》を示す。

「じゃあ出るわよ」

「ちょっと待った！」

大急ぎで台所へと走り、冷蔵庫から四角い箱を取り出す。昨晩発見したものだ。それをハンカチで包み、澄多さんへと手渡す。

「………………」

澄多さんは受け取ったそれを、無言で凝視《ぎょうし》している。多分、ハンカチの柄《がら》で見当はついたはず。

「昨日《きのう》の残りものだけど、よかったらお昼にでも」

手渡したものはお弁当《べんとう》だ。弁当箱は昨晩キャビネットから見つけた。ハンカチは折り畳《たた》まれ、横に置かれていた。恐《おそ》らく、弁当箱を包むのに使っていたのだろう。

白い生地《きじ》に、青いアサガオの刺繍《ししゅう》がなされていた。水滴《すいてき》が光っていることから、雨上がりを描写したのだろう。なかなかのデザインセンスだ。

技術も見事なもので、花の部位ごとに様々な縫《ぬ》い方を駆使《くし》していた。とくに花弁は目を見張る仕上がりだった。縫う間隔《かんかく》を微妙《びみょう》に調整し、更《さら》に、使用する糸の色を一本ずつ変えることにより、質感はおろか、細かなグラデーションまで表現しているのだ。ロングアンドショート・

ステッチという技法だったと思う。

「…………」

澄多《すみた》さんは、未だピクリともしない。もしかして、余計なお世話だったかな。

「あのー、もしお節介《せっかい》だったのならゴメンな……」

私が彼女の手から弁当箱《べんとうばこ》を下げようとすると、

「まあ当然よね。居候《いそうろう》なんだから」

彼女は私の手を払《はら》い、弁当箱を自分のサブバッグへと収めた。

「あんたって料理とか得意？」

「得意ってほどじゃないけど、好きではあるかな」

「ふーん」

彼女は頬《ほお》に指を当て、何事か思案し始めた。そして、

「それじゃあ、お料理が大好きな真世《まなせ》さんのため、あたしが一肌脱《ひとはだぬ》ぐとしましょう」

急に「さん」づけで呼ばれ、背筋《せすじ》がブルッときた。背中の寒気が全身に移り始める。不吉《ふきつ》な予感というやつだ。

「これ毎日作らせてあげる」

そう言って澄多さんは、先に玄関《げんかん》を出て行った。

「これ」というのはお弁当のことだろう。つまり、『あたしのお弁当、毎日作ってよね』とい

うことだ。「あげる」の部分は彼女の傲慢《ごうまん》さが滲《にじ》み出ている。

料理が好きというのは本当だし、住まわせてもらっているのだから恩返しの意味もあるので、私としては構わない。しかし、それは別として、

「言い方ってもんがあるのよ」

私は八つ当たりでもするように、三和土《たたき》を強く踏《ふ》みつけた。


「あんたの自転車オンボロね」

私は引き攣《つ》った顔を隠《かく》すため、車道の方を向いた。

隣《となり》を歩いている澄多さんは、私のガスパールこと自転車をジロジロ見ながら、

「フレームなんか錆《さび》だらけで、今にも折れそうじゃない」

涼《すず》しい顔で愚弄《ぐろう》してきた。そんなの言われなくたって知っている。

「オンボロでもガスパールは立派に走るよ！」

「ガスパール？」

まずった。興奮して名前を言ってしまった。

「この子の名前。童話から引用したんだ」

私は頬を赤らめながら、リン、とベルを鳴らしてみせた。

澄多《すみた》さんは、「ふーん」と呆《あき》れたように呟《つぶや》いたきり、口を閉ざした。私も無言だった。私達は黙《だま》りこくったまま、排気《はいき》ガスの臭《にお》いが漂《ただよ》う国道へと出た。

思ったとおり澄多さんはバス通《つう》だった。そんな彼女に付き添《そ》い、私もバス停へと歩く。

本音を言えば、すぐにでも学校へ向かいたいのだけれど、生憎《あいにく》そうもいかない。ガスパールの荷台には、澄多さんのサブバッグが積まれているからだ。

彼女は重いからという理由で、なんの遠慮《えんりょ》もなく、さも当然とばかりに自分の荷物を預けてきたのだ。おかげで彼女の歩行速度に合わせなくてはならない。

荷物を載《の》せてもらっているにもかかわらず、オンボロだなんて。

私は沸々《ふつふつ》と、間欠泉《かんけつせん》のように湧《わ》き上がる怒《いか》りを我慢《がまん》するのがやっとだった。

「ヤバ！　バスが行っちゃう」

交差点前のバス停には、既《すで》にバスが止まっており、その扉《とびら》は閉まりかけていた。

「そうそう。今日《きょう》の夕飯の材料は、あたしが買って帰るから」

澄多さんは引っ手繰《たく》るように荷台からバッグを取り、バスへと走って行った。運転手は親切な人だったようで、閉まってしまった扉が再び開閉された。

澄多さんが無事に乗車できたのを確認すると、私は即行でサドルに跨《また》がり、国道を疾走《しっそう》した。

——ヤバイのは私の方だ。

緩《ゆる》やかな弧《こ》を描く国道は、彼方《かなた》が霞《かす》んで見えるくらい長く、絶望的な心地を誘《さそ》う。通りに学生の姿《すがた》は見当たらない。もうそんな時間なのだ。

「澄多さんのバカ！」

私は半泣きになりながら、横を通過していくバスに向かって叫《さけ》んだ。


校舎に設置してあるスピーカーが、無情にもチャイムを響かせる。私は執念《しゅうねん》を燃やし、閉まる寸前だった正門に滑《すべ》り込んだ。

『よかった、ギリギリ間に合った』

門が完全に閉まった音を背後に聞き、安堵《あんど》の息と共に、緊迫《きんぱく》を外へと追い遣《や》る。

それが災《わざわ》いした。気を抜いた途端《とたん》、左足がペダルを踏《ふ》み外したのだ。次の瞬間《しゅんかん》、私は地面と体を密着させていた。

フラフラ立ち上がり、制服についた土を払《はら》い、倒れたガスパールを起こす。

最近ろくな目に遭《あ》わない。なんでこうなるんだろう。自分の不注意が原因とはいえ、やり切れない。

涙《なみだ》混じりに、凹《へこ》んでしまったカゴをなおしていると、

「君。怪我《けが》はないかね」

重みのある声が耳に届いてきた。声の方を向くと、そこには、皺《しわ》一つない背広を身につけた

男性が立っていた。年齢《ねんれい》は五十代後半だろうか、潔《いさぎよ》いくらいの総白髪《しらが》に、切り揃《そろ》えられた口髭《ひげ》が存在感を際立たせている。確か、昨日《きのう》も正門の脇《わき》に、似た人が立っていた。

「大丈夫《だいじょうぶ》です。どこにも怪我《けが》はありません」

派手《はで》にぶつけた肘《ひじ》をまげてみたけど、痛みはない。膝《ひざ》や脛《すね》も擦《す》り剝《む》いてはいないようだ。

「そうか、それはなによりだ。見たところ君は一年のようだが？」

そう言って私のワッペンを指差した。

「はい、そうです」

「入学そうそう遅刻とは感心せんな」

途端《とたん》、男性の眼光が鋭くなった。額には皺《しわ》が寄り、口髭の先端《せんたん》が刺々《とげとげ》しく逆立《さかだ》つ。地獄《じごく》の底から湧《わ》き出てくるような低い声に、私はすっかり竦《すく》み上がってしまった。

「すいません。ほんの少し、寝坊してしまって……」

姑息《こそく》に減刑を狙《ねら》い、「ほんの少し」のところを強調させた。男性は続ける。

「ところで、君はさっき危ういところで柵《さく》に挟《はさ》まれるところだったのだが？」

私はハッと正門を見た。

「緊急《きんきゅう》停止させたからよいものを。一歩間違えば大怪我をしていたという自覚はあるのかね」

どうやら開閉は機械操作《そうさ》で行っているらしい。昨日《きのう》は気に留めなかったけれど、正門の脇にはガラス張りの小屋のようなものがある。あれが操作室なのだろう。

「遅刻しそうだから急いでいたなど理由にならん。寝坊など気が弛《ゆる》んでいるからだ！」

比較的穏《おだ》やかだった口調《くちょう》が鋭利になった。重く、相手を頭から押さえつけるような声が私を畏縮《いしゅく》させる。

「よいか、そういう弛んだ気持ちは、いずれ学校生活全般に現れてくるのだ。服装の乱れ、髪《かみ》の色、夜遊びによる補導。ことの起こりは全《すべ》て気の弛みからだ」

暴論とも取れる内容だったけれど、私が悪いことには違いなかったので、反論はしなかった。

昨晩チラッと話に上った、生活指導の柏崎《かしわざき》とは、多分この人ではないだろうか。

「あの～、柏崎……先生？」

別人だったらどうしよう。私は自信なさげに、小声で名前を呼んでみた。

「何かな？」

ビンゴだ。……別に嬉《うれ》しくないけれど。

「そろそろ行かないと、ホームルームに遅れちゃうんですけど」

柏崎先生は自分の腕《うで》時計を一瞥《いちべつ》した。シルバーボディーのマルチファンクション。高価そうな外観だ。

「うむ、行ってよし。以後注意するように」

私はすぐに駐輪場《ちゅうりんじょう》へ向かい、ガスパールに鍵《かぎ》もかけずに昇降口へと走り、そして、ホームルーム真っ最中の教室へ、赤面しながら入っていった。

明らかに遅刻だったけれど、幸い出席確認はまだ行っていなかったらしく、今回だけは大目に見てもらえた。ただし、事情は訊《き》かれた。

私は寝坊したことと、さっき説教を受けたことなどを正直に話した。すると、

「それは災難《さいなん》だったな。柏崎《かしわざき》先生はそういう人だ。ごく稀《まれ》に、取るに足らないことで怒《おこ》るけど気にするな。女子のマニキュアくらい大目に見てやればいいのにな」

担任《たんにん》の豊和《ほうわ》先生は笑いながら話した。なにかとうるさい人として、教師の間でも有名らしい。頑固《がんこ》な爺《じい》さん。ある意味、適切な名称かもしれない。

私は汗《あせ》を静めるため、襟《えり》をパタパタと、服の中に送風しながらホームルーム終了の一礼をした。


パン、という乾《かわ》いた音が弓道場《きゅうどうじょう》に広がり、辺りにいる人が声を揃《そろ》え、三回目の賞賛を送った。

「見学だけってのも退屈《たいくつ》だよな」

前に座っている男子がポツリと呟《つぶや》き、その主張を裏づけるかのごとく大欠伸《あくび》をした。

射場《しゃじょう》に立っていた先輩《せんぱい》は彼を睨《にら》むも、集中力を乱すことなく、矢を番《つが》えた弓をゆっくり掲《かか》げた。そして、緩《ゆる》やかな動作で弦《つる》を引く。

放たれた矢音に連なるように、再度、パンと響く。

「あの先輩、持ってた四本の矢を全部的《まと》に命中させたけど、これってやっぱ凄《すご》いの？」

右隣《どなり》の子が尋《たず》ねてきた。弓道は初めてらしく、その顔はクエスチョンマークで埋《う》め尽《つ》くされている。

「うん、凄いよ。『皆中《かいちゅう》』っていうんだけど、凄く集中力がいるんだよ」

「そうなの？　私、初詣《はつもうで》のおみくじで四年連続大吉《だいきち》引いてるわよ。四回くらいなら楽勝だって」

私が苦笑いしていると、入り口の引き戸が開かれ、数人の男女が入ってきた。二年生がランニングから戻ってきたらしい。どのくらいの距離《きょり》を走ってきたのかわからないけれど、全員が疲労困憊《こんぱい》といった感じで、苦しそうに肩《かた》を上下させている。

「弓引くのに、ランニングする意味あんのかよ」

「まったくだ。あの顧《こ》問、練習メニュー間違えてるぜ」

確かに弓道は持久力が求められる競技ではない。ランニングの意味は皆無《かいむ》に近い。

「しょうがないわよ、伊阪《いさか》先生なんにも知らないんだから」

一緒《いっしょ》にランニングから帰ってきた女子が話に参加した。他《ほか》の部員もウンウン頷《うなず》き、肯定《こうてい》の意思を示す。伊阪というのは弓道部顧問《こもん》の先生だ。

「あーあ、小笠原《おがさわら》先生が懐《なつ》かしいな」

「ほんとよね。段位もあったし、教え方も上手《じょうず》だったのに」

「そうそう。おまけに若くてカッコよくて、私憧《あこが》れてたのに」

誰のことを言っているのだろう？　話についていけない。

「小笠原《おがさわら》っていうのはね、ここの前顧問《こもん》だった人。色々あって転勤しちゃったんだよね。いい先生だったのに」

近くにいた先輩《せんぱい》が、私の怪訝《けげん》そうな顔を察してくれた。

聞くところによると、去年までこの部は小笠原という先生が担当《たんとう》していたらしい。新任してきたばかりで若く、段位も所持しており、部員にも好評だったようだ。しかし去年転勤してしまった。他《ほか》に弓道《きゅうどう》経験のある教員がいなかったため、やむなく、当時の副顧問を繰《く》り上げで後任に選んだ。それが現顧問の伊阪《いさか》先生というわけだ。

「伊阪先生、弓道に関しては素人《しろうと》。私達の指導なんてとてもできないわ。顧問がいないと部として活動できないから仕方ないけど……」

先輩はそう言って、さも残念そうに溜息《ためいき》を吐《つ》く。

「あー、帰ってきてくれないかな、小笠原先生。そうしたら今度こそ勇気を出して告白するのに」

どうやら当時の顧問を慕《した》っていたのは、主に女子部員だったらしい。

「逆に言えば、私がいるおかげで部として機能しているというわけだな」

前触《ぶ》れもなくかけられた声に、先輩の顔がサーと青ざめる。

弓道場《きゅうどうじょう》の入り口を見ると、ジャージ姿《すがた》の女性が立っていた。後ろでお団子《だんご》にまとめた髪型《かみがた》からは、活発そうな印象を受ける。

「せっ、先生。いつからそこに！」

なるほど、この女性が顧問の伊阪先生か。

「人がいないのをいいことに、ずいぶん好き勝手言ってくれるじゃないか」

男勝《まさ》りな語り口でズカズカ入ってきた先生は、先輩の肩《かた》の上に頬杖《ほおづえ》をついた。青かった先輩の顔からは、どんどん血の気が失《う》せていく。

「そうだ。今日《きょう》は特別に、『素人』の私が、『素人』の私なりに、お前に個人指導してやろう。手始めにランニング。先にグラウンドに行ってろ。私も後から行く」

先輩は放心したような足取りで外へと出て行った。

「まったく。どいつもこいつも、小笠原、小笠原。あんなロリコン男のどこがいいのやら」

先生は汚《きたな》いものから目を逸《そ》らすように、首を振った。

「というわけで、神無月《かんなづき》、ここは任せた」

弓道部部長の神無月さんは、「わかりました」と、行儀《ぎょうぎ》よく返事をする。

「みんなはこの部で決まりなの？」

先生が出て行ったのち、神無月さんが心配そうに尋《たず》ねてきた。

私達新入生が正式に部活を決定するのは来週だ。今週は言わば選定期間のようなもので、各自が思い思いの部を見学し、入部先を見定めるのだ。

「先生はあんな感じだけど、部としてはまともだから安心して」

神無月《かんなづき》さんは唇《くちびる》の両端《りょうたん》を上げ、私を含めた見学者全員に微笑《ほほえ》みかけた。

私はここを第一候補に挙げているけれど、他《ほか》のみんなはどうなのだろう。一緒《いっしょ》に見学していた子達の反応は芳《かんば》しくない。物珍《めずら》しさから、たまたま覗《のぞ》いてみたといった感じだろうか、余り興味を示していないようだった。

「強制するわけじゃないからさ。気が向いたら入部届に名前書いてちょうだい。おっといけない、もうすぐ規定の五時ね」

部の見学は五時までと定められている。

「我々、中栄《なかさかえ》高校弓道部《きゅうどうぶ》は新入生を温かく歓迎いたします」

神無月さんはそう言うと、弓道場《きゅうどうじょう》を扇《あお》ぐように左手を広げて見せた。

五時を知らせるチャイムが校舎《こうしゃ》に反響した。

マンションに着いたとき、辺りは暗くなっており、街灯《がいとう》の光が夜道に点々と転がっていた。

私は、昨日《きのう》より幾分《いくぶん》暖かい風に首筋《すじ》を触《ふ》れられながら、無数の羽虫が飛び交う光の下を抜ける。

各部屋の窓からは蛍光灯《けいこうとう》の光が漏《も》れており、今にも笑い声が聞こえてきそうだ。この無機質な鉄筋《てっきん》コンクリートの向こうには、いくつ笑顔があるのだろう。

殺風景だった屋上には、工事用の足場で囲われた給水塔《とう》が見える。その遥《はる》か頭上に輝く、名前も知らない星をボーっと眺《なが》めながら、マンションへと入る。踊《おど》り場を足早に進み、電球が切れかけ、光と闇《やみ》が交互《こうご》に訪れている二階をすぎ、三階へと上がる。

私が元いた三〇一号室にも明かりが見えた。新品の表札には『大和田《おおわだ》』とある。本当の賃《ちん》借人《しゃくにん》が越してきたようだ。

昨日もらった合鍵《あいかぎ》を三〇二号室の鍵穴へと差し込み、シリンダーを回す。ノブを引くと、ドアの隙間《すきま》から玄関《げんかん》照明の光が溢《あふ》れてきた。

明るい家に帰ってきたのは久しぶりだ。帰ってくるといつも家の中は暗く、私は真っ暗な中、手探《てさぐ》りで廊下《ろうか》を進んだものだった。

……独《ひと》りじゃないって、いいものだな。

式台に上がったとき、風呂《ふろ》場《ば》からシャワーの音が聞こえてきた。澄多《すみた》さんは入浴中らしい。人の気配のする廊下を進み、部屋で着替え、すっかり遅くなってしまった夕飯の準備をするため、台所へと向う。

さて、彼女は何を買ってきたのだろう。自分で材料を買ってくるくらいだから、好物をチョイスしたのだろう。なんだか、今日《きょう》も文句を言われそうな気配がする。

溜息《ためいき》交じりにエプロンを締《し》め、材料と思《おぼ》しきものを探す。けれど、それらしきものがどこにも見当たらない。冷蔵庫、キャビネット、食器棚《だな》、念のためリビングも確認したけれど、やはりどこにもない。

もしかして忘れた。それとも、自分の部屋に置いてあるのだろうか。

本人に訊《き》くのがが早いだろうと考え、脱衣所《だついじょ》のドアを開けたときだ。ちょうど浴室から澄多《すみた》さんが出てきたところだった。

「ちょうどよかった。夕飯の材料……」

私は途中《とちゅう》で言葉を失った。澄多さんも固まっている。私と風呂場《ふろば》で遭遇《そうぐう》することは、彼女にとって固まってしまうほどの事態らしかった。

——事情は理解できた。

彼女の体は、炭水化物の摂取《せっしゅ》を全否定しているような細さだった。腰《こし》なんか無駄《むだ》な肉は微塵《みじん》も見られず、そのくせ胸回りの凹凸《おうとつ》は明瞭《めいりょう》で、生まれてこのかた太陽の下に出たことがないんじゃないかと思えるくらいの白さだった。髪《かみ》から肩《かた》に滴《したた》った水滴《すいてき》が、肌荒《はだあ》れの抵抗を受けることなく足首まで伝い、マットを濡《ぬ》らす。

一見すると女性の嫉妬《しっと》に晒《さら》されること受け合いのボディーだ。いや、その表現は正しくはない。一見した場合、必ずある部位が先に目についてしまう。

茫然《ぼうぜん》としていた澄多さんは、キッと顔を顰《しか》めたのち、バスタオルで体を覆《おお》った。

「廊下《ろうか》で待ってて」

私は即座に脱衣所のドアを閉め、廊下の壁に背を預けた。中から聞こえるドライヤーの音がやけに遠く感じる。

五分ほど経《た》ち、着替えを終えた澄多さんが脱衣所から出てきた。

「待たせたね」

抑揚《よくよう》を感じさせない声だった。

「……夕飯を作りたいんだけど、……材料って、どこかなと思って」

ゆっくりと、言葉を選びながら言った。

「探しものもできないの。食器棚《だな》の引き戸を開けてみた？」

「開けてみたけどなかったよ。せいぜい素麵《そうめん》が一袋《ふくろ》あるだけで……てっ、それ？」

「ちゃんと見つけてるじゃない」

「夕飯に素麵って、なんか変じゃない？」

「どこが変なのよ。食品衛生法に、素麵食べる時間帯規制でもあるわけ？」

澄多さんに表情が戻ってきた。私は心の奥でホッと息を吐《は》く。

「今日《きょう》は文句言わないでよね！」

私が台所へ踵《きびす》を返したとき、

「小さい頃、火傷《やけど》してさ」

振り向くと既《すで》に彼女の姿《すがた》はなく、スリッパの音だけが廊下に反響していた。

澄多さんのお腹《なか》にはケロイドがあった。キメ細かな白肌の中にあって、それは異形《いぎょう》としか言いようのないものだった。鳩尾《みぞおち》から左の乳房《ちぶさ》にかけ、斜《なな》めに伸《の》びた瘢痕《はんこん》……。

バスタオルを翻《ひるがえ》したときチラッと見えたけれど、背中にも同様のものがあった。

不自然だった。お腹《なか》と背中を同時に、しかも個別に火傷《やけど》するなんてことがありうるのだろうか。どんな状況でついたのかはわからないけれど、それらの傷痕《きずあと》は痛々しいばかりだった。

何より、風呂場《ふろば》で見せた澄多《すみた》さんの表情が、脳裏に絡《から》みつき、振り解《ほど》くことができない。きつく顰《しか》めた顔には、怒《いか》りではなく、悔《くや》しさと恥《は》ずかしさが滲《にじ》んでいた。

誰にも見られたくなかったのだろう。……けれど、私は見てしまった。

澄多さんは女の子だ。眉《まゆ》は海外ブランドのアイブローでキメ、高校生のくせに美容液なんか使って、有名な低価格アクセサリーショップのブレスレットをして登校している。

あの傷は見ちゃいけないものだったのだ。

私は自分の軽率《けいそつ》さを咎《とが》めながら鍋《なべ》を火にかけ、素麺《そうめん》を茹《ゆ》で、リビングに持って行った。

今日《きょう》は「麺を茹ですぎよ！」と不平を言われた。その指摘《してき》は正しかった。実際茹ですぎてしまった。

私は不器用なのだ。複数のできごとを並列処理することなんてできない。心配ごとがあるときなんかは、とくに顕著《けんちょ》だ。心ここに在らずといった具合で、よく料理を失敗してしまう。今日も例外ではない。

澄多さんはその後、何も言わず麺を口に運んでいることから、味に関しては異論ないらしかった。ただ、脇《わき》に置かれているコーラのペットボトルが、私の懐疑心《かいぎしん》をチクチク刺激してくるのだ。

「あんたも飲む？」

「遠慮《えんりょ》しておく」

私はやんわり断った。彼女は「そう」とだけ言い、コーラを一口飲んだ。

「素麺とコーラって、食べ合わせとして間違ってない？」

これが、気まずさを破るきっかけに思えた。

「そう？　宮沢賢治《みやざわけんじ》はソバ食べながらサイダー飲んでたらしいわよ」

そう言って澄多さんは、もう一口コーラを咽《のど》に通す。

「それもちょっと微妙《びみょう》。偉人の知られざる奇行《きこう》として、昔テレビでやってた」

「あたしは素麺にコーラだから変じゃないのよ！」

「いや、好《い》い線いってると思うけど。見方によっては更《さら》に上かも」

自然と雑談が展開された。

澄多さんが風呂場でのことを咎《とが》めてこないのは『見なかったことにしろ』という、無言のメッセージなのだと思う。だったら私も何事もなかったように振《ふ》る舞《ま》うのがベストだ。変に意識しちゃいけないんだ。

私は空《から》っぽになった笊《ざる》に容器を載《の》せ、台所へと下げた。

「忘れてたけどこれもね」

食器を洗っていたところに、澄多《すみた》さんが今朝《けさ》の弁当箱《べんとうばこ》を返しにきた。

受け取った私は、ハンカチを解き、弁当箱を泡立《あわだ》っているボウルに沈《しず》めた。

「綺麗《きれい》な刺繍《ししゅう》だけど、このハンカチどこで買ったの？」

冷蔵庫を漁《あさ》っていた澄多さんの手が止まった。

「……お母《かあ》さんの手作り」

短く答え、再び冷蔵庫の中を物色し始める。そして、

「あんたってさ、苗字《みょうじ》変わった？」

言われたことを理解するのに、数秒費やした。洗剤の泡《あわ》が音を立てて弾《はじ》けていく。

「自転車に書いてあったのと、今の苗字が違ってたからさ」

言うべき言葉を考えるのに、更《さら》に数秒費やす。

「中堰《なかぜき》はお父《とう》さんの苗字。真世《まなせ》はお母さんの苗字」

主要なところだけを簡素に述べ、洗いものに専念する。

ガラス製の取り皿をキュッキュッと磨《みが》き、盛りつけに使っていた笊《ざる》の隙間《すきま》を指で擦《こす》る。箸《はし》を一本ずつ丹念《たんねん》に洗い、弁当箱はゴムパッキンの隙間《すきま》の汚《よご》れまでこそぎ落とす。

「あたしと同じだね」

今度は私が手を止めた。指の隙間からすり落ちた台拭《だいふ》きが、水の底でもがき始める。皮膚《ひふ》か

ら冷たいものが這《は》い出でてきた。うなじから流れ、背中を通り腰《こし》へ、順番通りに寒気が奔《はし》る。

あたしと同じってことは、澄多さんの両親も……。

「ところで明日《あした》の弁当どうするつもり？」

なんの脈絡《みゃくらく》もなく切り替えられた話を飲み込むのに、また数秒を費やした。

自分の顔が徐々《じょじょ》に青くなっていくのがわかった。そうだった材料が何もなかったんだ。

「他《ほか》には、何も買ってきてないの？」

澄多さんは「当然でしょ」といった顔で頷《うなず》く。

「そんな。一緒《いっしょ》に買ってきてくれてもよかったのに！」

「何言ってるの、やらせてあげるって言ったでしょ。だからあんたの仕事」

私は怒《いか》りで体がプルプル震《ふる》え始めた。

「もうすぐ店が閉まっちゃうから急いだ方がいいかもよ」

澄多さんは柱時計を指差し、他人事《ひとごと》のように言った。

私はエプロンを床《ゆか》に投げ捨てると、足早に玄関《げんかん》から飛び出し、夜の帳《とばり》が下ろされた街にガスパールを走らせた。

「真世さんお疲れ？」

机に突《つ》っ伏していた私は顔を上げ、目の前で左右に揺《ゆ》れる手の平を、眼球運動のみで追った。三往復したのち、今度は上下に動く。私も目を上下させる。

「これはそうとう疲れてるわね」

そう言って切妻《きりづま》さんは大きく手を振り上げる。私も同調するように顔を大きく上げた。そして、その手が降ろされるのと同時に、私は再び机の上に脱力した。

「やっぱり一人暮らしは大変なのね」

席を向かい合わせ一緒《いっしょ》にお昼を食べていた切妻さんは、デザートのカスタードシューを頬張《ほおば》りながら、遠い目で言ってきた。

今の切妻さんの目には、家事でてんてこ舞いになっている私の姿《すがた》が、想像図となって投影されていることだろう。だとしたら及第点《きゆうだいてん》をあげなくては。

「はい、これ糖分」

シュークリームのかじってない部分を千切《ちぎ》り、だらしなく開いていた私の口に投入する。

喉《のど》に沁《し》みるくらい濃厚なカスタードクリームを咀嚼《そしやく》し、私は椅子《いす》に姿勢《しせい》を正す。

「疲れた体には甘いものがいいよ」

「どっちかって言うと精神疲労なんだよね」

差し出された袋《ふくろ》の中からフルーツグミを一つもらう。シュークリームには劣《おと》るけれど、これもかなりの甘さだ。切妻さんは甘党らしい。

グミを噛《か》みながら昨晩のことを思い出す。

気温がグッと下がった夜の街に薄着《うすぎ》のまま漕《こ》ぎ出した私は、微《かす》かな記憶《きおく》を頼りに、近くの個人商店へと向かった。

シャッターを下ろそうとしていたお婆《ばあ》さんに「待った」をかけ、店内に駆《か》け込み、肉類と野菜、お米と小麦粉を購入《こうにゅう》し、帰路に着く……………はずだった。

携帯《けいたい》に着信があり、ディスプレイを見てみれば〈澄多有住《すみたありす》〉と表示されており、イヤな予感を抱《いだ》きつつ通話ボタンを押してみれば予感的中で、私は彼女の望みを叶《かな》えるため、マンションとは反対方向にハンドルを切ることとなったのだ。

某《ぼう》コンビニで限定販売されているスイーツが食べたくなったらしい。ただし、同じチェーン店でも、扱っている店舗《てんぽ》はごく一部に限られており、どの店で売られているかは知らないとのことだった。

『探して買ってきて』

そう言うと、私の返答なんか待たずに通話を切ってしまった。

『あんたに拒否権《きよひ》はないわよ』

彼女の心の声を、電話越しに聞いた気がする。

私は大通り沿いに出店している青い看板《かんばん》の店を、手当たり次第に回った。五店ほど空振りに終わり、心身共にグッタリしてきた頃、『春季限定　焼きショコラ大福《だいふく》』の幟《のぼり》を発見した。

疲労困憊《こんぱい》で帰宅した私は、さすがに文句の一つも発した。すると、

「気の毒に。扱う商品にバラツキが出るのはフランチャイズの弊害《へいがい》ね」

澄多《すみた》さんはあっけらかんと言った。「ありがとう」の一言もなかった。——ふざけてる。

それだけならいざ知らず、今度はお弁当《べんとう》にまで注文をつけてきたのだ。

「冷凍《れいとう》食品はイヤ」「高カロリーのものはダメ」「野菜にはマヨネーズじゃなくて、植物性ドレッシングを使って」「セロリの臭《にお》いが好きになれないの」

彼女のわがままは、尽《つ》きることなく延々と続いたのだった。

「悩みでもあるの？　私でよかったら相談に乗るよ」

切妻《きりづま》さんはかなり本気で心配しているけれど、居候《いそうろう》先の住人に使役《しえき》されているなんて、堂々と胸を張って言えることではない。むしろ隠《かく》しておきたい。

「私じゃ力になれない？」

切妻さんの純粋な眼差《まなざ》しが痛かった。

いっそ事情を話し、彼女の家に厄介《やっかい》になってしまおうか。……それはダメだ。これは私の問題であり、彼女に迷惑《めいわく》をかける筋合《すじあ》いのものではない。

甘《あま》い考えに蓋《ふた》をして、私は瞳《ひとみ》に意思の光を灯《とも》す。

「もう少しだけ頑張《がんば》ってみようと思うんだ！」

二つ目のグミを摘《つま》みながら、強く訴えるように告げた。

「困ったことがあったら、いつでも力になるからね」

切妻さんは顔に憂慮《ゆうりょ》を湛《たた》えたまま、キシリトールガムを噛《か》み出した。食後のデザートタイムは終わったようだ。

「真世《まなせ》さんがお疲れなら、明日《あした》の予定は延期かな？」

明日は休校日になっている。四月のこの時期に休校日なんておかしいなと思ったけれど、開校記念日と聞いて納得《なっとく》した。一日を自由にすごせるのは単純に嬉《うれ》しい。そのバラ色の日に、切妻さんは私を市内へ案内してくれるというのだ。本当なら居候の礼儀《れいぎ》で、リビングの掃除《そうじ》でもしようかと思っていたけれど、あんな態度をされたあとではそんな気も失《う》せてしまった。

「是非《ぜひ》ともお願いするわ。むしろ気分転換したいくらい」

「じゃあ、時間と集合場所は帰ってからメールするね」

切妻さんは満面の笑みを見せた。私はもう一粒《つぶ》グミをもらい、グニャグニャした食感で遊んでいると、

「よっ、暇《ひま》だからまた遊びにきたぜ」

砂森《ゆなもり》君が教室にやってきた。「また」とつけたのは、昨日《きのう》もきたためだ。「暇だから」なんて言っているけど、本音は切妻さんが目当てだ。砂森君は常に切妻さんを視界に捉《とら》えていたいの

だと思う。

「あんた自分のクラスに友達いないわけ」

「馬鹿にすんな。友達ぐらいいる」

そう言って、切妻《きりづま》さんのガムを三粒《つぶ》くすねた。

「それより真世《まなせ》さん、廊下《ろうか》で先輩《せんぱい》が呼んでるぜ」

言われて廊下を見ると、確かに誰か立っていた。ピンクフレームの眼鏡《めがね》が特徴的な女性徒で、胸のワッペンからするに、二年生のようだ。しかし、二年生に知り合いはいない。

「あなたが真世杏花《きょうか》さん？」

訝《いぶか》しみながら廊下に出ると、彼女は落ち着いた声で尋《たず》ねてきた。状況が呑《の》み込めず、私は返事をするでもなく、コクリと頭を下げた。上級生に対する態度としては適切じゃなかったけど、彼女は気にしたふうもなく、私を伴いどこかへと歩き出した。場所を移すらしい。一瞬《いっしゅん》、呼び出しとも思ったけれど、可憐《かれん》そうな彼女から危険な香りはしない。どちらかといえば、彼女の方が私以上に緊張《きんちょう》しているようにも思える。

着いた先は外へ続く非常階段の踊《おど》り場だった。

彼女はこちらを振り向き、

「一年C組の澄多《すみた》有住《ありす》って子、知ってる？」

なんの前置きもなく話を切り出した。

なるほど、澄多さん絡《がら》みか。合点《がてん》した。

「同居してるって本当？」

彼女は焦《あせ》っているのか、私の返事を待たずに話を進めた。

見ず知らずの人にプライベートを知られていることが、少し気味悪くもあった。

「はい、現在一緒《いっしょ》に住んでます」

私は警戒心《けいかいしん》を露《あらわ》に、探るような目を向けた。

「ああ、警戒しないで。有住から聞いたの」

と……いうことは。彼女は澄多さんの知人？

彼女は私が警戒を解《と》いたと見て、事情を説明してくれた。

彼女は館下希《たてしたのぞみ》という名で、澄多さんとは小学校時代からの知り合いらしい。現在、澄多さんがマンションに独《ひと》り暮らしをしていることも把握《はあく》しているようだった。普段学食を利用している澄多さんが、昨日《きのう》と今日《きょう》、弁当《べんとう》持参で登校してきたことを不思議に思い、問い質《ただ》したところ、私の存在を知ったというわけだ。

考えてみれば、真っ先に辿《たど》り着くべき答えだった。しかし、あの不良な澄多さんと、純情そうな館下さんとでは、見た目の違いが邪魔《じゃま》し、両者が結びつかなかったのだ。

館下さんは眼鏡のレンズ越しに微笑《ほほえ》みかけてくる。私も笑顔を返す。

ただ、次に館下さんが発した言葉は、解《げ》せないものだった。

「有住《ありす》、性格キツイけど悪い子じゃないからさ。あの子のことお願いね」

なんかこれだと、私が澄多《すみた》さんの面倒《めんどう》を見るみたいに聞こえるのだけど。

「あのー。今度は私の話を聞いてもらいたいんですが」

私は澄多さんの家に厄介《やっかい》になった経緯《けいい》を話した。

「えっ、次の部屋が見つかるまでの間だけなの」

澄多さんは館下《たてした》さんに詳細《しょうさい》な説明をしていなかったようで、館下さんは私がずっと居候《いそうろう》するものだと勘違《かんちが》いしていたらしい。

「そっか。ちょっとの間だけか……」

館下さんは円《つぶ》らな瞳《ひとみ》を曇らせる。

「有住、家ではどんなようす？」

「家にいるときですか？　えーと、本読んでたり……あとは……とくに何も」

私が知っている澄多さんの行動はこんなものだ。わがまま放題とか、掃除《そうじ》不精《ぶしょう》とか、味覚が変わっているとか、「ようす」に該当《がいとう》することはたくさんあるのかもしれないけれど、ここで言うのは告げ口みたいでイヤだった。

「相変わらず、有住に変化なしか」

どうやら、澄多さんは昔からあんなならしい。

しかし、館下さんの言動には不可解な点も多数ある。いくら友人とはいえ、他人の家庭内のことまで気にはしないはずだ。

「あのー。澄多さんと何かあったんでしょうか？」

微《かす》かながら、好奇心《こうきしん》を刺激されてしまった。

「昔、借りがあってね。それで、色々と気になっちゃうわけよ」

館下さんは僅《わず》かに俯《うつむ》き、小さく唇《くちびる》を動かした。

「借り、ですか」

「そう、大きな借り」

館下さんは「大きな」とつけ足した。

それがどういった「借り」なのか気にはなるけれど、これは私が踏《ふ》み入る領域ではないように思えた。

「じゃあ私はこれで失礼するわ。呼び出したうえ、変な話して悪かったわね」

館下さんは眼鏡《めがね》の曇りを拭《ふ》いたのち、校舎の中へと消えて行った。

私は意味もなく空を眺《なが》める。人は迷ったとき空を見上げるものなのだ。

西に流れる霧雲《きりぐも》を目で追尾《ついび》していると、コツコツと足音が響いてきた。誰かが非常階段を上がってくるようだ。空から視線を降ろすと、ちょうど、上がってきた二人と目が合った。

「あれっ、砂森《ゆなもり》君？　それに切妻《きりづま》さん。どうしてここに？」

「おっ、おう」

陽気に挨拶《あいさつ》する砂森《ゆなもり》君は、なぜかソワソワと落ち着きがなかった。

「ゴメンなさい。盗《ぬす》み聞きする気なんか、これっぽっちもなかったの」

そう言って切妻《きりづま》さんは、親指と人差し指で、ミリ単位の隙間《すきま》を作ってみせた。

あちゃー。私は額を押さえ、もう一度空を向いた。

「本を正せば、『呼び出しかもしれないぜ』なんて不安を煽《あお》った歴《わたる》が悪いのよ」

「お前だって同意したじゃねえか。それに、あとをつけようって言い出したのはお前の方だろ！」

「だって、危険な状況だったら先生に通報しなきゃいけないじゃない」

「危険はないってわかった時点で、教室に戻ってりゃよかったんだよ」

「帰ろうって言ったじゃない！　それなのに歴があそこから動かなかったんじゃない」

切妻さんは下を指差した。この下は一階への出入り口になっている。どうやらそこで聞いていたらしい。

「この馬鹿にはあとで厳《きび》しく言って、二度とこんな真似《まね》させないから！」

「それだと一方的に俺《おれ》が悪いみたいじゃねえか」

私は二人の間に割って入り、痴話《ちわ》喧嘩《げんか》を仲裁《ちゅうさい》した。見事に問題をはぐらかされた気もしたけれど……。

「さっきの話、全部聞いちゃった？」

二人はシュンと下を向き、

「「うん」」

息ピッタリに発声した。どうやら私の陥《おちい》っている状況は発覚してしまったらしい。

仕方ない。私は二人に、澄多《すみた》さんとの同居を詳細《しょうさい》に説明した。この際全《すべ》て明かした方が要《い》らぬ誤解を招かずにすむ。

「それって不動産屋の責任でしょ。絶対引っ越した方が得だよ。契約金倍返しとかしてもらってさ」

「でも今更《いまさら》だし。別の部屋が見つかるまでの辛抱《しんぼう》かな」

私が「教室に戻ろう」と口を開きかけたとき、

「その澄多って、C組にいる茶髪《ちゃぱつ》の女子？」

おもむろに砂森君が呟《つぶや》いた。彼女のことを知っているのかな？

「あのさ、もしかすっとその澄多って、ヤバイ人かも」

澄多さんがヤバイ人？　確かに自分本位で人の迷惑《めいわく》を考えない、色々と問題のある性格ではあるけれど、砂森君が言わんとしている「ヤバイ」は別の意味のような気がした。

「中学時代の野球部の先輩《せんぱい》がこの高校にいるんだよ。昨日廊下《きのうろうか》でバッタリ会って、話が弾《はず》んでさ。そしたら、去年校内で起きた傷害事件の話がチラッと出てきたんだ」

砂森君は一旦《いったん》話を切り、躊躇《ちゅうちょ》を見せた。私は目配《めくば》せで続きを促《うなが》す。

「『同級生に目ぼしい女子とか見つけたか。上級生としてアドバイスさせてもらえば、C組の茶髪《ちゃぱつ》の女子はやめとけ。あいつ去年、教師に怪我《けが》負わせて停学になったんだぜ。そのせいで一年ダブってんだ。可愛《かわい》いからって声かけんなよ。鼻へし折られるかもしれないぜ』って。まあ、下世話《げせわ》な話だったんだけど……」

私は数秒間、呼吸するのを忘れていた。

「でっ、その女子の名前が」

「澄多有住《すみたありす》……」

砂森《ゆなもり》君が名前を出す前に、私が先に言った。

「珍《めずら》しい名前だったからよく覚えてる。確か、ありす、って言った」

三度空を見上げると、霧雲《きりぐも》はどこにも見当たらなかった。青一色の空は怖《こわ》くもあった。

「真世《まなせ》さん……大丈夫《だいじょうぶ》……だよね？」

切妻《きりづま》さんの憂《うれ》えるような声が、私の耳に延々と木霊《こだま》していた。

その夜、夕食を終えた私と澄多さんは、デザートのドラ焼きに舌鼓《したつづみ》を打っていた。

一時間ほど前、お隣《となり》から頂いたものだ。皮の中身は餡子《あんこ》ではなく、バタークリームとレーズン。面白い組み合わせだ。越してきたのは三人家族らしく、若いお母《かあ》さんが小さな女の子を連れ挨拶《あいさつ》にやってきた。物腰《ごし》が柔《やわ》らかな人だった。

澄多さんは文庫を読みながら、黙々《もくもく》とドラ焼きを口にしている。素手《すで》ではなくフォークを使用していたりと、洗い物を増やされてしまった。

「そういえば今日《きょう》のお昼休みに、館下《たてした》さんって人が私のところにきたよ」

私は話を切り出す。この家では黙《だま》っている限り、永遠に静寂《せいじゃく》が居座ってしまう。

「希《のぞみ》が？」

澄多さんは本から顔を上げ、「希が、あんたのところに？」と同じ台詞《せりふ》を繰《く》り返した。

私を見据《みす》える彼女の瞳《ひとみ》は、不安を内包しているように思えた。

「希、なんか言ってた」

「えーと確か。澄多さんは性格きついけど悪い人じゃない、みたいなことを」

澄多さんは「余計なことを」と小声で毒づく。

「希のやつ勘違《かんちが》いしてる。あたしはいい子なんかじゃない。むしろ悪い子。だって不良だし、服装なんか校則違反しまくってるし、屋上に隠《かく》れて授業ふけるときもあるし」

一息に捲《まく》し立てた。そして、

「去年なんか停学食らったし」

私は凍《こお》りついた。砂森君から聞いた話と合致《がっち》してしまった。

「出席日数足りなかったのって……停学のせいだったんだ」

澄多《すみた》さんが微《かす》かに動揺《どうよう》を見せた。勢いのまま失言してしまったらしかった。

「先生を怪我《けが》させたって……本当？」

澄多さんはすぐには答えなかった。食べかけだったドラ焼きを一度に頬張《ほおば》り、ムシャムシャと咀嚼《そしやく》し、飲み込んだのち、

「それも、希《のぞみ》が教えたの？」

「ううん、クラスの友達から聞いた」

砂森《ゆなもり》君の名前を出すのは気が引けたので、少しだけ嘘《うそ》を交えた。

「注意されてムカついたから、椅子《いす》でぶん殴《なぐ》ってやったのよ。そいつ小笠原《おがさわら》っていうんだけどさ。あたしの椅子攻撃がよっぽど身に堪《こた》えたのかね、すぐに転勤して行っちゃったのよ。あたしの度胸も捨てたもんじゃないわね」

澄多さんはそのときの再現とばかりに、虚空《こくう》に向かって椅子を振り下ろす真似《まね》をした。

小笠原、転勤。つい最近、小耳に挟《はさ》んだ単語だ。それが弓道部《きゆうどうぶ》女子の雑談からだったことを思い出し、世界ははてしなく広いけれど、そこで営まれる人間関係って、案外手狭《てぜま》なのかな、などと考えていた。

「おかげで、今年めでたく二度目の入学式を迎えたわけよ」

澄多さんは悪びれたようすもなく、むしろ誇《ほこ》らしげだった。

「あたしとしては願ったり叶《かな》ったりだったけどね。気に入らないやつをぶちのめしたうえ、長

期の休日までもらえたわけだから。思わず畳《たたみ》部屋でガッツポーズ決めたら、さすがのガンジーも唖然《あぜん》としてたわね。ちなみに畳部屋っていうのは生徒指導室の通称。一面畳張りだから、生徒の間ではそう呼んでるわけ。何かよからぬことをするときとか、『ばれたら畳部屋行きだね』なんて囁《ささや》き合うわけよ」

自身の武勇伝《ぶゆうでん》を語る澄多さんは、いつになく饒舌《じょうぜつ》だった。

上機嫌《じょうきげん》な彼女とは対照的に、私は深く沈《しず》んでいた。

ショックだった。身近にいる人がとんでもない問題児だったなんて。私は暴力が大嫌《きら》いだ。行使するのはもちろん、喧嘩《けんか》の現場に居合わせるのも御免《ごめん》だ。映画とかドラマとかなら平気なのだけれど、現実となると拒否《きょひ》反応を起こしてしまう。感情の衝突《しょうとつ》が苦手なのだ。

澄多さんの語りはまだ続いているけれど、私は耳を遠ざけ、認識しないよう努めた。

他人に暴力を振るったことを誇《ほこ》るなんて、どうかしてる。

彼女に対し軽蔑《けいべつ》を抱《いだ》いたとき、私の携帯《けいたい》がメールを着信した。

「ピピピ、ピピピ」と、フラップを開くことを催促《さいそく》してくる。

お母《かあ》さんが出て行ったのち、着信音は変更した。『雨にぬれても』を聞くたび、あの瞬間《しゅんかん》が蘇《よみがえ》ってくるからだ。

色塗りされていない簡素な着信音が、なぜだかこの家ではよく映えた。

三章

あれは、私の下に十四回目の春が訪れたときだった。その日、お母《かあ》さんは朝早く出かけて行ったきり、暗くなっても帰ってこなかった。

お母さん遅いな、早くしないとシチューが冷《さ》めちゃう。揚《あ》げ物だって温めなおさないといけない。まったく、どこで何してるんだろう。私はやきもきしつつ帰りを待っていた。

時計の針が八時を回ったとき、お母さんの分にラップをかけ、一人夕飯をすませた。

九時を知らせる時計のベルにやや遅れ、「ただいま」と声がした。

「お母さんこんな時間までどこ行ってたの」

「お客さんのところ。これも仕事の一環《いっかん》」

そう言って、持っていた紙袋《ぶくろ》を三和土《たたき》からこちらに差し出してきた。

「遅くなるなら遅くなるで、電話くらい寄こしてもいいじゃない」

私は口を尖《とが》らせながら紙袋を受け取った。

やけに立派な袋だけれど、中身はなんだろう。しっかりした作りで、表面に施されたラミネート加工が高級感を漂《ただよ》わせている。印刷されているHWはブランドのロゴだろうか。何を買えばこんな袋に入れてもらえるのだろう。食料品の類《たぐい》でないことは確かだ。

「これ何?」

当然、疑問をぶつけた。するとお母さんは「もらいもの」とだけ言い残し、自室へと引っ込んでしまった。

私は釈然《しやくぜん》としないものを胸に抱《かか》えながら、それをテーブルに置く。

それにしても不自然だ。古臭《ふるくさ》い木造平屋の居間には似つかわしくない代物《しろもの》で、明らかに周囲から浮いている。まさに〝異物〟だ。我が家に紛《まぎ》れ込んできた、得体の知れない物体。

そしてその日を皮切りに、お母さんは休日になると頻繁《ひんぱん》に出かけるようになり、私の疑心を刺激《しげき》した。

お母さんは化粧品《けしようひん》の訪問販売員をしている。いわゆるセールスレディーというやつで、お父《とう》さんと別れたあと、今の仕事に就いたのだ。

月々の営業ノルマやら、訪問先で浴びせられる冷たい言葉など、心労が絶えない職業というイメージがあったため、私は心配だった。生活のためとはいえ、この仕事を選択したのは間違いではないだろうか。養われているだけの私が言っていいものかわからないけど、お母さんに向いているとは思えなかった。

しかし、お母さんはやる気満々だった。ドラマに出てくるOLみたいにビシッと決め、毎朝出社して行った。そして働き始めた途端《とたん》、お母さんの顔に光が戻ってきたのだ。

「お父《とう》さんなんかいなくても、生きてゆけるものね」

そう話すお母《かあ》さんはとても若々しく、溌剌《はつらつ》としており、何より自信に満ちていた。

家族という間柄《あいだがら》が邪魔《じゃま》をし、まるで実感がなかったけれど、お母さんはまだ若い。三十四歳《さい》。働き盛りと言っていい。


二十歳《はたち》のときお父《とう》さんと結婚《けっこん》し、すぐ私を産んだらしい。それからずっと専業主婦をやっており、家事や私のお守《も》りにかかりっきりで、自分の時間なんかなかったのだ。

お父さんとの離婚《りこん》も確定し、中学になり私もある程度は自立した。今まさに、お母さんは家庭という束縛《そくばく》から開放され、自由を得たのだ。家族ではなく、自分のために生きることを思い出したのだ。


私はそれでよかった。家族とはいえ一個人には違いない。自分を大切にするのは当然だ。それ以前に、お母さんには幸せになってもらいたかった。私も家事を手伝うようになり、今までのお母さんの苦労が身に染《し》みてわかったからだ。


十数年間こんな労苦を重ねてきたのだから、今、好きなことをやっていたって文句は言えない。それに、生き生きしているお母さんの姿《すがた》を見ると、私は嬉《うれ》しくなってくるのだ。

仕事の方も順調で、営業成績もかなりのものらしかった。会社から表彰されたと言って、誇《ほこ》らしげに表彰状を見せてくれたりもした。

家にいるときに会社から連絡《れんらく》がくるときもあった。お母さんは電話越しに指示を出していた。

通話を終え、面食らっている私に一言、

「ゴメンね、杏花《きょうか》。部下が顧客《こきゃく》からのクレーム処理にあたふたしてるみたいなの。悪いけど今から出社するわね。遅くなるかもしれないから、夕飯はいらないわ」

そう言って、慌《あわた》だしく着替え、家を出て行った。

お母さん昇進したんだ。部下までいるなんて凄《すご》い。私は素直に感心していた。

テーラードジャケットと、センタープレスパンツで出社するお母さんに、主婦だった頃の面影はない。完全にキャリアウーマンに変貌《へんぼう》してしまったのだ。

おかげで家計も安定し、お父さんがいた頃の生活水準に戻ってきた。もしかしたら超えていたのかもしれない。給料明細を見たことがないので断言はできないけど、お母さんの収入は、お父さんのそれを上回っていたのだと思う。

『お父さんなんかいなくても生きてゆけるものね』

この言葉はお父さんからの完全な離別《りべつ》を意味している。

罵《ののし》るわけでもなく、憎《にく》むわけでもない。感情を傾けることすらしないのだ。あの人とすごした時間は、人生の一コマでしかなかったのだと……。

そして、コマは早送りでもするように、急速に次のシーンへと移行してゆく。

ある日曜の朝、私は台所でゴミの分別《ぶんべつ》をしていた。たまたま捨てられていたレシートが目に入り、「おやっ」となった。書かれている内容が奇妙《きみょう》だったからだ。

『革靴《かわぐつ》』『ネクタイ』

おかしい。革靴《かわぐつ》なんてこの家にあったかな？　さっき下駄箱《げたばこ》を整理していたけど、そんなものなかった。それ以前に、なんでネクタイなんて買ったのだろう。オシャレで身に着けている女の人も見かけるけど、お母《かあ》さんが好むスタイルではない。

ある疑惑《ぎわく》が私の頭上を旋回《せんかい》し始める。

他《ほか》にもレシートはないだろうか。私はゴミ袋《ぶくろ》を引っくり返した。そして、ディスカウントストアやコンビニに混じり、大手百貨店のレシートを発見した。

『メンズ・ドレスシャツ』

ああ、やっぱり。

旋回していた疑惑は明確な形となって落ちてきた。私は降ってきた事実をなんとか嚥下《えんげ》し、自分なりの言葉に変換し、吐《は》き出す。

「お母さんは新しい人生を歩み始めているんだ」

＊

「緑《みどり》のやつ、遅えな……」

砂森《ゆなもり》君は腕《うで》時計と睨《にら》めっこしつつ、間延びした声を出した。

「きっと混《こ》んでるんだよ」

「まさか、木曜は外来が休みなんだ。薬剤課の窓口に引換券出せば終了。こんなに時間かかるはずないんだけどな」

砂森君は手持ち無沙汰《ぶさた》を紛《まぎ》らわすためか、腰掛《こしか》けているスプリング式の遊具を左右に揺すり出した。私も座っているブランコを漕《こ》ぐ。ユラユラ揺れるブランコから仰《あお》いだ空は青く澄《す》み渡り、曇りと予報を出した朝の天気予報が外れたことを、雄弁に語っている。

分厚い雲の切れ間を太陽が掠《かす》めるたび、眼前にそそり立つ建物を白く輝かせ、十階建ての重厚な佇《たたず》まいを逆光で霞《かす》ませる。屋上では純白のシーツが風に靡《なび》き、無数の窓からは今にも消毒液の臭《にお》いが漂《ただよ》ってきそうで、白衣姿《すがた》の人がそこかしこに見られた。そう、ここは病院だ。

昨夜受け取ったメールは切妻《きりづま》さんからのもので、明日《あす》の日程を知らせるものだった。彼女が待ち合わせに指定してきた場所は、なんと市内にある市立病院。つまり、ここなのだ。

「薬もらうだけだから、すぐ戻ってくるね。悪いけど、適当なところで待っててくれる」

そう言って切妻さんは、エントランスに消えた。

切妻さんは喘息《ぜんそく》を抱《かか》えているらしく、定期的にこの病院で診察《しんさつ》し、薬を処方してもらっているのだそうだ。今日《きょう》どうせ近くまでくるのだから、ついでに寄って、薬を受け取ることにしていたらしい。

砂森君は遅いと言っていたけれど、実はまだ十五分くらいしか経《た》っていない。

「ようす見に行く？」

「待ってろって言われたんだから、大人《おとな》しく待ってようぜ」

砂森《ゆなもり》君は律儀《りちぎ》にも言いつけに従うようだ。

同年代の男子より上背《うわぜい》と肩幅《かたはば》で勝《まさ》っているため、どうしても大雑把《ざっぱ》な印象を抱《いだ》いてしまうけれど、それは偏見《へんけん》だった。彼は意外にも素直な性格をしているのだ。

私はブランコをユラユラ漕《こ》ぐ。砂森君は遊具をキイキイ揺《ゆ》する。私と砂森君が選んだ『適当なところ』は、病院前の遊具スペースだ。

クッションマットが敷き詰められた小さな空間には、他《ほか》に、スパイラル式の滑《すべ》り台が一つだけある。入院している児童のための、ささやかな王国だ。私が座っているブランコには、赤ん坊用《ぼうよう》のサポートシートがつけられており、砂森君が揺すっているスプリング式遊具も、子供に喜ばれそうなデザインになっている。最初は馬だと思ったけど、よく見ると一角獣《いっかくじゅう》だ。病院側が児童の完治《かんち》を願ったのかもしれない。

「切妻《きりづま》さんの喘息《ぜんそく》って悪いの？」

「小さい頃は酷《ひど》かったけど、今はそんなでもねえな。ほら、百聞《ひゃくぶん》は一見にしかず」

砂森君が顎《あご》をしゃくる先には、

「遅くなってゴメーン！」

と、こちらに向かって元気に駆《か》けてくる切妻さんの姿《すがた》があった。

切妻さんの合流に合わせ、私達は大通りを北へ歩き出す。

「まったく、遊ぶ時間が減っちまったじゃねえか」

「仕方ないでしょ。係の人が出払《ではら》ってたんだから」

「用意してある薬出すだけなら誰でもいいようなもんだけどな?」

「病院側の規則なんじゃない。ほら、最近そういうことに何かとうるさいじゃない」

切妻さんと砂森君は、互《たが》いの歩幅《ほはば》を合わせ、息を合わせ、指を絡《から》ませ、少しのズレもなく寄り添って歩いている。

砂森君が同行してくることは、昨日《きのう》のメールで知らされた。ひょっとすると、二人は元々、今日《きょう》出かける予定を立てており、私が急遽《きゅうきょ》それに加えられたのではないかと思ったりする。どちらにせよ、私は邪魔《じゃま》者のような気がしてならない。

二人の足並みには乱れがない。この二人は常に並列して存在している。手を繋《つな》ぐと同時に心も繋がっているのだ、きっと。

――人同士の繋がり。

他愛《たわい》のないメールを頻繁《ひんぱん》に届けるという形で、伯父《おじ》さんは私との繋がりを維持している。お父《とう》さん、お母《かあ》さん。あの二人との繋がりは、今や完全に絶たれたと言い切ってよい。お父さんとお母さん。二人の間に生じたズレは、どのようなものだったのだろう。そして、それはどの程度のズレだったのだろう。

初期の頃はごく僅《わず》かだったかもしれない。それが、日を追うごとに広がっていった……。

ボールペンで紙に二本の線を平行に書くとする。最初は一寸の狂いもなく引いていたけど、途中《とちゅう》で片方がほんの少しまがってしまう。

「ああ、まがっちゃった」

そのときは笑ってすませるけど、線を延長していくに従い、そのズレ幅《はば》は大きくなる。二つの線は徐々《じょじょ》に離れて行き、そしてとうとう、手を伸《の》ばしたって届かないくらい致命《ちめい》的なまでの間が開いてしまう。

もしかしたら、双方《そうほう》が手を伸《の》ばし合えば、中指の先くらいは触《ふ》れることができるのかもしれない。もしくは、私がお父《とう》さんとお母《かあ》さんの間に入り、二人の手を握《にぎ》る。そうすれば延長コードの要領で、二人は私を介《かい》し手を繋《つな》げたのではないだろうか。

……それとも、当時の私では手が短すぎただろうか？　ねえ、どうなの？

誰にともなく疑問を振り、帰ってくることのない答えを待つ間、街中を眺《なが》める。

私達が歩いているのは四車線の大きな通りだ。週末にでもなれば人で溢《あふ》れてしまうのだろうけれど、今日《きょう》は平日のためか、人の往来は控《ひか》えめだ。

道路を挟《はさ》んで右手側には、保険会社のビルが地面に巨大《きょだい》な影を落とし、その下では、枝を幾《いく》重《え》にも広げた街路樹が大地に根を下ろしている。半纏《はんてん》みたいな葉の形を見るにユリノキだろう。チューリップそっくりの淡い黄緑の花がキレイだ。左に見えるのは大学だろうか。参考書を小《こ》脇《わき》にかかえた学生の姿《すがた》がちらほら確認できる。眠《ねむ》そうに欠伸《あくび》をしている人。友達とお喋《しゃべ》りしている人。携帯《けいたい》を弄《いじ》っている人。様々なキャンパスライフが展開されているようだ。

前方から、ケバイ化粧《けしょう》の女子集団が歩いてくるけれど、彼女らも学校が休みなのだろうか。

裏通りに入っていくスーツの男性はなんのつもりだろう。そっちはどう見ても行き止まりだ。

前を歩くＯＬは右手に菓子パンを一つ持ち歩いているけど、どういった理由だろう。お昼なのだろうか？

学校をサボろうが、袋小路《ふくろこうじ》に向かって歩こうが、理解に苦しむ行動を取ろうが、人生の進め方は各々《おのおの》だ。本人にしてみれば最善と考えたうえでの行動なのだろう。

ケバイ化粧の女子集団が脇をすり抜ける。擦《す》れ違いざま、切妻《きりづま》さんと砂森《ゆなもり》君に一瞥《いちべつ》をくれ、続けて私に視線を移し、哀《あわ》れむような表情を残し去って行った。

傍目《はため》から見た私は、かなり間抜けな位置づけのようだ。友人のデートに付き添う、お節介《せっかい》な女とでも思われたのだろうか。

「どう？　東京《とうきょう》には及ばないまでも、この街もなかなかでしょ。はい、感想どうぞ」

切妻さんは手でマイクを握《にぎ》る真似《まね》をし、私の口元に近づけてきた。

「上手《うま》く言えないけど。なんだか広々としてる。空間的にじゃなくて、精神的に」

私の不思議発言を受け、切妻さんがきょとんとする。

「東京ってさ、人だらけなんだよね。どこを歩いていても人、人、人。都市の人口許容量なんか軽く超えちゃってるわけよ」

変な子だと思われるのはイヤなので、慌《あわ》てて解説をつけ加えた。

「通りを歩いてても道の向こうなんて見渡せないんだよね。都心なんか両手を伸《の》ばせば必ず誰かにぶつかるし、地下鉄なんて拷問《ごうもん》に等しいよ。だから東京《とうきょう》って狭苦《せまくる》しいんだ。でも、この街って道の先まで見えるよね」

私は遥《はる》か彼方《かなた》、青い空気の層に包まれたビル群を指差した。二人も前方に目を凝《こ》らす。

「ちゃんと自分の居場所がわかるし、行き着く先も見渡せる。なんか安心しない？」

「なるほど、真世《まなせ》さんは文系か」

切妻《きりづま》さんは違うところで納得《なっとく》したらしい。

「俺《おれ》は理系だから、比喩《ひゆ》的なものは苦手だな」

「私に言わせれば、歴《わたる》は体育会系だけど」

「私もどっちかって言うと、文系じゃなくてそっちかな」

「えっ、真世さんも体育会なの？」

「いや、理系って意味なんだけど」

「二人とも、それはおかしいぞ。真世さんだって、小学校のとき『好きな教科は？』って訊《き》かれたとき、真っ先に『体育です』って答えた口だろ。なんでみんな、今になって体育を嫌《きら》うんだ！」

こんな感じで、他愛《たわい》のないやり取りをしながら、私達は市内を巡《めぐ》った。

都市公園内に店を構える古風な茶屋に入り、名物のお餅《もち》を軽く食べたあと、垂《た》れ下がった樹木のトンネルを散策する。新緑の香りの中、私と切妻さんは互《たが》いの愛称を決めた。その名も、『マナちゃん』『キリちゃん』。……一片の捻《ひね》りもないストレートな命名だ。

歪《ゆが》みない直立不動な愛称に満足しつつ、公園を抜け、近場のカフェへと向かう。

隠《かく》れ家《が》のようにひっそりと営業している店で、キリちゃんお気に入りの場所らしい。古い民家を利用しており、アルミ戸の前に置かれたメニューボードがなければ素通りしてしまいそうだ。

キリちゃんはキッチンに立つ店員さんに軽く会釈《えしやく》し、慣れたようすで、ドシドシ階段を上がって行った。

二階は和室だった。畳《たたみ》の上に白いソファーが置かれている光景は、ミスマッチながら、どこかセンスを感じる。

靴《くつ》を脱《ぬ》いだ私はソファーに腰《こし》を降ろし、木製のテーブルに肘《ひじ》をつく。

「やっぱ疲れちゃった？」

「足がパンパンです」

「むっ。もっと体力つけないと、この先やっていけないぞ」

「すんません、軟弱《なんじやく》な都会っ子で」

「今から鍛《きた》えないと三年間が大変よ。なんたって私達は花の女子高生！　恋と遊びに大忙し！

休む暇《ひま》なんかありゃしません」

キリちゃんは〝恋〟を強調させ隣《となり》を向く。言うまでもなく、そっちに座るのは砂森《ゆなもり》君だ。

「俺《おれ》はキーマカレーにしよう。ついでに野菜サラダも頼むかな」

とうの彼は昼食の選定に夢中だった。

ムッと頬《ほお》を膨《ふく》らますキリちゃんを他所《よそ》に、砂森君は自分の注文をメモ書きし、私へと寄こしてきた。さっきお餅《もち》を食べたばかりなので、お腹《なか》は空《す》いてない。私は〈チャイ〉とだけ記入し、拗《す》ねているキリちゃんへと手渡す。自分の分を書き終えたキリちゃんは、メモをクリップで止め、厨房《ちゅうぼう》へと続く筒《つつ》の中に落とした。ユニークなオーダー方法だ。

注文したものは数分で届けられた。

私はスパイスの効いたチャイを口に含む。砂森君はもうカレーを平らげ、野菜サラダをモグモグ食べている。キリちゃんはチョコレートケーキを笑顔で頬張《ほおば》っている。先ほどの不機嫌《ふきげん》は生チョコが打ち消してくれたようだ。

彼女はさっきの茶屋で、お餅のセットメニューを食べていたはず。そんなにカロリーを摂取《せっしゅ》して大丈夫《だいじょうぶ》なのだろうか。

私はキリちゃんを観察する。

白のロングスリーブシャツに包まれた体は驚《おどろ》くほどスレンダーで、スカートから覗《のぞ》く脚も無駄《むだ》なものが一切見受けられない。はっきり言って羨《うらや》ましい。

補足だけど、バルーンスリーブのような膨《ふく》らんだ袖《そで》はキライらしい。

「んっ、食べカスでもついてる？」

「いや、年季が入った店だなと思ってさ」

適当なことを言いい、彼女の後ろに立つ柱や壁を指差した。

「戦後建てられたのを、そのまま利用してるんだってさ」

キリちゃんはケーキを食べながら、説明してくれた。

「一階の壁とか無償《むしょう》で貸し出しててさ。たまに地元のアマチュア写真家が個展を開いてるんだ。先週は絵画が飾ってあったかな」

「地域密着型ってやつだね」

「うん、地元の観光ガイドにも載《の》ってるよ」

茶屋といいこのカフェといい、彼女はこの手の情報に敏感らしい。

トイレに立った砂森君とすれ違いに、盆《ぼん》を抱《かか》えた店員さんがやってきた。私がオーダーしたチーズタルトが届いたのだ。この際だ、もう少しお腹には頑張《がんば》ってもらおう。

「キリちゃんは吹奏楽部《すいそうがくぶ》で決まりなの？」

トッピングのイチジクを齧《かじ》りながら尋《たず》ねた。

「元々そのつもりだったしね。先生もちゃんとした人だったから、即決定。もう入部届け出しちゃった」

弓道部《きゅうどうぶ》の練習風景を思い出す。あそこに入部して大丈夫《だいじょうぶ》だろうか。

「砂森《ゆなもり》君は野球部だっけ？」

「昔から野球一筋だしね。唯一の欠点は下手《へた》なことぐらいかな」

「下手なの？」

「メッチャクッチャ下手！　万年ベンチのダメピッチャー。才能ないのかな。試合でマウンドに立つ姿《すがた》、せめて一回ぐらい見ときたいわ、ほんと」

キリちゃんは空《から》になった皿《さら》を脇《わき》に退《ど》け、テーブルに両手を載《の》せ、

「ところで……なんともないの？」

真面目《まじめ》な顔で訊《き》いてきた。

「大袈裟《げさ》だな、少し歩き疲れただけだよ。糖分《とうぶん》補給したからスタミナもバッチリ」

私は体を左右に捻《ひね》ったり、肩《かた》を回したりして、元気をアピールした。

「そうじゃなくて、家の方。同居の人、意地悪とかしてこない」

私は体を後ろに反《そ》らせたまま、ピタリ止めた。

「あの人……澄多《すみた》さん。中学のときの友達が彼女と同じC組にいるんだ。それで昨日《きのう》、ちょっと訊《き》いてみたんだけど」

反った体勢のまま、耳をそばだてる。

「澄多さんって、クラスでも浮いた存在なんだって。去年起こした事件はとっくに知れ渡って

て、悪い噂《うわさ》も多いみたいなの。女子はおろか男子でもイヤがって近寄らないんだってさ」

私は上体を戻す。

「全然平気！　そもそもあの人、他人に関心ないみたいだし。家では本ばかり読んでて大人《おとな》しいものよ。まあ、いざってときは私も目にものを見せてあげるわよ！」

半分自棄《やけ》になって言った。我ながらとんでもない言い草だと思ったけれど、キリちゃんに要《い》らぬ心配をかけたくなかった。

「本当？　無理してない？」

疑いの眼差《まなざ》しが痛かった。

私が困惑《こんわく》していると、奥から砂森君が戻ってきた。

「あっ、やっと戻ってきた。ねえ、早く次に行こう！　私うずうずしてるんだ」

なんとか話題を逸《そ》らし、市内観光を再開させる。

観光といっても徒歩で回れる範囲《はんい》に目ぼしいものはないらしい。アーケード街をブラついたあと、結局、近くのカラオケボックスで時間を潰《つぶ》すこととなってしまった。

真っ先にマイクを渡された私は、多少は唄《うた》えるJポップを選び、恥《は》ずかしげな歌唱力を二人に披露《ひろう》した。唄い終え、真《ま》っ赤《か》になりながらマイクを下ろす。

「気にすんな気にすんな。カラオケなんて楽しく唄えりゃいいんだ。音痴《おんち》だからって気に病むことねえよ」

「歴《わたる》の言うとおり。唄《うた》が下手《へた》でもマナちゃんは素敵《すてき》な女の子よ！」

私はウーロン茶を煽《あお》り、二人の微妙《びみよう》な慰《なぐさ》めの言葉を胸から引き抜いた。いっそ笑い飛ばしてもらった方が清々《すがすが》しかった。

その後、砂森《ゆなもり》君が有名バンドの曲を連続で独唱し、キリちゃんが悠長《ゆうちよう》な発音で洋楽を唄った。私も徐々《じよじよ》に雰囲気《ふんいき》に酔《よ》い出し、ろくに歌詞も覚えていない、昔見たドラマの主題歌なんかを、音程を外しながらも唄った。二人もよい感じに乗ってきたらしく、間を空けず各自の持ち歌を熱唱する。

二度ほど延長し、カラオケボックスを出た頃には日も傾き、東の空には希薄《きはく》な月の輪郭《りんかく》が見え始めていた。なんだか雲が濃《こ》い、雨でも降りそうな予感だ。予報は当っていたのかも。

「う～、咽《のど》痛え」

「私も～」

私と砂森君は見事に声を嗄《か》らしていた。「あー」と発声する度に、これが本当に私の声？と思ってしまうくらいガラガラだ。

「唄うときは咽じゃなくて、お腹《なか》から声を出すのがコツよ」

私達とは対照的に、キリちゃんの声はキレイなものだ。滞《とどこお》りのない歌唱といい、息継《つ》ぎのタイミングといい完璧《かんぺき》だった。これは相当慣らしていると見た。腹式呼吸すら満足にできない私とは雲泥《うんでい》の差だ。

「緑《みどり》のやつ、昔から唄うことには定評があるんだ。中三の文化祭のとき、名前なんっつたかな、マリリンなんたらの物真似《まね》で会場沸《わ》かせたことあったな」

「あのときは燃えたわ！　大好評だったわよね」

「いやいや。大半の観客は引いてたから」

私の中にある、清楚《せいそ》なキリちゃんのイメージが変貌《へんぼう》しつつあった。できることなら『モンロー』の方であってもらいたい。

「いつの間にか外国にかぶれやがって。昔は櫻井敦司《さくらいあつし》に熱を上げてたくせに」

「私の勝手でしょ。人は常に歩き続けるものよ。いつまでも同じ場所にはいられないの」

――そのとおりだ。人はいつまでも同じ場所にはいられない。

小学校から中学校、中学校から高校、高校から大学、大学から社会。人が生きる環境は、流れる河川《かせん》のように移行してゆく。その否応《いやおう》なしに変移する世界に対応しなければ潰《つぶ》れてしまう。一方通行の世界に留《とど》まっているため、私達は前に向かって踏《ふ》み出しているのだから。足を止め、後ろを振り向いてしまったら、タールのようにドス黒い河川に、たちまち呑《の》み込まれてしまう。さぞ傷に沁《し》みることだろう。古傷の痛みにまた耐えなきゃいけない。

……無理にでも歩かなきゃいけないのだ。

傾いていた日はあっけなく闇《やみ》に落ち、私達の頭上には夜の帳《とばり》が覆《おお》い被《かぶ》さってきた。

「マナちゃん、あっち見てて」

言われるがまま、通りに目を向ける。キリちゃんは腕《うで》時計を見ながらカウントダウンを始めた。そして、カウントがゼロを迎えたとき、

「はい！　ライトアップ」

彼女の言葉に反応するかのように、道路沿いに並んでいた二灯《とう》式の街灯《がいとう》が、ポツポツと明かりを灯《とも》し始める。駅に近い方から順番に点灯してゆき、ついに端《はし》まで到達した。

「ここの街灯ってガス式なんだよ」

薄黄色の光で照らされた大通りは、さながら劇場のようだった。私は前方で公演されている、微明《びめい》と陰影《いんえい》が織り成す、幻影のような舞台に見惚《みと》れていた。

「歩こうぜ」

砂森《ゆなもり》君が提案した。もちろんオーケー。私達は揃《そろ》って東西に伸《の》びる大通りを歩き出した。等間隔《とうかんかく》に並んだガス灯の、柔《やわ》らかな薄黄色のベールに触《ふ》れるたび、私の影が二つ、地面へと投影される。私の歩みに従い向きを変え、重なり、前方の明かりが作る新しい影へと生まれ変わる。それはダンスのようだった。宛《さなが》ら、この通りはステージだ。

私はステージを歩く。私の影は踊《おど》り続ける。歩くことは人生という名の演目だ。私はキリちゃん、砂森君と共に歩き続けた。

ステージを歩き終えた私達は、駅で別れることとなった。二人は電車で帰るのだ。

駅前には仕事帰りのサラリーマンが大挙している。人込みを迂回《うかい》しながら、バス乗り場を探

していたとき、頭の天辺《てっぺん》に冷たい雫《しずく》が降ってきた。雨だ。

一旦《いったん》駅に入り、売店でビニール傘《がさ》を購入《こうにゅう》する。

駅内の時刻表を確認すると、バスは間もなく到着するようだ。

私は軒下《のきした》で待つことにした。退屈《たいくつ》だ。駅のアナウンスが騒音《そうおん》のように耳に障《さわ》り、利用客が靴《くつ》底《ぞこ》で奏《かな》でる、忙《せわ》しないタップ音が焦燥《しょうそう》感を煽《あお》る。

帰りが遅くなる旨《むね》を澄多《すみた》さんへメールし、外へと場所を移した。雨中だけど、駅内の騒音に晒《さら》されているよりはマシな気がした。

さんさんと降る雨の中、傘を差し、独《ひと》りポツンと立っていると、いやに惨《みじ》めな気分になる。地面から弾《はじ》けてくる雨粒《あまつぶ》が靴を濡《ぬ》らし、靴下まで浸透《しんとう》し、甚《はなは》だしい不快感を伴う。透明ビニール越しに望《のぞ》む夜空は一層暗く、大粒の涙滴《るいてき》で街を濡らし続けている。強くなる雨足に負けまいと、行き交う人々も足を速める。誰もガス灯になんか目もくれていない。人は雨に降られただけで、身近なものに意識を向けなくなってしまうのだ。

時刻表の時間はとうにすぎているのに、バスはなかなか現れない。駅のロータリーから真《ま》っ直《す》ぐ延びる道路には、車のヘッドライトが行列を成していた。道路は大渋滞《じゅうたい》らしい。雨だけでもうんざりなのに。不運は続くものだ。

バスを待つ間、ロータリー内に設置されている時計をボーッと見ていた。夜に浮かぶ文字盤に焦点《しょうてん》を合わせ、一刻一刻と積み重なっていく時間を、何も考えずに見ていた。

不意に辺りが明るくなった。それがバスのヘッドライトだと気づき、ハッと我に返る。

バスが停車し、空気圧の音と共に搭乗口《とうじょうぐち》が開く。

中は混《こ》んでいた。座る場所はあるだろうか。車内に目を配らせ、空《あ》いているシートを探していると、下車するらしく、席から立ち上がる客がいた。私は空いたシートに着く。

道路は凄《すご》い渋滞《じゅうたい》だった。遅々《ちち》として進まない状況に、ジメジメした苛立《いらだ》ちが募《つの》ってくる。

私は、意味もなく窓ガラスを指先でコツコツ叩《たた》き始めた。

「お嬢《じょう》ちゃん、そうイライラするもんじゃない」

後ろの席の、お爺《じい》さんが話しかけてきた。

「窓なんか叩いたってバスは進まないさ。こういうときは、ジタバタしないでジッと耐えるしかない」

遠慮《えんりょ》することなく誰にでも話しかけるのは、年長者の余裕《よゆう》なのだろうか。

「ここはいつもこうなんだ。何十年とこの街で暮らしているが、ここ数年はとくに酷《ひど》い。他県から仕事にくる人が増《ふ》えたせいだな。市内を抜けても渋滞で、この時間帯なら徒歩の方がマシなくらいだ。これもみんな、主要なものを全《すべ》て都市部に集めちまった行政が悪い」

お爺さんの語りは、独《ひと》り言のようにも聞こえた。

「雨さえ降っていなければ自転車を使ったもんだが。まったく……」

その後、少々の世間話を交わしたのち、私とお爺さんの会話は終了した。

信号の色が変わり、バスが歩くようなスピードで動き出し、すぐ次の赤信号で止まる。停車時と発進時の微細な振動の連続が、私の上瞼《うわまぶた》と下瞼の間隔《かんかく》を狭《せば》める。瞬《まばた》きの回数が多くなるにつれ、欠伸《あくび》の回数も同様に多くなる。

私は欲求に従い、座席のシートに頭を預け、瞼を閉じた。

まどろみの底に沈《しず》んでいた私の意識は、「お嬢ちゃん、そろそろ起きた方がいいぞ」の声で、地上へと引き上げられた。

「この辺りに住んでるんだろ。次の停留所で降りるんじゃないかい？」

起こしてくれたのはお爺さんだった。言われて窓の外を見ると、マンション近くの街並みが広がっていた。眠《ねむ》る前の世間話の中で、住んでいる地区を話していたことを思い出した。親切な人だ。人付き合いは大切にしよう。

停留所に着き、お爺さんにお礼を言ってからバスから降りる。

丘《おか》を登り、暗い並木道を歩く。枝からの水滴《すいてき》が傘《かさ》を打ち、ビニールの上を流れ、滴《したた》り落ちる。駅の売店で買った安物のビニール傘。みすぼらしい限りだけれど、雨が降ってきたのなら、安い傘でも差して歩かなければならない。

マンションの階段を上り、三階の外廊下《ろうか》に出たとき、私は訝《いぶか》しげに首を捻《ひね》った。

三〇二号室の明かりが点《つ》いていないのだ。澄多《すみた》さんはいないのだろうか。

鍵《かぎ》を開け、手探りで玄関《げんかん》照明のスイッチを入れ、もう一度首を捻《ひね》った。

シューズラックには靴《くつ》が全《すべ》てある。澄多さんは家にいるということだ。眠《ねむ》っているのかな?

壁を手で伝いながら廊下《ろうか》を進み、真っ暗なリビングのドアを開ける。一歩踏《ふ》み入ったとき、何か硬《かた》いものを踏みつけた。

なんだろうと思い、蛍光灯《けいこうとう》の紐《ひも》を引っ張ると、電話が床《ゆか》で混沌《こんとん》とした姿《すがた》を晒《さら》していた。

電話機を台の上に戻し、傷がついてしまった液晶パネルを指で擦《こす》る。表示が正常なことから、故障《こしょう》はしていないみたいだ。

リビングを見渡したけれど、他《ほか》に異変はない。地震《じしん》とかじゃなく、明らかに人為《じんい》的なものだ。

次に台所へ足を向けた私は、その随分《ずいぶん》な有様に数秒間口を開けていた。

冷蔵庫の下にはコップの破片が煌《かがや》き、カーペットには、ジグソーパズルのようになった皿が四散していた。ピースの模様《もよう》から推測するに、私の皿もパズルの材料に含まれているようだった。床一面に散乱するこれらを集め、図柄を完成させるのは根気がいる作業だろう。この家に食器が少なかった理由がわかった気がした。

まさに足の踏み場もない状況になっている台所をあとに、澄多さんを探す。やったのは間違いなく彼女だ。

自室をノックしたけど反応はなく、中を確認するも、人の気配はない。

念のため風呂場《ふろば》、トイレ、私の部屋を確認したけど、痕跡《こんせき》すらなかった。とすると……。

私は玄関脇《わき》の、入室禁止の部屋の前に立ち、しばし考える。

もし私がここを開けてしまったのなら、それは彼女との約束に背《そむ》くことになる。この行為《こうい》がどの程度の罪として認識されるのか、また、どのくらいの亀裂《きれつ》を生んでしまうのか、まったくもって不明だ。しかし、家の惨状《さんじょう》を目《ま》の当たりにしてしまった以上、放っては置けない。今の彼女は普通でない状態にある。

意を決し、銀色のドアノブを回し、室内に足を踏み入れた。

絨毯《じゅうたん》を踏むたびに舞う埃《ほこり》が、この部屋が長らく使われていなかったことを無言で訴え、壁にかけられている数年前のカレンダーが、その所見が正しいことを証明する。

「……泣いてる？」

私は、埃だらけのベッドに蹲《うずくま》っている澄多さんに声をかけた。

「まさか。たまにはここで時間潰《つぶ》すのもいいかなって思っただけ」

澄多さんは膝《ひざ》に顔を埋《うず》めたまま答えた。

そんなわけない。しゃくり上げるような声に、小刻みに震《ふる》える肩《かた》。泣いているようにしか見えない。

なんで泣いているのだろう？　なんで、こんなところで泣いているのだろう？　そもそも、この部屋はなんなのだろう？

……彼女に何があったのだろう？

否応《いやおう》なく募《つの》る困惑《こんわく》が、私の口を動かす。

「何があったの？」

抽象《ちゆうしよう》的な問いだったけれど、彼女には伝わったようだった。

「昼間、ムカつく電話がきてさ」

「ムカつく電話？」

「勧誘《かんゆう》よ。保険の勧誘。しつこいったらありゃしない。あんまりしつこかったんで、ついカッとなっちゃって。その憂《う》さ晴らしの名残《なごり》よ」

嘘《うそ》をついているのは明白だった。この家の電話機には通話時間を表示する機能がついている。通話している間カウントされ、受話器を戻すとリセットされる仕組みだ。

恐《おそ》らく、通話を終えた澄多《すみた》さんは受話器を戻さず電話機を叩《たた》き落としたのだろう、液晶パネルに表示されたままになっていた通話時間は、かなりの長さだった。しつこい勧誘なら切ってしまえばすむはずだ。本当は大切な電話だったのだ。話の中身まではわからないけれど、少なくとも、その内容に彼女は情緒《じようちよ》を乱された……。

「あたし雨ってキライ。あんたはどう？」

周囲の闇《やみ》に消えてしまいそうなくらい小さな声だった。

「私も雨の日は憂鬱《ゆううつ》。朝から湿《しめ》った臭《にお》いとかすると、はー、ってなっちゃうかな」

クしている。

一言一句《いちごんいっく》を吟味《ぎんみ》しながら発言した。青色のカーテンの向こうでは、横風が窓をうるさくノッ

「憂鬱か。なるほど、ピッタリの単語だわ。あたしは雨音が聞こえてくる度に憂鬱になるの。ああ、今日《きょう》もまたびしょ濡《ぬ》れだ、って。あの女はもう家にいないってわかってんのに、未だに気が滅入ってくるのよ。サブリミナルっていうやつ？　それとも、ただのトラウマ？」

連綿《れんめん》と連ねられた言葉からは、自虐《じぎゃく》のようなものが見て取れた。自らを苛《さいな》みながら、彼女は膝《ひざ》から顔を上げる。

「大丈夫《だいじょうぶ》！　具合が悪いなら、少し横になった方がいいよ」

顔面蒼白《そうはく》という言葉は、今の彼女のためにある。動転した私は彼女の両肩《かた》を摑《つか》み、部屋の外へと連れ出そうとした。

「気安く触《さわ》んないで！」

彼女は私の手を振り払《はら》い、そして、

「雨のたびにバルコニーへ放り出されれば、こうもなるわよ。……お父《とう》さんに逃げられた腹癒《はらい》せだったのかね」

薄《うす》ら笑いを交えながら、ポツリと言った。

それって……まさか！　私は身を強張《こわば》らせた。彼女の体の傷痕《きずあと》が脳裏に蘇《よみがえ》る。

「……あたしに構わないで」

私は大人《おとな》しく言葉に従い、部屋をあとにした。

足を怪我《けが》しないようスリッパを履《は》き、台所の掃除《そうじ》を始めた。箒《ほうき》とチリトリで破片を集め、満遍《まんべん》なく掃除機をかけたのち、ついでに雑巾《ぞうきん》で拭《ふ》いた。

ピカピカになった床《ゆか》に満足した私は、急いで作った夕飯にラップをかけ、リビングのテーブルに置いてから布団に潜《もぐ》った。

澄多《すみた》さんは自室に戻っただろうか。夕飯を食べただろうか。明日《あした》の学校は大丈夫《だいじょうぶ》だろうか。余計なものが視界に入らない真っ暗な天井《てんじょう》の下では、色々なことが頭をよぎった。今夜は眠《ねむ》れそうにない。私は明日、目にクマを宿して登校することを覚悟《かくご》した。

しかし、今日《きょう》市内を歩き回ったのが効を奏したらしい。目を瞑《つむ》ると、瞬《また》く間に意識が夢の中に沈《しず》んでいった。

翌朝、澄多さんは何事もなかったかのように起きてきた。手つかずの夕飯を台所へ下げていた私は、必死に言葉を探していた。すると彼女は、

「何ボケッとしてんの。学校遅れるよ」

いつもどおり、愛想《あいそ》の欠片《かけら》もない声をかけてきた。

「うん、急ぐから待ってて」

私もいつもどおりに返事をし、ここ数日の間に身につけた生活リズムに沿う。いつもどおりにバス停まで彼女の荷物を運び、いつもどおりに四十五号線を走り、いつもどおり校門を抜ける。

腫物《はれもの》を避《さ》けるように、白々《しらじら》しいまでに昨晩のことには触《ふ》れなかった。澄多さんも触れてほしくはないはずだ。何事もなかったように振る舞っているのは、彼女からのシグナルなのだ。その合図に応《こた》え、私は昨晩のことを黙殺《もくさつ》することにした。恐《おそ》らく、これが彼女とのベストな接し方だ。

『雨のたびにバルコニーへ放り出されれば』『お父《とう》さんに逃げられた腹癒《はらい》せ』

これらの言葉は、私をある想像へと駆《か》り立てた。それはとてもショッキングな想像で、頭に思い描いた瞬間《しゅんかん》、鳥肌《とりはだ》が立った。

澄多さんは重い過去を背負《せお》っているのかもしれない……。

私は複雑な気持ちで教室の椅子《いす》に座っていた。

彼女の噂《うわさ》は黙《だま》っていても耳に入ってきた。入学から一週間も経《た》てば、クラスの中で様々な情報が飛び交うものだ。新ドラマの良し悪しや、季節はずれの冬服の着こなし方などに交じり、『澄多有住《ありす》』という固有名称が頻繁《ひんぱん》に聞こえるようになってきた。まるで、今日という日を待っていたかのようなタイミングだった。

彼女の名前が聞こえてきたとき、それとなく話に参加してみるけれど、そのどれもが教師傷害事件についてだった。

「この学校で暴行事件あったの知ってる？」

「知ってる知ってる。去年、一年女子が先生を怪我《けが》させて退学になったんでしょ」

「ところが違うのよ。退学じゃなくて停学ですんだらしいのよ」

「えっ、そうなの。じゃあその子まだこの学校にいるの？」

「昨日《きのう》の教室移動のとき、あんた茶髪《ちゃぱつ》の子と擦《す》れ違ったでしょ。あの子がそうなんだって」

「嘘《うそ》！　私その子に肩《かた》ぶつけて睨《にら》まれちゃったよ！」

「あんたマズイってそれ。次会ったら何されるかわかんないわよ」

「どうしよう。金品とか要求されるかな」

「夜道には注意しなさいよ」

こんなのは一例にすぎない。中には、

「年上の男に貢《みつ》がせているんだって」「財布《さいふ》取られた子もいるらしいよ」「万引きしてるとこ見たって人もいるんだってさ」

と言った具合に、尾鰭《おひれ》がつけられているものも多く見受けられた。

これらの風評の下地になっているのは、去年の教師傷害事件だ。

澄多《すみた》有住《ありす》は教師に暴力を振るった。つまりは悪人。それならば他《ほか》にも悪さをしているに違いない。

こんなふうに噂《うわさ》が連想形式で一人歩きし、それを第三者が面白可笑《おもしろおか》しく発展させていったのだろう。

いずれにせよ、澄多さんに対しての噂は、全《すべ》てが黒いものだった。

『澄多有住って生徒とは関わらない方が無難だ』

噂を囁《ささや》いていた全員の共通認識がこれだった。

澄多さんだって自分の評判ぐらい知っているはずだ。数々の悪評から圧迫され、彼女はどういう心境なのだろう。なんとも思わないのだろうか。

私は学校内で澄多さんと会ったことがない。廊下《ろうか》を歩いていれば出くわしそうなものだけれど、彼女は透明人間でもあるかのように、その存在を私の前に示すことはなかった。

一度、C組の教室を覗《のぞ》いてみた。

探し出すのはわけもなかった。教室内でミディアムロングの茶髪は一人しかいない。窓側の、前から四番目の席、輪になり携帯《けいたい》を弄《いじ》っている女子の横。車関係の雑誌を広げている男子のすぐ後ろ。ガヤガヤうるさい教室から切り取られたかのように、降り注ぐ日差しの中に独《ひと》りポツンと座り、文庫本を開いていた。

彼女は独りだった。誰も近づかない、というキリちゃんの話は本当だったのだ。

私はおぼつかない心で残りの授業を受けた。

そして放課後の部活。弓道部《きゅうどうぶ》の中でも澄多さんは忌《い》み嫌《きら》われていた。なんせ自分達の顧問《こもん》を転勤へと追いやった人間だ。よい印象を持たれているわけがない。

初日のときは新入生への体裁《ていさい》があるため口を閉ざしていたのだろう。しかし、見学四日目ともなれば上級生の唇《くちびる》も緩《ゆる》み始める。教室で聞いたのと似たような、またはそのアレンジバージョンが飛び交う中、私は無心で巻き藁《わら》に矢を放っていた。

巻き藁というのは藁を束ねたもので、弓道《きゅうどう》の練習に使用する。離れた的《まと》にではなく、近くに置かれた藁束に向って矢を放ち、弓を引く動作や、矢を放ったときの姿勢《しせい》を、姿見《すがたみ》で確認するのだ。まずこれで型を練習しなければ、的の前には立たせてはもらえない。

まだ入部もしていないのだけれど、私は中学から弓道をやっていたこともあり、試しにやらせてもらっていた。

それにしても酷《ひど》いものだ。澄多さんは完全に悪人扱いで、学校では孤立している。それも、自ら進んでみんなから距離《きょり》を置いている気さえした。

彼女はこれでいいのだろうか。こんな独《ひと》りきりの人生で。

「駄弁《だべ》ってないで練習に集中しなさい。五月には試合が控《ひか》えているのよ。それと先生の話があるから一旦《いったん》集合」

部長の神無月《かんなづき》さんが凛《りん》とした声で部員を招集した。フルネームは神無月朱美《あけみ》というらしい。

「伊阪《いさか》先生の話なんて聞いたってしょうがないじゃん」

三年部員はイヤそうに眉《まゆ》を寄せた。

「いいから文句言わないできなさい。これ部長命令」

「朱美の意地悪」

神無月さんに背中を押された三年部員は、横の小部屋に入って行った。

上級生がいなくなった弓道場はガランと広く、静かなものだった。今まで普通にあったものが急になくなると、なんとも寂《さび》しい。置いてきぼりにされた心地だ。

私は横髪《がみ》を耳にかけ、音楽室から流れてくる『アメージング・グレイス』の旋律《せんりつ》に耳を傾けた。

キリちゃんは吹奏楽部《すいそうがくぶ》で決まりらしいことを言っていたけれど、私はどうしよう。もう少し吟味《ぎんみ》したいところだけれど、来週には決定しなくてはならない。時間は待ってなどくれない。悩んでいる間に月曜日になってしまいそうだ。

五時のチャイムが無粋《ぶすい》にも、『アメージング・グレイス』を打ち消す。見学は終了だ。

下校前に図書室へと足を運んだ。家にいるときの退屈しのぎに、何か本を借りていこうと考えたのだ。

迷路のように並べられた本棚《だな》をざっと眺《なが》めて歩き、文学コーナーを探す。文学はあまり好きじゃないけど、多少の見栄《みえ》を張りたい気持ちがあった。

太宰治《だざいおさむ》に川端康成《かわばたやすなり》。夏目漱石《なつめそうせき》に三島由紀夫《みしまゆきお》。海外ものでは、ヘルマンヘッセ、ヘミングウェー、ドストエフスキーなどが並んでいた。

そうそうたる著作の中、私が選んだのは『坊《ぼっ》ちゃん』だった。ページ数もさほどではないし、内容もコミカルそうだ。これなら気負うことなく読めそうだ。

貸し出しカウンターに持って行く途中《とちゅう》、ある背表紙が目についた。

『背中越しの天使達』というタイトルの脇《わき》に、小さな文字で、『親に捨てられた子供達の実情』と書かれていた。私は何かに引かれるように手を伸《の》ばした。

どうやら、情緒障害児短期治療施設《じょうちょしょうがいじたんきちりょうしせつ》という場所をテレビクルーが取材し、ドキュメンタリーで放送されたものを書籍化《しょせきか》したものらしい。書き出しは番組ディレクターの解説からだ。


近年、子供に愛情を注がない親は増加する傾向にあります。ニュースや新聞記事でも、車に置き去りにされた赤ん坊《ぼう》が死亡する事件など、よく耳にします。赤ちゃんポストが物《ぶっ》議《ぎ》を醸《かも》したことは記憶《きおく》に新しい限りです。

正直、施設側からオーケーを受けたとき、軽い気持ちで臨みました。しかし、取材を進めるうち、私は唖然《あぜん》としました。

信じられませんでした。親というのは子供を庇護《ひご》する存在です。それがあろうことか、自らの手で子供に傷を負わせる事実に、私の心は激しく揺《ゆ》さぶられました。

私にも幼い男の子が一人います。子供は愛の結晶です。その結晶を傷つけることなど私には到底できません。けれど、親に後ろを向かれてしまった子供達は実在します。

タイトルの『背中越しの天使達』とは、親にそっぽを向かれた子供という意味らしかった。捨てられた子供という意味にも取れる。

私は貸し出し表に『坊《ぼっ》っちゃん』『背中越しの天使達』と記入し、つま先を出口に向けた。

観音開《かんのんびら》きの扉《とびら》に手を触《ふ》れたとき、廊下《ろうか》から聞こえてきた声に、ハッとなった。扉を隔《へだ》てた廊下から聞こえてきたのは、今、私がもっとも身近にしている声色だった。

「だから気にしないでって言ってるでしょ！」

澄多《すみた》さんだ。彼女は誰かに怒鳴《どな》っているようだ。

「そんなの無理よ！　だって私の軽率《けいそつ》さが招いたことだし」

言い争っていると思《おぼ》しき相手の声にも覚えがあった。……館下《たてした》さんだ。

二人は友達のはず。澄多さんは微妙《びみょう》な反応だったけれど、互《たが》いを嫌《きら》う間柄《あいだがら》ではないはずだ。何があったのだろう。

「あれはあたしが勝手にやったことだから、あんたが気にすることじゃないの！」

靴音《くつおと》が一つ遠ざかる。帰ったのは澄多さんだと思う。言いたいことだけ言って、すぐ後ろを向いてしまうのは彼女の癖《くせ》だ。ここ一週間ほど一緒《いっしょ》に生活していたおかげで、澄多さんの行動はある程度予測できた。

何を口論していたのだろう。館下さんは、澄多さんに引け目を感じているような気もする。

昔の借りと関係があるのだろうか。私は戸惑《とまど》うしかない。

急に扉《とびら》が開き、舘下《たてした》さんが入ってきた。やはりさっき帰ったのは澄多《すみた》さんだった。

「あら、あなた」

「あっ、舘下さん。どうも」

私は素知らぬふりをした。

「この学校の図書室って広いんですね」

「でしょ、蔵書の数は市立図書館を上回っているのよ。おかげで私達図書委員は大変な目にあってるけど。読んだらちゃんと元の場所に返してほしいわね」

舘下さんは、やれやれと言って、右手に持った本を掲《かか》げた。

「その本は……」

「ああ、これ。さっき有住《ありす》から返されたの。あの子、図書室の常連だから」

舘下さんが持っているのは、澄多さんがリビングで読んでいた、スウェーデンがどうのというやつだった。

「それも蔵書だったんですか」

「ううん、これは私の私物。あなた、もしかして興味あったりする！」

舘下さんの目が妖《あや》しく光る。私は「遠慮《えんりょ》します」とキッパリ断り、図書室をあとにした。

まさか舘下さんにオカルト趣味があるとは。危うく妙《みょう》な世界に引き摺《ず》り込まれるところだった。あの目は明らかに同志を求めていた。

それにつけても、本の貸し借りを行うくらいだから、やっぱり二人は友人なのだろう。さっきの一悶着《ひともんちゃく》が気にはなるけれど、少なくとも、澄多さんには話せる存在が身近にいるのだ。

私は咽《のど》につかえていたものが一つ消えた気がした。


家に帰ると、澄多さんはいつもどおり先に入浴しており、いつもどおりに夕食を食べ、そして、「味が濃《こ》い」「コロッケの衣が硬《かた》い」。いつもどおり、いちゃもんをつけてきた。

私は湧《わ》いてくる怒《いか》りを、差し水でスッと静める。

もう順応してしまった。彼女は何かしら文句を言わなければ気がすまない質《たち》なのだ。

私は夕食の後始末を早々に終え、リビングで『坊《ぼっ》ちゃん』を読んだ。澄多さんも文庫本を読み耽《ふけ》っている。女の子が二人向かい合っているのに、お喋《しゃべ》りすらない。相変わらず寂《さび》しい光景だ。これもいつもどおりだけれど。

「あのさ。音楽とか、かけてもいい？」

「好きにすれば」

許可をもらった私は、部屋から持ってきたＣＤをコンポにセットする。今日《きょう》、キリちゃんから借りたもので、彼女が最近はまったというバンドのアルバムだ。読書の邪魔《じゃま》になるから却下《きゃっか》されるかと思ったけれど、問題はないらしい。

コンポにカセットテープが挿入《そうにゅう》されたままになっていることに気がつき、なんの気なしにカセットを再生してみた。コンポが静かな起動音を立てながら、リールを巻き始める。やがてスピーカーから、雑音交じりの旋律《せんりつ》が流れてきた。

録音されていたのは洋楽で、知っている曲だった。

私は古ぼけたコンポが奏《かな》でる、擦《こす》れたバラードに耳を寄せる。いくらテープが劣化《れっか》していても、名曲は色褪《いろあ》せない。

「別のかけてくれない」

澄多《すみた》さんが文句を言ってきた。好きにすればって、自分で言ったくせに。

渋々《しぶしぶ》カセットを停止させ、代わりにCDの再生ボタンを押し、ソファーに戻った。

私はトラディショナルなアイルランドミュージックをBGMに、殺伐《さつばつ》とした坊《ぼっ》ちゃんの、ボヘミアン気質な生き様《ざま》に目を通す。澄多さんは自分の本を読み終えたらしく、退屈《たいくつ》そうにしている。そんな彼女が目をつけたのは、CDの歌詞カードだった。活字中毒とでもいうのだろうか。何かしら読んでいないと落ち着かないのだろう。

「今かかってんの、なんて曲？」

私はコンポに表示されているトラックナンバーと、ケースの裏ジャケットを照らし合わせた。

「ハート・ライク・ア・ホイールって曲」

澄多さんは歌詞カードを捲《めく》る。

「人の心はまるで車輪のようだ……まげてしまったら……なおせない……。嗜虐《しぎゃく》的な歌詞ね」

歌詞を読み上げ、自嘲《じちょう》でもするかのように口を綻《ほころ》ばせた。

「あたしの場合、まがった車輪に潰《つぶ》されちゃったわけだけどね。まさに車輪の下ってわけ。まあ、そのせいであたしの車輪もまがっちゃったけどさ」

澄多さんはテーブルを見つめながら、お腹《なか》を指で撫《な》でた。ちょうど火傷《やけど》の痕《あと》が残る場所だ。

ガラス板のテーブルには、自身の顔が映りこんでいる。

「まがった車輪じゃ走れないわよね。……あたしはどこにも進めない」

私は口を閉じ、就寝までいたたまれない空気を一身に受けることとなった。

就寝後、布団に横になり『背中越しの天使達』を開いた。この本は澄多さんと似た境遇の子供達について書かれている。彼女の前で読むわけにはいかない。これは間違いなく澄多さんを軽んじる行為《こうい》なのだから。

本編は取材日記のような体裁《ていさい》を取り、入所している子供達の日常を中心に、治療《ちりょう》に奮闘《ふんとう》する施設スタッフ、取材中に仲良くなった少年との交流が書かれていた。

読み進めるに従い、悪寒《おかん》を覚えてきた。

毎晩、決まりごとのように起きる子供同士の喧嘩《けんか》。施設スタッフに雑言《ぞうごん》を吐《は》く少女。壁に怒《いか》りをぶつける幼子。精神安定剤を処方してもらう、小学生ぐらいの女の子。

不憫《ふびん》でならなかった。一章の半分もいかないうちに読むのがイヤになってきた。両親が子供を無視したなんていうのは、まだ可愛《かわい》い方だ。熱湯をかけられたり、タバコの火を押しつけられたり、惨《ひど》いのになると、包丁《ほうちょう》を向けられたなんてのもあった。

私は本を机の棚《たな》にしまい、部屋の電気を消した。

次の日も朝はしっかり訪れ、私を学校へと誘《いざな》う。本来土曜は休日なのだけれど、この中栄《なかさかえ》高校では自由学習日と名目されている。午前中のみ登校し、各自、遅れている科目や、苦手教科の補強を行うのだ。シャトルバスだって平日どおりに出るし、部活も許可されている。さすが進学校といったところだ。

どうしても納得《なっとく》できない数式と格闘《かくとう》しているときだった。副担任《たんにん》の先生が教室にやってきて、私の名を口にした。どうやら、豊和《ほうわ》先生が呼んでいるらしい。私は数式と一時休戦し、職員室へと向かった。

先生達も全員出勤しているらしく、職員室は普段どおり堅苦《かたくる》しい空気が満ちている。

「わざわざ呼び出して悪いな。ああ、説教とかじゃないから安心しろ」

パソコンでプリントを作成していた豊和先生は、私の方に椅子《いす》を回転させた。

「一応確認しておくか。お前って今、C組の澄多《すみた》有住《ありす》と同居してるんだよな？」

小さく「はい」と返事をした。先生は「そっか……」と難しい顔をした。

この学校には『在校生転居届け』というものがあり、一人住まいの生徒が引っ越す場合、転居先を事前に学校に提示しなければならない。生徒の身に何か起きた場合、学校側が早急に対処《しょ》するためだそうだ。私はマンションの部屋番号のみ変更した用紙を、先生に再提出していた。

「あの澄多有住な……。ええと、なんて言えばいいのかな……」

先生は言葉を探しているらしかった。

「訳あり……。そう、『訳あり』だ。澄多有住は、少々、訳のある生徒なんだ」

私は、「去年のやつですか」と、下向きに口を動かした。

「えっ。お前、知ってたのか？」

先生は生徒間の情報伝達の速さを知らない。噂《うわさ》なんかに関心なさそうな、男子の間でも囁《ささや》かれているくらいだ。

「あれって本当なんですか？　注意されたぐらいで他人に危害を加えるなんて、普通あり得ないですよ。何かの間違いなんじゃないですか」

そうであればいい。そんな淡《あわ》い願いもあった。

「いや、本当だ。俺《おれ》もそのとき現場の図書室に駆《か》けつけたんだ。他《ほか》にも放課後残っていた生徒が数人目撃《もくげき》している。しかし、あれは凄《すご》かった。小笠原《おがさわら》先生、顔面血塗《ちまみ》れだったな」

先生はそのときを思い出したのか、顔を萎《しお》れさせた。血は苦手らしい。

澄多《すみた》さんは前歯を折ってやったようなことを自慢《じまん》していたけれど、そんな怪我《けが》を負わせていたとは。退学どころか警察沙汰《けいさつざた》にもなりかねない。停学だけですんだのは、むしろラッキーだったくらいだ。

……情緒《じょうちょ》不安定……。そんな単語が頭に浮んだ。

「小笠原《おがさわら》先生も、自ら進んで転勤を申し出る必要なんかないだろうに。相当ショックだったんだろうな。いい人だったのに。女癖《ぐせ》が悪いことがたまに傷だったけど……」

そう言って両手を頭の後ろで組み、椅子《いす》の背もたれにグッと寄りかかる豊和《ほうわ》先生は、休み時間に椅子でだれる男子そのものだった。先生はまだ二十代前半だ。今でこそ教師という肩書《かたが》きを持っているけれど、少し前まで私達と同じく学生だったのだ。仕草《しぐさ》が大人《おとな》っぽくないのは、先生が大人になりたてだからだろう。それか、人間は永遠に大人になんてなれないのかもしれない。

「引越し先が見つかるまでの間だけです。だから心配いりません」

「くれぐれも悪い影響を受けないでくれよ。そうなったら周囲から置き去りにされるぞ」

私が踵《きびす》を返すのと同時に、先生は椅子を戻し、驚異的な速さでキーボードを叩《たた》き出した。

周囲から置き去り。暗示的すぎて意味はわからないけれど、ズシリと重みを感じる言葉ではある。クラスのみんなから無視されるという意味にも取れるし、自分が進めなくなり、みんなから遅れてしまうというふうにも取れる。もしくは、自分を取り巻く全《すべ》てのものから置いてきぼりにされてしまうという意味だろうか。

重い足取りで教室へと戻り、数式との格闘《かくとう》を再開した。

放課後、私はキリちゃんのあとにつき、音楽室へと足を伸《の》ばした。どうせ今週いっぱいは見学期間だ。せっかくだから他《ほか》の部も見学してみようと思ったのだ。

穴だらけの吸音パネルと、絨毯《じゅうたん》の床《ゆか》。五線の引かれた黒板と、黒いグランドピアノ。典型的な音楽室だ。この学校の施設にしては味気ない。

選曲されたのは『グリーン・スリーブス』だった。イングランド民謡《みんよう》で、電話の保留音なんかでよく耳にするやつだ。

ピアノ伴奏のみでオープニングが始まる。

「キリちゃんの両親って、優しい人？」

「優しいけど。それがどうかしたの？」

ピアノに続き、すぐアルトリコーダーが二重奏《にじゅうそう》を開始した。

「打たれたこととかある？」

「それはないかな。うちの両親、何があっても手だけは上げないし」

「仮に、キリちゃんが両親に打たれたら、どんな気持ちになるかな？」

「経験ないからわからないけど、理由はどうあれ、実の親に暴力振るわれるのよ。やっぱり悲しくなるわよ。どうしてそんなこと訊《き》くの？」

訊《き》き返されることは予期していた。けれど、答えは用意できていなかった。何も返答できずにいる私から出たのは、

「夫婦喧嘩《げんか》とかはある？」

またもや質問だった。一方的で卑怯《ひきょう》くさい答弁だ。

「チャンネル争いとか、些細《ささい》な衝突《しょうとつ》はあるかな。ただ、取っ組み合いのようなヘビーなのはないわね」

キリちゃんの寛大《かんだい》さがありがたかった。私は無意識に顎《あご》を上に向けた。天井《てんじょう》も小さな穴でいっぱいだった。

曲の中頃からバイオリンが加わり、奥行きのある演奏になってきた。

「私さ、プチ孤児なんだよね」

声のトーンを均等にし、なるべく感情を表に出さないよう努めた。過去を話すのは気が引ける。打ち明ける恥《は》ずかしさより、事実を再確認することが辛《つら》い。

「プチ孤児？　それって……ちょこっとだけ孤児ってこと？」

キリちゃんは目を真ん丸くしつつも、私の発言を冷静に分析《ぶんせき》したようだった。

「うん、五年前お父《とう》さんが家を出て行って、お母《かあ》さんと二人で暮らしてたんだ。そのお母さんも去年、私を置いて男の人のとこ行っちゃってさ」

キリちゃんが固まった。瞬《まばた》きもせず、明後日《あさって》の方向を凝視《ぎょうし》している。私はなおも続けた。

「昔はあんなに仲良かったのに、急にいがみ合うんだよ。大人《おとな》って謎《なぞ》だよね」

ここでキリちゃんの硬直《こうちょく》が解けた。ぎこちない動きで、手と口を動かし、

「さらっと言っちゃったけど、それ……本当っ」

私が頷《うなず》くと、彼女は正面に向きなおり、

「そう……なんだ」

あとは無言だった。私とキリちゃんは無言で演奏に聴き入っていた。演奏は最終的にトロンボーンを混ぜた、重厚《じゅうこう》な全体合奏となった。そして、各楽器が徐々《じょじょ》に演奏をやめ、オープニングと同様、ピアノ伴奏《ばんそう》のみでフィナーレとなった。

「私のお父さん、和則《かずのり》って名前なんだ」

終わるのを待っていたように、キリちゃんが口を開く。

「今年で四十六になるんだけど、田舎《いなか》のお婆《ばあ》ちゃんからは、未だに『かずちゃん』って呼ばれてるんだよ。おかしいでしょ」

口に手をやり、健《すこ》やかな微笑《びしょう》を見せた。

「お父さんはやめてほしいみたいだけど、お婆ちゃん全然やめないんだ。どんなに歳《とし》を取ろうと、お婆ちゃんにとってお父さんは永遠に『かずちゃん』なわけよ」

私はやっぱり無言だった。自分が唇《くちびる》を噛《か》んでいるのに気がついた。

「子供が可愛《かわい》くない親なんていないよ」

言葉に力を込め、ゆっくりと、諭《さと》すような口調《くちょう》で言った。

「ゴメンね、なんの参考にもならなくて」

「ううん。こっちこそ、つまんない家庭の事情を相談してゴメン」

キリちゃんの家族は妬《ねた》ましいぐらいに温かいのだ。そんな円満な家庭で育ったからこそ、両親を信用しているのだと思う。しかし、私がお父《とう》さんとお母《かあ》さんに裏切られたのは事実なのだ。

キリちゃんには悪いけれど、私は彼女の意見に賛同できずにいた。

吹奏楽部《すいそうがくぶ》が次の曲を演奏し始めた。子守唄《うた》の『SUO・GAN』だった。


見学が終わり、シャトルバスに乗り込むキリちゃんと砂森《ゆなもり》君を見送り、私も帰路につく。

日曜を明日《あした》に控《ひか》え、生き生きしている通行人の間を擦《す》り抜け、グワングワンと音を立てている工場前をまがり、坂を上り、満開間近の桜の下を潜《くぐ》り、マンションへと入る。

玄関《げんかん》を開けると、広々とした三和土《たたき》が出迎えてくれた。靴《くつ》がない、澄多《すみた》さんはまだ帰ってきてないようだ。帰宅部のはずなのに。

着替える前に台所に寄り、お米を研《と》ぎ、炊飯器《すいはんき》のスイッチを入れる。

部屋に向かうつもりで踏《ふ》み出した足を、リビングの方角に変えた。

リビングに入った私は、バルコニーの前に立ち、封印に手を触《ふ》れる。

ここを最後に開けたのはいつなのだろう。こびりついた汚《よご》れが花柄《はながら》の生地《きじ》をやさぐれさせ、虫食いの穴からは疎《まば》らに光が入ってくる。

私は躊躇《ちゆうちよ》なくカーテンレールを滑《すべ》らせ、バルコニーを望んだ。

バルコニーは幅二メートルほどの小さなものだった。屋根がないため直接雨風に晒《さら》されていたのだろう、飛ばされてきた葉や砂埃《ほこり》でいっぱいで、排水口《はいすいこう》に向かって線を引く雨水の跡《あと》もクッキリと見て取れた。ガーデニングをしていたらしく、コンテナ型のプランターが忘れ物のようにポツンと置かれており、廃墟《はいきよ》のような印象を受けた。

左右は高い壁で隔《へだ》てられているため、ここに子供がいても隣《となり》の住人が気づくことはない。澄多《すみた》さんは雨の日をここですごしていた。吹きさらしの、こんな場所で……。

音を立てないよう、静かにカーテンで封をし、夕飯の仕込みを開始した。

彼女はまだ帰ってこない。どこで道草を食っているのだろう。

夕食ができあがり、時間が空《あ》いたため、ソファーで『背中越しの天使達』の続きを読んだ。一字一句を吟味《ぎんみ》し、掲載《けいさい》されている写真に食い入り、文書の細かな意味まで読み取る。気づくと、躍起《やつき》になってページを捲《めく》っていた。この本を読み終えなければならないという信念が芽生えていた。最後の一文を目指し文字を追っていると、児童精神科医のインタビューが私の目を引いた。

その医師によれば、入所している子供達の多くは、他人ときちんとした関係を結ぶことができずにおり、彼らが行う暴力的な行動は、その弾《はず》みとのこと。

彼らは他人と上手《じょうず》にコミュニケーションが取れません。思うように自分を表現できないため、叩《たた》いたり、蹴《け》ったり、壊《こわ》したり、暴力で表してしまうのです。あの子達は進めずにいる自分に苦悩しているのです。


進めずにいる自分。先生が言っていた「周囲から置き去り」も似たような意味合いなのだろうか。

木曜の晩に澄多《すみた》さんがいた場所は、彼女のお母《かあ》さんの部屋だろう。ベッド脇《わき》には化粧品《けしょうひん》が残されていたし、棚《たな》には『オレンジページ』『ESSE』といった婦人向け雑誌が並んでいた。数年前のカレンダー、堆積《たいせき》した埃《ほこり》。あの部屋の空気は、お母さんがいたときのままなのだ。あの時間が滞《とどこお》ってしまったような部屋で、澄多さんは苦悩していた。暗い中で、何かと必死に闘っていた。

怒《いか》りだろうか？　悲しみだろうか？　痛み？　それとも、記憶《きおく》。

──きっとそうだ。カーテンで覆《おお》い隠《かく》していたのは、バルコニーではなく、記憶そのものなのだ。あの薄《うす》っぺらのカーテンが、凄惨《せいさん》な思い出にブラインドをかけ、傷口を瘡蓋《かさぶた》のように保護しているのだ。

傷跡《きずあと》ではない。傷口だ。彼女の心を深々と切り裂《さ》いた、永遠に完治することのない裂傷《れっしょう》。

その傷は雨の日になると鮮明《せんめい》になる。そして、あの部屋へ……。

なぜだろう？　むしろお母さんを避《さ》けそうなものだけれど。この矛盾《むじゅん》した行動の裏にどういった心理があるのか、私が計り知ることはできそうにない。彼女の行動を情緒《じょうちょ》不安定なんて単語でカテゴライズしてしまうのは、それこそ暴力だ。

私は読み進める。次は我が子を虐《しいた》げていた両親へのインタビューだった。

『あの子には惨《ひど》いことをしたと思っています』『何故《なぜ》あんなことをしてしまったのか、自分でもわかりません』『急に憎《にく》らしくなるんです』『今でも愛しています』『また一緒《いっしょ》に暮らしたい』といった、ありきたりな自省《じせい》の最後に、

『あの子の下《もと》に帰り、ただいまと言いたいです』

本を落としそうになった。

「ただいま」この言葉が私を強烈《きょうれつ》に動揺《どうよう》させた。ガードの薄い部分を貫かれた心地がした。私はまだ「ただいま」を聞いていない。多分、もう聞くこともないだろう。あの二人が帰ってくるとは思えないからだ。

体を滑《すべ》らせ、横になる。天井《てんじょう》へと掲《かか》げた手は、寒さに震《ふる》えているようにプルプルしている。拳《こぶし》を握《にぎ》り、振り下ろそうとしたとき、

「ただいま」

不意に聞こえた声に引っ張られるように、私はソファーから跳《は》ね起き、玄関《げんかん》まで走った。

「何？」

私は言葉を構築できずにいた。たとえできたとしても、上手《うま》く声に乗らなかったと思う。

私は親猫《ねこ》の下に辿《たど》り着いた子猫のように、ただ、澄多《すみた》さんを見つめる。

「だからなんで、そんなにテンパってんのよ？」

相変わらず愛想《あいそ》がない。

「今日《きょう》初めて挨拶《あいさつ》が聞こえたから、どこかに頭でもぶつけてきたんじゃないかなーって」

「ちゃっかり毒吐《どくづ》いてんじゃないわよ。家に帰ってきたから『ただいま』って言っただけで、深い意味はないわよ。あんただって、ここに帰ってくればそう言うじゃない」

澄多さんは私を押し退《の》け、廊下《ろうか》を歩いていった。

『あんただって、ここへ帰ってくれば』

彼女の言葉が鮮明《せんめい》な形で、私の耳に残留していた。

私はしがない居候《いそうろう》だ。ここに滞在《たいざい》する期間は僅《わず》かだろう。けれど、閃光《せんこう》のようなこの瞬間《しゅんかん》でも、私は確かにここで生活をしている。ここは今、私の家でもあるのだ。ここは……私が帰ってくる場所でもあるのだ。

「お帰りなさい」

私は数秒遅れで挨拶を返した。

日曜の朝、いつもより遅く起きると、家は無慈悲《むじひ》な雨音に侵《おか》されていた。朝方から降り出したのだろう、窓ガラスの向こうは雨粒《あまつぶ》に覆《おお》い隠《かく》され、近くのタワーマンションの外観すら朧《おぼろ》げだ。木曜のことを思うと心配だ。澄多さんは大丈夫《だいじょうぶ》だろうか。サッシが風で軋《きし》む音を聞きながら、私は不安な一日を開始した。

けれども、それは杞憂《きゆう》だった。リビングには、のん気に新聞チラシに目を通している澄多さんの姿《すがた》があった。優雅《ゆうが》に紅茶なんか堪能《たんのう》しており、落ち込んでいるようすは見られない。

あのチラシはどこから持ってきたのだろう？　新聞の宅配契約なんて結んでいなかったはず。そんな些細《ささい》な疑問を抱《いだ》けるくらいには心に余裕《よゆう》ができていた。

「目ぼしいものでもあるの？」

「魔法《まほう》の王国でも売りに出されてないかなって思って」

記憶《きおく》が定かでないけれど、そんな内容のファンタジー小説があった気がする。

「日曜なのに早起きだね」

「別に早くなんかないわよ。いつもと同じ時間に起きただけよ」

普段どおりの憎《にく》まれ口が、今日に限っては喜ばしくもあった。澄多さんは今のところなんともない。そう結論してもよいだろう。

心配が払拭《ふっしょく》されたのを見計らったように、インターホンが鳴った。お客さんだ。私は小走りに玄関《げんかん》へ向かった。言われたわけではないけれど、来客への対応も私の仕事のような気がした。

玄関を開けると、外には、幼い女の子を連れた若い女の人が立っていた。

知っている人だ。隣《となり》——つまり、私が元いた三〇一号室に越してきた利恵《りえ》さんと、一人娘《むすめ》の千恵《ちえ》ちゃんだ。

「利恵さん。おはようございます」

利恵さんが「おはようございます」と頭を下げると、千恵ちゃんもお母《かあ》さんの真似《まね》をして、「おはようございます」と頭を下げる。

可愛《かわい》らしい子だ。レースをあしらったベージュ色の帽子《ぼうし》がよく似合っている。四日前、挨拶《あいさつ》にきたとき聞いた話では、今年で五歳《さい》らしかった。

「おっはよー千恵ちゃん。その帽子似合ってるね」

私がそう言うと、千恵ちゃんは子供独特の屈託《くったく》のない笑顔を浮かべ、利恵さんの足に、猫《ねこ》みたいにじゃれつく。利恵さんは「しょうがないんだから」と言って、小脇《こわき》に挟《はさ》んでいたバインダーを私に手渡してきた。マンション便りだ。

バインダーを受け取ると、利恵さんは千恵ちゃんを抱《だ》きかかえ、帰っていった。

「今の誰？」

いつの間にか澄多《すみた》さんが後ろに立っていた。

「隣の部屋に越してきた利恵さん親子。ほら、ドラ焼き持ってきてくれた人」

澄多さんは「ふーん」と、興味なさそうに鼻を鳴らし、お腹《なか》を擦《こす》る。

「それより、これから出かけるけど、あんたも一緒《いっしょ》にきなさいね」

そう言って、チラシを私の前に広げて見せた。この店に行くということなのだろう。しかし、外は土砂降《どしゃぶ》りだ。

「私は大丈夫《だいじょうぶ》だけど……」

『澄多さんは平気なの？』と連ねそうになる言葉を、咽元《のどもと》で止めた。けれども、彼女は察しがついたようだった。

「あのときはタイミングが悪かったのよ」

「タイミング？」

「言ったじゃない。ムカつく電話があったって」

ムカつく電話とは、木曜に澄多さんが受けた電話のことだろう。彼女が情緒《じょうちょ》に支障《ししょう》をきたした原因は、雨でなく、その電話だったのだろうか。気にはなるけれど、詮索《せんさく》はしたくない。

私は黙《だま》って部屋に戻り、余所《よそ》行きの服に着替えた。

行き先は市内の大型デパートだ。徒歩では行けない。私達はバス停へと歩く。

バスを待っているとき、不安げに横を向くと、澄多さんと目が合った。

「くどいわね。雨のたびに塞《ふさ》いでたんじゃ通学すらできないでしょ」

澄多《すみた》さんは心外そうな顔をした。そして、

「我が頭上にいかなる空あろうとも、我、あらゆる運命に立ち向かう勇気あり」

宣言のような言葉を、真っ黒な空に向けた。

何から引用した語句かはわからないけれど、今の言葉は私の奥底まで到達した。だから、もうこの話はしないことにしよう。

しばらくして、バスがエンジンを唸《うな》らせながらやってきた。素早く乗り込み、揺《ゆ》すられること約三十分。

「ほら、降りるよ」

どうやら、ここで降りるようだ。

ラッキーなことに、頭上でのさばり返っていた雨雲は、その支配地域を彼方《かなた》の山頂に移していた。傘《かさ》を差す必要はないようだ。

料金箱に小銭《こぜに》を投下し、雨水が残留するアスファルトに降り立ち、すぐ隣《となり》のデパートへと入店する。物産展をすぎ、アクセサリーショップを素通りし、澄多さんが向かった先は、二階のギフトショップだった。

「何買うの？」

澄多さんは足を止め、展示してある食器類に目を配らせ、

「……皿。家にあったやつ、ほとんど割っちゃったから……」

彼女なりに後ろめたいらしく、歯切れが悪かった。

「ところで、あんたならどれ選ぶ？」

「うーん……。これなんか可愛《かわい》いかな」

深く考えずに、手前の、花型と葉っぱ型の皿を指差した。すると澄多さんは、サッとそれを手に取り、レジへと持って行ってしまった。あれを買う気なのだろうか。

有名デザイナーが手がけた品らしく、価格は高めに設定されていた。冗談《じょうだん》で言ったのに。

「次は百円ショップ」

レジから戻ってきた彼女は、必要最小限の言葉だけ言い、歩き出した。


その後、デパート内の百円ショップで安物の皿を何枚か購入《こうにゅう》し、買いものは終了した。

帰る前に、休憩《きゅうけい》コーナーで一息つく。澄多さんは、このまま帰るようなことを言っていたけれど、せっかく大型店まで足を延ばしたのだ、皿だけ買って帰るのはなんだか惜《お》しい。私は店内を見て回りたい旨《むね》を伝えた。

「少しだけなら許可するわ」

そう言って澄多さんは、さっき書店で買ったばかりの本を読み始めてしまった。私は意気揚々《ようよう》と歩き出す。

規則的に並んだ各店舗《てんぽ》を巡《めぐ》り、陳列《ちんれつ》してある商品に触《ふ》れると、やっぱりドキドキしてしまう。

春物のオーバーオールのワンピースを広げ、

『これを着るとしたら、インナーの色を統一して、髪《かみ》を結《ゆ》わえて……』

と頭の中でコーディネートを考えてみたり、シャーリングのキャミソールを眺《なが》めながら、

『今年の夏は海にでも行ってみようかな』

と気の早い夏を意識してみたりした。

値札の数字と財布《さいふ》の中身を照らし合わせつつ、私の中で、無駄遣《むだづか》いに警鐘《けいしょう》を鳴らす自制心と、欲望の攻防《こうぼう》が始まり、最終的に自制心が勝利した。

私が使っているお金は、お母《かあ》さんの口座から下ろされている。お母さんが置いていった通帳には、生活するにじゅうぶんな金額が記帳されていた。私はありがたく使わせてもらっている。ただし、これらは一時的に借りているだけだ。私が就職したら残高を元通りにしたうえで、通帳は焼き捨てる。いずれ返すのだから無駄《むだ》な出費は極力抑《おさ》えないと。それに、夏になればもっといいやつが売り出される可能性もあるし。

出費といえばさっきの皿だ。あんな高額なのを購入《こうにゅう》する必要があるのだろうか。そもそも、こんな遠くまでこなくても、近くの店で事足《こと》りるのに。まあ、人の勝手かな。

そろそろ戻ろうかな。余り待たせると怒《おこ》られそうだ。私は身を返した。

ファストフード店に差しかかったとき、物陰から飛び出してきた女の子と衝突《しょうとつ》しそうになった。反射的に体をずらし、事無きを得る。その子は、泡《あわ》を食らっていた私に「ゴメンなさい」と頭を下げ、走り去って行った。

危なかった。何を急いでいたのか知らないけれど、最低限のマナーは守ってほしい。店内を走るなんて迷惑千万《めいわくせんばん》だ。私はムッとしながら歩みを再開させた。

休憩《きゅうけい》コーナーまできたとき異変に気がついた。人数が多いのだ。まあ、私達が貸し切っているわけじゃないから、他《ほか》のお客さんだって使用するだろう。しかし、その『他のお客さん』と澄多《すみた》さんが対峙《たいじ》しているのはどういうこと？

澄多さんの前には高校生らしき男子が三人おり、一様に睨《にら》みを利かせているのだ。

「なんなんだよ！　てめえ！」

真ん中の、一際《ひときわ》ガラの悪そうな男が怒号《どごう》を発する。ブリーチにピアスと、ヤンキーの模範《もはん》解答みたいな姿《すがた》だ。髪型《かみがた》こそジャニーズの誰かに似せてはいるけど、顔が厳《いか》ついため、風貌《ふうぼう》のバランスを著しく欠いている。せめてピアスは外すべきだ。自論だけど、男にアメリカンピアスは似合わない。

「『なんなん』でもないわよ。単純にあんたが気に入らないってだけ」

澄多さんは怖気《おじけ》づくことなくドスを利かす。

「んだと！」

一歩前に出たピアス男を、両脇《わき》の二人が「バカ、やめとけ！」と押さえる。しかし、澄多《すみた》さんは挑発《ちょうはつ》するかのように、自分から彼に近づいた。

ああ、なんでこうなるの。私は両手で頭を押さえ、深く呻《うめ》いた。こんなとこまできて喧嘩《けんか》なんて。トラブルの原因はなんだろう。ナンパでもされ、澄多さんがブチ切れたのだろうか。

「おまえら離せ！　この生意気《なまいき》な女、張り倒す」

両脇の二人よりピアス男が力で勝《まさ》っているらしく、押さえていた手が振り解《ほど》かれる。

まずい！　私は反射的に澄多さんの前に飛び出し、通せん坊《ぼう》のように両手を広げた。

早いテンポで鼓動《こどう》する心臓が緊張《きんちょう》の度合いを示している。私なんかが出てったところで、どうこうできるものでもないとわかっていたけど、体が勝手に動いてしまった。

「女の子に暴力振るうなんてサイテー。大の男が三人がかりで女の子一人虐《いじ》めるなんて恥《は》ずかしくないの！」

飛び出た勢いを殺さず、矢継《つ》ぎ早に言葉を並べた。予期せぬできごとに、ピアス男が一瞬《いっしゅん》困惑《こんわく》を顔に浮かべる。そして、この一瞬《いっしゅん》が彼にクールダウンをもたらしたらしく、荒げていた鼻息が静まっていった。私の行動も多少は意味があったようだ。

「誰だ。お前？」

悩ましい質問だ。わざわざ「この不良娘《むすめ》のところにやっかいになってる、哀《あわ》れな居候《いそうろう》よ」なんて言うのも間抜けだ。だから、

「この人の友達よ！」

澄多《すみた》さんはどう思っているか知らないけど、そういうことにしておいた。

ピアス男が私をギッと睨《にら》む。自分より頭一つ分大きな男と対峙《たいじ》するのは、もの凄《すご》く怖《こわ》い。私は心の底から震《ふる》え上がってしまった。その震えは膝《ひざ》に伝達され、奥歯もカチカチ鳴り始めた。

その場にヘタリ込みそうになったとき、

「いいから、あんたは出てこないで！」

澄多さんに突《つ》き飛ばされる形で、そこから逃《のが》れることができた。

「こんなやつ、どうせ弱い者の前でしか威張《いば》れないような小男なんだから！」

澄多さんの挑発《ちょうはつ》は続く。ピアス男の顔色は目に見えて変わっていった。

どうしよう、またヒートアップしてきた。なんとかしないと。けど、足が竦《すく》んでしまっている私には、ことのなりゆきを遠巻きに眺《なが》めているしかなかった。

「髪型《かみがた》を決めるときは、よく顔立ちと相談することね。頭だけアイドルに似せたって、目鼻の位置が劣悪なんだから、むしろ哀《あわ》れよ。そしてそのグニャグニャしたピアス、全然似合ってない！」

ピアス男から、プツン、という音が聞こえた。

「このアマ！　俺《おれ》のピアス馬鹿にしやがったな！」

男の怒《いか》りの導火線はピアスと直結していたらしい。怒《おこ》るところはそこじゃない気がしたけど、とにかく導火線に火を点《つ》けられたそいつは、ついに怒《いか》りを爆発《ばくはつ》させた。

一気に距離《きより》を詰《つ》められた澄多さんは胸倉を鷲摑《わしづか》みにされ、激しく揺《ゆ》さぶられる。さすがの彼女もこれは想定外だったようで、狼狽《ろうばい》を隠《かく》せずにいた。澄多さんが着ているギャザーシャツのボタンが一つ取れ、胸元のブラがチラッと覗《のぞ》く。男の口がいやらしい笑みと一緒《いっしょ》に、卑猥《ひわい》な言動を発した。澄多さんの端整《たんせい》な顔が恐怖《きょうふ》に歪《ゆが》む。

その瞬間《しゅんかん》、私は生まれて初めてブチ切れるということを体験したのだった。

自分でも驚《おどろ》くほどスピーディーかつ、滑《なめ》らかな身のこなしだった。右足でビニルタイルの床《ゆか》をキュッと鳴らし、揉《も》み合う二人の横に躍《おど》り出る。右手を大きく後ろに反《そ》らせ、左足を半歩前に出す。そして、ピアス男がこちらを振り向くのとタイミングを合わせ、流れるような動作で右手を大きく、力の限りに振った。

「おりゃー」だったか、「てやー」だったか、かけ声を上げた気もしたし、無言だった気もした。

とにかく聞こえたのは、予想していた〝パン〟ではなく、〝ゴッ〟という鈍《にぶ》い音だった。

四章

思うに、人は常に選択《せんたく》を迫られながら生きている。

選択の札を突《つ》きつけてくるのは、現実という名を冠《かん》する問答無用《もんどうむよう》の存在だ。どんな理想や希望も、その絶対者の前では無力で、儚《はかな》く散らされてしまう。

そんな暴君に晒《さら》されたとき、人間は三種類の行動を取る。

受け入れるか、撥《は》ねつけるか、……ただ流されるか。

私が摘《つま》んだ選択のカードは、どれだったのだろう？

それは、ある日曜の午後のことだった。

映画館を出た私は、友達が待っている喫茶店《きっさてん》へと足を進めていた。今日《きょう》集まったのは私を含め四人で、全員同じ部活に所属している。いわゆる部活仲間というやつだ。昨日《きのう》の部活中、明日《あした》は練習が休みだから、みんなで遊びに行こうと、自然な流れでそうなった。

私は見たい映画があったので映画館を推《お》したのだけど、みんなは口を揃《そろ》えてイヤさをアピールしてきた。

「えー。そんなダサそうな映画見たくない」「そうとう古いやつじゃん。私もパス」「うん、私も遠慮《えんりょ》しとく。杏花《きょうか》って女の子らしからぬ趣味だよね」

個性的すぎて普段なかなか意見が合わないメンバーが、なぜかこのときばかりは絶妙《ぜつみょう》のコンビネーションだった。

私は仕方なしに、一時的に別行動を取り、一人寂《さび》しく映画館の椅子《いす》に座ることとなった。

見たかった映画は旧作のリメイクだ。オリジナル版はカラーフィルムが登場して間もない頃の作品で、友達が言うように、そうとう古いやつだ。

フランスの田舎町《いなかまち》を舞台にした中年男女の恋愛もので、愛好家の間では、今もなお名作と謳《うた》われているらしい。リメイク後の評判も上々だったので、一度鑑賞しておこうと思ったのだ。

——名作だった！　主人公とヒロインが手を繋《つな》いだまま延々と道路を歩いてゆき、最後、陽炎《かげろう》の中に消えるラストシーンは会心のできだった。

名作の余韻《よいん》に浸《ひた》りながら、私は三人の下へと急ぐ。受け取ったメールによると、ジュース一杯で店に居座り、駄弁《だべ》っているらしかった。店側はさぞ迷惑《めいわく》していることだろう。

前から後ろへ。左から右へ。斜《なな》め前から斜め後ろへ。不規則に押し寄せる人の波を器用にすり抜けていた私は、往来のど真ん中で足を止めた。

後ろを歩いていた派手《はで》なおばさんが、避《さ》ける際、迷惑そうに舌打《したう》ちするのが聞こえた。前からきた奇抜《きばつ》な服装の子が「あなた邪魔《じゃま》なのよ」といったふうに睨《にら》んでくる。左から現れた老人が、まったく最近の若者は、とでも言いたげな顔で私を見る。けれど、それらは今の私にとって、どうでもよいものだった。

私は目を一点に捉《とら》えたまま、一切の動きを拒否《きよひ》していた。

三十メートル前方のスクランブル交差点。信号待ちをしている列の一番後ろ。私がよく知る人物が並んでいるのだ。

今日《きょう》は朝早く出かけて行ったけれど、仕事の打ち合わせと聞かされていた。

仕事に出たはずのお母《かあ》さんは、着用許容年齢《ねんれい》と単価を度外視した、高級ブランドのカーディガンに袖《そで》を通し、すっかり余所《よ》行《そ》き《ゆ》モードだ。

というか、そんなことはどうでもよかった。問題なのは……。私が真に憂慮《ゆうりよ》すべきなのは……。お母さんではなく、その隣《となり》だ。

隣に立ち、お母さんと仲睦《なかむつ》まじく手なんか繋《つな》いでいる男の人は誰。

年齢《ねんれい》はお母さんと同じか、やや上ぐらいだろうか。瘦《や》せ型というわけではないにしろ、背丈《せたけ》があるため、どうしてもヒョロっとした印象を受ける。紺《こん》を基調とした服装は地味な限りで、お母さんの横に並んでいると、いかにも貧相な風体《ふうてい》だった。先日発見したレシートは、あの人の存在を示唆《しさ》していたのだ。

あの人がお母さんの……。

次の瞬間《しゆんかん》、その男がひたすら気持ちの悪い生物に見えてきた。

ポマードでガッチリ固めた髪《かみ》は油っぽくて、そっと触《ふ》れただけで手がベトベトしそうだったし、日焼けしている肌《はだ》は不健康なまでにドス黒く思えたし、お母さんへ向けた笑顔からは不気《ぶき》味《み》さしか感じられなかった。私は軽い吐《は》き気を催《もよお》した。

信号機が奏《かな》でる『ライ麦畑で出あうとき』と同時に、二人は手を繋いだまま白線の上を歩き出し、全方位から押し寄せる人の波へと消えて行った。

さっき見た映画のラストシーンみたいだった。ただし現実では気持ち悪いだけで、感動なんて言葉には、到底当てはまらないものだった。

それは、どうしようもない事実だった。私はその場に蹲《うずくま》り、体から染《し》み出てくる感情と闘っていた。無意味な闘いだ。通行人は声をかけるでもなく、冷たく私を避《さ》けてゆく。なんだか、この街に見捨てられた気分だった。

携帯《けいたい》の着信を皮切りに立ち上がり、電話越しの友達に何事もなかったかのように「もうすぐ、そっち着くね」と返し、歩き出す。

そして、それから数日後、私は独《ひと》りになった。

＊

「行ってきまーす」

「待って、お弁当《べんとう》忘れてる」

私は玄関《げんかん》まで走り、お弁当箱の包みを澄多《すみた》さんへ手渡す。

「おっと。いけないいけない」

澄多《すみた》さんは包みを受け取り、サブバッグへ収める。

「それじゃ、行ってくるね」

私は「行ってらっしゃーい」と手を振り、彼女を見送った。ドアがバタンと閉まり、靴音《くつおと》が遠ざかってゆく。フッと嘆息《たんそく》した私は、風呂場《ふろば》で顔を洗う。

冷たい刺激《しげき》が爽快《そうかい》だった。洗面台に溜《た》めた水をタオルで掬《すく》い、気の抜けた顔に擦《こす》りつけるたび、体に残存していた眠気《ねむけ》が散っていき、眩《まぶ》しげだった視界も周囲の明るさに馴染《なじ》んでゆく。

実は、まだ寝ていてもなんら問題はない。澄多さんは私と同じく朝食を摂《と》らないため、彼女に合わせて起きる必要はないのだ。お弁当《べんとう》は前日のうちに詰《つ》め、リビングのテーブルにでも置いておけばよい。やる気になれば、いくらでも楽をすることが可能なのだ、今の私は。

『そんなわけにはいかないでしょ』

怠惰《たいだ》な考えを打ち消し、台所へ歩く。

今日《きょう》はガスコンロの清掃《せいそう》だ。

腕捲《うでまく》りをし、ゴム手袋《てぶくろ》をつけ、コンロ周りの油落としに取りかかる。

油カスがこびりついたゴトクと汁受《しるう》けを外し、沸騰《ふっとう》した重曹水《じゅうそうすい》に浸《ひた》す。バーナーキャップの煤《すす》は歯ブラシで擦《こす》り落とし、中性洗剤を沁《し》み込ませた布でトッププレートを拭《ふ》き取る。

凄《すご》い汚《よご》れだ。表面をちょっと滑《すべ》らせただけで布は真っ黒だし、バーナーキャップなんて、ところどころ目詰《めづ》まりしている。ガスコンロはこまめに手入れをしなければ、どんどん油汚れが蓄積していく。私が実家にいた頃は、週末になると必ず清掃していた。おかげで手順は熟知している。

掃除《そうじ》を終え、リビングで一息入れることにした。

ソファーに寝転び、昨日《きのう》埃《ほこり》を落とした天井《てんじょう》を満足げに見上げたのち、テレビの電源を入れる。チャンネルを回してみるけれど、どれも退屈《たいくつ》な番組ばかりだ。諦《あきら》めて電源を切る。

『坊《ぼっ》ちゃん』は昨晩読み終えてしまった。想像していたのとはまるで違う作品だった。夏目《なつめ》さんは田舎《いなか》にイヤな思い出でもあるのだろうか？

外からは、けたたましい機械音が聴《き》こえてくる。給水塔《きゅうすいとう》の工事はまだ終わらないらしい。

体勢をうつ伏せに変え、右手をダランと垂《た》れさせた。

『多すぎる休息は苦痛でしかない』そんな言葉があった。ホロメス……あれ、ホメロスだったっけ？　どっちでもいいや。とにかくそんな感じの人が残した言葉だったはず。ただ私の場合、休息ではなく懲罰《ちょうばつ》なのだけど――。

垂れていた右手をクッションの上に乗せ、打撲《だぼく》の痕《あと》を繁々《しげしげ》と見つめた。普通にしていれば平気なのだけれど、指で押してみると、じんわり痛みが走る。あのとき私が放った一撃《いちげき》は、かなりの威力《いりょく》だったようだ。

今日は水曜日。あの日曜の一件から三日が経《た》ち、同時に、私も停学三日目を迎えたわけだ。

　私は日曜日のことを思い返す。

　私がピアス男を床《ゆか》に沈《しず》めた直後、誰かが通報したらしく、すぐに警備員が駆《か》けつけてきた。

　事務室へしょっ引かれた私と澄多《すみた》さんは、氏名、学校名を厳《きび》しく問い詰《つ》められた。正直に話すと、意外なほど呆気《あっけ》なく解放され、その日は真《ま》っ直《す》ぐ帰宅した。

　心身共に疲れはてながら家に着いたとき、

「あんたやるじゃん」

　いきなり後ろからギュッと抱《だ》きつかれた私は、わけがわからずオドオドしてしまった。状況を把握《はあく》できないでいるうちに、澄多さんが続ける。

「あんたがあんなに行動的だとはね」

　そう言って彼女は、私の首筋《くびすじ》に頭をグリグリ押しつけてきた。前髪《がみ》に擦《こす》られ、くすぐったいやら、むず痒《がゆ》いやら。私は真《ま》っ赤《か》になりながら、グリグリが終わるのを待っていた。

　一分くらいそうしていただろうか。私を解放した澄多さんは、異様なくらいの陽気さで、舞うように体を回転させ離れて行く。

「それにしても見事な一撃《いちげき》だったわね、あんたのオープンハンドブロー。何より顎《あご》を狙《ねら》ったところが憎《にく》い。顎は人体急所の一つで、脳に直接振動が伝わるから体格差なんて関係ないのよ。どんなに頑張《がんば》っても神経は鍛《きた》えられないからね。あいつ白目剝《む》いてのびてたじゃない、いい気味だわ！」

澄多さんは一息に喋《しゃべ》り、納得《なっとく》したように一人でウンウン頷《うなず》いていた。

「あのー、あれビンタを失敗しただけで、そのオープンなんたらとかいうのじゃないんだけど」

あのとき私は、ピアス男をビンタするつもりだったのだ。けれど、誰かを平手で打つなんて初の試みだ、成功するはずがない。頬《ほお》を張るつもりが間合いを外し、掌底《しょうてい》で殴《なぐ》ってしまったのだ。顎に当ったのは単なる偶然《ぐうぜん》で、意図したわけではない。

「だからオープンハンドブローよ。本当なら拳《こぶし》を握《にぎ》った状態でガツンとやるんだけど、そこはオマケ。なんなら、ベイダーハンマーでもいいわよ？」

「ベイダーって……。私、別に暗黒面に落ちたわけじゃないんだけど」

唯一わかった単語にツッコミを入れた。

「違う違う。ダースじゃなくてビッグバン。ほら、ビッグバンベイダー。……知らない？」

更にわけがわからなくなった私は、瞬《まばた》きの回数を増やすことでハテナの意思表示をした。

「じゃあ、ホーガンは？　ハルクホーガンなら知ってるでしょ！」

澄多さんは人差し指を立てた右手を、大きく掲《かか》げて見せた。私は首を横に傾《かし》げる。

「なら、ジ・アンダーテイカーは？」

私はまた否定の意を示す。

「嘘《うそ》！　トリプルエイチは？　タイガージェットシンは？　スタンハンセンは？　TAKAみ

ちのくは？　アブドーラ小林《こばやし》は？　新崎人生《しんざきじんせい》は？」

澄多《すみた》さんの口から怒涛《どとう》のように繰《く》り出される、人名だか芸名だかに対し、私の記憶《きおく》は何一つ反応できなかった。

「あんた無知すぎ」

落胆《らくたん》したように肩《かた》をうな垂《だ》れる澄多さんに、とりあえず「ゴメン」と謝っておいた。

「ちなみに……ザ・ロックは？」

「ああ、アルカトラズが占拠《せんきょ》されるやつだね」

今度は澄多さんが首を傾《かし》げた。

あれ、違うの？　私も同じ方向に首を傾げた。見つめ合った私達の前には、巨大《きょだい》な『?』が鎮座《ちんざ》していた。そうこうしているうち、「もしや」と閃《ひらめ》くものがあった。

「もしかして、サソリの王様の人？」

「何わけわかんないこと言ってんの。あんたわりと電波なのね」

こちらが言うべき台詞《せりふ》を取られてしまった。

こんな具合に、絶妙《ぜつみょう》に嚙《か》み合わない会話だったけれど、私は火照《ほて》りを感じていた。体の芯《しん》がホカホカしたものでいっぱいになった。

そして、余熱さめやらぬまま迎えた夜。驚愕《きょうがく》すべき事態に遭遇《そうぐう》することとなった。

澄多さんがシップを持ってリビングに現れたのだ。彼女は私の手に合わせシップをカットし、患部《かんぶ》に貼《は》りつけ、包帯《ほうたい》で固定してくれた。

奇跡《きせき》を体験したような気分だった。あの澄多さんにここまでしてもらえるなんて。夜にコンビニに走らされた日が遠い過去に思えてきた。

「むやみに動かしちゃダメよ。あと温めるのもよくないわ。数日経《た》っても痛みが引かないようなら骨折の疑いがあるから病院で診察《しんさつ》してもらいなさい」

「ありがとう」

世辞《せじ》でも辞令《じれい》でもない、心の底から上がってきた感謝の言葉だった。

澄多さんは照れたのか、顔を赤らめながら「はい、これ」と、アイスノンを患部に乗せてきた。冷気が沁《し》みてくるにつれ、右手の腫《は》れぼったさが徐々《じょじょ》に緩和《かんわ》されていく気がした。試しに指を少しまげてみるけれど、手厚く包帯に包まれた右手はビクともしなかった。

「これだとペンが握《にぎ》れないね。明日《あした》の授業どうしよっかな〜」

無理におどけて見せた。

「ああ、それなら平気。あんた間違いなく停学になるから」

えっ、何で?

口に出して言ったのか、それとも、心の中だけで言ったのか定かでなかったけれど、澄多さんは説明してくれた。

「校則にあるでしょ。〈我が校に在籍《ざいせき》している者が暴力的行為を行った場合、校内、校外にかかわらず停学に処す〉って」

　私は思考が真っ白になっていった。

「警備員に名前と学校名教えたから、もう連絡《れんらく》が行ってるはずよ。明日《あした》の朝一番に畳《たたみ》部屋に呼び出されて、ガンジーから説教のあと停学を言い渡されるわよ。確実に」

　澄多《すみた》さんはとても楽しげに説明し、

「留年《りゅうねん》なんて恐《おそ》れることないって。一年なんてあっという間だから」

　太陽のような暖かい笑顔で慰《なぐさ》めてくれた。

「あんたも不器用ね。あのとき泣き真似《まね》でもすればよかったのよ。そうすれば世論はこっちに味方したのに。涙《なみだ》は女の武器、警備員だって同情して連絡は入れなかったはずよ」

　私は反応する気力も失《う》せていた。

　そして澄多さんの言うとおり、月曜に登校した私は朝一番で生徒指導室に呼び出され、冷たい畳の上に正座《せいざ》させられたうえ、烈火《れっか》のごとく怒《いか》り狂った柏崎《かしわざき》先生から、廊下《ろうか》を貫かんばかりの大声で期限未定の停学を言い渡されたのだった。

　ああ、やっぱりそうなったか。

　昨晩のうちに覚悟《かくご》はできていたので、ショックは最小限だったけれど……。

　そんなわけで、私はありがたみの薄《うす》い連休を得てしまったのだった。

一日中家にいるおかげで、掃除《そうじ》に洗濯《せんたく》、食事の支度《したく》にお弁当《べんとう》の準備、今や家事全般が私の仕事になってしまった。

二人分の洗濯物にアイロンをかけ、各自の部屋に置く。五時頃、澄多さんの帰宅に合わせ入浴の準備をし、それから夕食の準備を開始する。「ただいま」の声が聞こえたら、エプロンで手を拭《ふ》きながら、「おかえり」と玄関《げんかん》で出迎える。

「お風呂《ふろ》の準備できてるよ」

「おっ、サンキュー」

弁当箱《ばこ》を受け取り、体育の授業があった場合は、汗《あせ》を吸った体操着も一緒《いっしょ》に受け取る。

「今日《きょう》のおかず何？」「お刺身《さしみ》。安売りしてたから」「えー、あたし海産物って苦手」「好き嫌《きら》いはダメだよ」「こだわりって言ってよね」「はいはい」

そんなやりとりをしながら、台所へ戻り、まな板を鳴らす。

――私はすっかり専業主婦だ。

『おい杏花《きょうか》。なんか違《わ》うだろ、これ』

意識の深いところから湧いてくる疑問には蓋《ふた》をし、考えないよう努めた。

どん底に落ちてしまったわけだけど、絶望はしていなかった。一つに澄多さんの存在がある。怪我《けが》の功名《こうみょう》とでもいうべきだろうか。あの日曜の一件以来、私と澄多さんの距離《きょり》はグッと縮まった。あのときのなんだかブローが、頑《かたく》なだった彼女の心を開く鍵《かぎ》になったのかもしれない。

……拳《こぶし》が作った友情。女の子にとって微妙《びみよう》だ。

一昨日《おととい》は澄多《すみた》さんから得意料理を振る舞《ふま》ってもらった。『真世杏花《まなせきようか》の停学記念』とかいう、ふざけた名目だった。ムカッとしたけど、彼女がどんな料理を作るのか、好奇心《こうきしん》を刺激《しげき》されたのも事実だ。好意に甘《あま》えてみた。

彼女の調理はコンパクトかつ、スピーディーだった。包丁《ほうちよう》を使うこともなければ、お玉も杓子《しやくし》もボウルも必要としない。電子レンジのスイッチを押して終了だ。

「ボーッとしてないで、早く食べないと冷めちゃうわよ」

私はスーパーの惣菜《そうざい》と冷凍《れいとう》食品をおかずに、レンジでチンして作るご飯を口にする。後片づけも澄多さんが担当《たんとう》した。温める際、惣菜を移した皿とか、インスタントの味噌汁《みそしる》を盛りつけたお椀《わん》とか、洗い物も多少はある。

澄多さんが台所に引っ込んで即、ガシャーン、と、ヤバイ音がした。私は台所に飛び込んだ。

「おっし、洗い物が一つ減ってくれたわ。ラッキー」

「何、そのプラス思考的な負け惜《お》しみ。全然『ラッキー』じゃないから！」

不貞腐《ふてくさ》れたような顔で箒《ほうき》を取ってきた澄多さんは、破片の処理にかかる。一通り破片を集め終え、塵取《ちりと》りを添えるため中腰になったとき、箒の柄《え》がシンクの上を掠《かす》めた。シンクに載《の》っていた他の洗い物が全《すべ》て床《ゆか》に落ち、ガシャシャシャシャーン、と、軽快に破壊《はかい》音を奏《かな》でる。

「澄多さんって……。〝ダメッ娘《こ》〟」

「〝ドジッ娘〟よ！」

彼女は一貫して〝ドジッ娘〟を主張していた。

この家に食器が少なかったのは、単に彼女がそそっかしいせいではないだろうか、と私は思うのだった。


日が高くなってきたのを見計らい、私は散歩に出かけた。マンションの周りを散策することが、ここ数日の楽しみだ。今の時期、これ以上の贅沢《ぜいたく》はないだろう。

外に出ると、一面のピンクが広がり、私の目を保養する。マンション前の桜並木は、ちょうど今が満開なのだ。

桜色の絨毯《じゅうたん》が敷かれた並木道から上を仰《あお》げば、枝いっぱいの花びらに阻《はば》まれ空を見ることは叶《かな》わず、軟風が吹けば、花嵐《はなあらし》が肌《はだ》を愛撫《あいぶ》してゆく。

停学の陰鬱《いんうつ》さも吹き飛び、私は晴れやかな気持ちで、幻想色に染まった世界を歩いた。「これなら停学も悪くないかな」などと、不届きなことを考えたりもする。

並木道を一周し、マンション前に帰ってきたとき、

「あー、真世のお姉《ねえ》ちゃんだ！」

舌足《したた》らずのあどけない声が後ろから聞こえ、私は笑顔で振り返った。

「あー、千恵《ちえ》ちゃんだー」

千恵ちゃんの口調《くちよう》を真似《まね》してみる。

「今日《きよう》もお母《かあ》さんとお散歩？」

千恵ちゃんは「うん」と答え、後ろから歩いてきた利恵《りえ》さんに駆《か》け寄った。利恵さんは走ってきた千恵ちゃんの前に屈《かが》み、帽子《ぼうし》についているリボンの位置をなおす。終わると千恵ちゃんは嬉《うれ》しそうに飛び跳《は》ねる。この帽子は千恵ちゃんのお気に入りで、出かけるときはいつも被《かぶ》って行くそうだ。自慢《じまん》の帽子をみんなに見せたいのかもしれない。やっぱり女の子だ。

「おはようございます真世《まなせ》さん。今日もいいお天気ですね」

利恵さんは年下の私にもきちんと「さん」をつけ、恭《うやうや》しくお辞儀《じぎ》をしてくれる。大人《おとな》の女性だ。最近（ここ三日ほど）よく出会うため、すっかり仲良くなってしまった。公園のベンチで一時間ぐらい話し込んでしまったこともあった。

先週まで隣《となり》の県に住んでおり、旦那《だんな》さんの転勤のため、この街に越してきたのだそうだ。利恵さんの旦那さんは転属の多い仕事で、かなりの頻度《ひんど》で引越しを繰《く》り返しているらしい。

「千恵ちゃん、今日も元気いっぱいですね。そうか、来年の今頃はランドセルを背負うんですね」

「はい、来年から小学校です。ただ、転校ばかりになるのではないかと心配です。せっかく友達ができても、親の都合《つごう》で引き離してしまうんですよ。そう考えてしまうと、千恵に申し訳ない気がします」

でも仕事なら仕方ない。利恵さんの旦那さんは家族のために頑張《がんば》っているのだから。

「一年単位で住む場所が変わるのは疲れるものです。ホテルに滞在《たいざい》しているみたいで、落ち着きがないんですよね。心を置く場所は、将来的には一戸建てに腰《こし》を落ち着け、我が子の成長を見守ってゆきたいものです。心を置く場所は、はっきりしていた方が安心しますしね」

心を置く場所か……。

『ホームとは心が存在する場所』

アメリカにはそんな言葉があるらしい。映画の台詞《せりふ》で聞いた気がする。なんて作品だったかな？　いや、ドラマだったかな？

記憶《きおく》の引き出しを覗《のぞ》いていると、目の前を駆け回っていた千恵ちゃんがコンクリートの割れ目に足を取られ、前のめりに転んだ。利恵さんは脱兎《だつと》のごとく駆け寄り、助け起こす。私も駆け寄り、鼻頭についた土を指で落としてあげた。

千恵ちゃんは泣くわけでもなく、笑っていた。強い子だ。

「じゃあ私達はこれで失礼します。ほら千恵も挨拶《あいさつ》なさい」

千恵ちゃんの「バイバイ真世のお姉《ねえ》ちゃん」に合わせ、利恵さんは千恵ちゃんの手を引き歩いて行った。

一人になった私は、胸の中で反芻《はんすう》する。

『心を置く場所』『心が存在する場所』

私は三〇二号室を見上げた。

夕方、私はガスパールに跨《また》がり、スーパーへと向った。少しでも出費を減らすため、タイムサービスを狙《ねら》ったのだ。本来なら閉店間際に行うものだけれど、これから行くスーパーは、やや早い時間から始める。

マンションからは結構距離《きより》があるため、着く頃には体も汗《あせ》ばみ、呼吸も荒くなってしまう。胸に張りついたTシャツを剝《は》がし、パタパタと風を送りながら店内に入る。

真っ先に生鮮《せいせん》食品コーナーに向かい、値引き品を確保する。こういうのは早い者勝ちだ。タイムサービスの冷凍棚《れいとうだな》を右から左へ、食い入るように眺《なが》め、並べられている商品の鮮度《せんど》と値段を見定める。低価格に釣《つ》られ、悪いものを買うわけにはいかない。しかし、ボヤボヤしていたら他の客に先を越されてしまう。冷静かつ迅速《じんそく》に決断しなければならない。

虹鱒《にじます》なんかどうだろう。鱗《うろこ》も綺麗《きれい》で、体に張りがあるのは鮮度が保持されている証拠《しょうこ》だ。値引き率もまあまあだ。よし、これにしよう。

今日《きょう》は虹鱒の酢豚《すぶた》だ。豚肉の代わりに虹鱒を使用するヘルシーな料理だから、脂物《あぶらもの》をイヤがる澄多《すみた》さんも文句は……絶対言うだろうけど、食べてくれるはずだ。

虹鱒をカゴに確保したのち、自作の『底値表《そこね》』を元に、通常の買いものを始める。『底値表』というのは、新聞に入ってくるチラシから各店の商品の値段を抜き出し、メモしたものだ。メモしてある店より、この店の方が安かったら購入《こうにゅう》、高かったらスルー、といった具合に、これと照らし合わせ買いものをするのだ。せこいなんて言わせない、家計を守るのは主婦の務めだ。……私は主婦じゃないけれど。

チラシは大家《おおや》の石組《いしくみ》さんから譲《ゆず》ってもらった。石組さんは「好きなだけ持って行くといい」と気前よくくれた。

チラシは何かと役に立つ。揚げ物をするとき、跳《は》ねる油から床《ゆか》をガードしたり、煮干《にぼし》の頭を取るとき敷いたり、それ以外でも用途《ようと》は多い。

ついでに古新聞もねだればよかったかな、などと考えながら精算を終える。

帰りは怖《こわ》いくらい鮮明《せんめい》な夕日だった。私は眩《まぶ》しさに目を細めながら、真《ま》っ赤《か》に染まったアスファルトの上を進んだ。

信号を避《さ》けるため、途中《とちゅう》で左折し、裏道へと入る。民家やアパートの間を縫《ぬ》うように進み、川沿いの道に入った途端《とたん》、急に物音が途絶《とだ》えた。

周辺のアパートはシーンと静まり返っており、前方に数百メートル続く細道にも、歩行者の姿《すがた》はない。たまに微風《びふう》に乗って、車のクラクションが聞こえてくるけれど、微々《びび》たるもので現実味は薄《うす》かった。

目に映る範囲で動いているものは私の影のみで、地面に一つだけ伸《の》びている自分の影を見ていると、まさに独《ひと》りぼっちという気がしてくる。

家への帰り、夕日、河沿いの道。これらが揃《そろ》えば、イヤでも思い出してしまう。

ちょうど去年の今頃、私はお母《かあ》さんから孤独を突《つ》きつけられた。

私は『元気でね』と、その孤独を受け入れた。胸の中に無理やり押し込み、自分に麻酔《ますい》をかけた。けれど、受け入れる際、胸に負った傷は未だ塞《ふさ》がらず、たまに痛み出すときがある。

完治させるには忘れてしまうより他はない。けれど、忘れることができるだろうか。

私は色々なことを知っている。台所の排水口《はいすいこう》はお酢《す》で防臭《ぼうしゅう》できるし、歪《ゆが》んだプラスチック容器はお湯に浸《つ》ければなおせる。服についたシミには台所用の中性洗剤が有効なことや、布団を干《ほ》すときは上から黒い布をかけてやれば熱吸収がよくなることを知っている。さっき実践《じっせん》したタイムサービスの活用術だってそうだ。全《すべ》てお母さんから教わった。おかげで私は独りになっても生きてゆけた。

たまに思う。お母さんは、いずれ家を出て行くことを見据《みす》えたうえで、自分がいなくなったあと、私が独りでも生きて行けるように、これらを教えてくれたのではないかと。

感謝はしているけれど、憎《にく》しみがまるでないわけではない。ぶつけたい言葉はたくさんあるし、言葉以外にもぶつけたいものはある。一緒《いっしょ》に暮らした十四年間を『さよなら』の四文字で括《くく》られたのだ。殴《なぐ》る権利くらいあるはずだ。けれど……。

右手をハンドルから離し、微《かす》かに痛む手首を動かしてみた。

殴った方も辛《つら》いんだよね。

作用反作用の法則だったかな。殴った手にも、対象と同じ衝撃《しょうげき》が加わっているはず。やっぱり殴った方も、殴られた方と同じ痛みを感じるのではないだろうか。

仮に、お母さんに会うことがあったなら、私はどうするだろう。

泣きながら駆《か》け寄り、ギュッと抱《だ》きつくだろうか？　他人が鼻白《はなじろ》むほどの、罵《のの》りの言葉を浴びせるだろうか？　それとも、冷たくあしらうだろうか？

……やめた。考えるだけ無駄《むだ》だ。私は思考を現実に戻す。

澄多《すみた》さん、もう帰ってきたかな？　お風呂《ふろ》の準備はしておいたから、今頃お湯に浸《つ》かっているかな？　残してきたメモで、私が買いものに出ていることは知ったはず。またお使いの沙汰《さた》があるかな？　一昨日《おととい》は和菓子屋に走らされたし、昨日《きのう》は抹茶《まっちゃ》プリンなるものを買いに行かされた。おかげで、この辺の店はあらかた把握《はあく》できた。

停学はいつ解除されるのだろう。ノートは停学明けにキリちゃんから写させてもらう手筈《てはず》になっているし、授業は頑張《がんば》ればみんなに追いつけるはずだ。問題はクラスでの評判だ。浮いた存在になっているのは間違いない。この痛ましい状況をどう打破すればよいのだろう。考えれば考えるほど気が滅入ってくる。

私は鬱々《うつうつ》としたものを振り落とすように、赤い光の中を疾走《しっそう》した。両足でペダルを強く踏《ふ》みつけ、どんよりした風を切り、肩《かた》で息をしながら、彼方《かなた》に霞《かす》んで見える橋を目指す。

夕日が眩《まぶ》しくて前がよく見えない。私はちゃんと進んでいるのだろうか。逆光を背負っている橋がちっとも近づいてこない気がする。生暖かかった風は急に温度を下げ、冷たい北風に豹変《ひょうへん》した。疲労のためかペダルも重くなってきた。それでも私は歯を食い縛《しば》り、身を縮め、体を窄《すぼ》ませながら進んだ。

私は手向《てむ》かっていた。よくわからない何かに歯向《はむ》かっていた。停車した時点で、その未知のものに負けてしまうような気がした。だから進んだ。滑稽《こっけい》だと自分を笑いながら、冷風に震《ふる》えながら、ペダルを漕《こ》いでいた。

ふと、ビューという風音の中に電子音が聞こえた気がした。ワンテンポ遅れで、ポケットが振動する。

やむなくブレーキをかけ、携帯《けいたい》を開いた。

差出人に『澄多有住《すみたありす》』の名を確認したとき、不安な気持ちが先に立った。なんだか去年を再現しているみたいで、私はビクビクしながら受信メールを開いた。すると、

『お腹《なか》すいた。早く帰ってこい』

気づくと笑っていた。お腹が痛かった。いつの間にか風はやんでおり、穏《おだ》やかに水音を鳴らす河のすぐ手前には、立派な橋梁《きょうりょう》がかかっていた。

……私はちゃんと前に進んでいたのだ。

家に着くなり、すぐエプロンを身につけ、台所に立つ。買ってきたものをキャビネットに並べ、ビニール袋《ぶくろ》は折り畳《たた》み、空《あ》いている棚《たな》に大切に保管する。これはいつの日か、きっと役に立つはずだ。

「今日《きょう》の夕飯って何？」

台所に入ってきた澄多さんが、並べてある材料を眺《なが》めながら訊《き》いてきた。

「酢豚《すぶた》だけど」

「えーっ、脂《あぶら》っこいのイヤって言ったじゃん」

「大丈夫《だいじょうぶ》。豚肉の代わりに虹鱒《にじます》使うからヘルシーだよ」

しかし澄多さんはまだ不満なようだった。

「ムニエルにしようよ」

私は思わず「えっ？」と声に出した。

「そもそも、あたし酢豚自体が好きじゃないの。だからムニエルにして。これ命令！」

何も言わず、台所を出て行く澄多さんの足音を聞いていた。ダメとも言わなかった。それは結局、承諾《しょうだく》したことになってしまった。

正直、ムニエルは作りたくない。お母《かあ》さんが出て行った日を最後に、私は虹鱒のムニエルを作らないことにしていた……。けれど、彼女が望むのなら作ってもいいかな、とも思える。

私は虹鱒《にじます》に小麦粉をまぶし、フライパンに乗せた。

魚をジュウジュウ焼きながら、窓に目をやると、外はまだ夕日に照らされていた。

あの日、お母《かあ》さんも夕日を見ていただろうか。今の私と同じく、真《ま》っ赤《か》に染められた外を眺《なが》めながら、何を考えただろうか。独《ひと》りにされる私のことを考えただろうか。それとも、これから始まる新生活に浮かれ、私なんか眼中になかっただろうか。

焼きあがった虹鱒を皿に移し、バターソースをかけ、リビングに持って行く。澄多《すみた》さんは「待ってました」と箸《はし》を握《にぎ》った。私も箸を持ち、虹鱒を口に運んだ。

塩加減を間違えたのか、それとも、元々こんな味だったのか、一年ぶりに食べた虹鱒のムニエルは少ししょっぱかった。

「今朝《けさ》、校門でガンジーにとっ捕まっちゃってさ。『学校をなんだと思っておる！』って、怒《ど》鳴《な》られた。おかげで朝から気分最悪」

澄多さんは魚から骨を取り除《のぞ》きながら、会話の口火を切った。私は「何が原因だったの？」と聞き返す。

「それがわかんないのよ。あたしはただ、コンシーラ塗りながら校門潜《くぐ》っただけなのに。何が気に障《さわ》ったのかしら？」

私はご飯を咽《のど》に詰《つ》まらせそうになった。

「冗談《じょうだん》で言ってるんだよね」

「わりと本気だけど。なんで？」

「えっと～」

味噌汁《みそしる》のなめこと一緒《いっしょ》に、モヤモヤを飲み込む。

「ほぼ黙認《もくにん》されているけど、うちの高校って基本的にメイク禁止だし。やっぱ堂々とやってたらマズイんじゃないかな」

「堂々とやるも隠《かく》れてやるも同じじゃないの。ほんと融通《ゆうずう》が利かないんだから、あの頑固《がんこ》ジジイは！」

「澄多さん、普段の生活態度に問題あるからマークされてるんじゃない」

「あたしのどこに問題があるってのよ？　遅刻もないし、授業もほぼ休まず出席してるのに」

「髪《かみ》の色とか」

「あたしは天然だって主張してるのに、あのジジイ信用しないのよね」

澄多さんは横髪を指に絡《から》ませ、目の前に持って行く。

「いやいや。明らかに染めてるから！　昨日《きのう》コンビニに走らされたとき、ヘアカラーも一緒に頼んだじゃない」

「うるさいわね、あたしが天然と言ったら天然なの。そういう設定なの。ほら、『ギミック』ってあるじゃん」

「まあ確かに、澄多《すみた》さんは天然だけど」

「それ、ニュアンス違うでしょ。あんたって、たまにきついこと言うわね。まさに毒真世《どくまなせ》。毒真世三太夫《さんだゆう》なんて渾名《あだな》どう？」

「激しくイヤです、その渾名」

どこか緩《ゆる》いコミュニケーションを展開させつつ、私達は夕食を終えた。

そして夕食後、私と澄多さんは『ラ・カーサ・デッラ・ロゼ』というイタリアンレストランへと向かった。当然のことながら、言い出したのは澄多さんだ。なんでも今日《きょう》が開店日らしく、ドリンク類とスイーツが半額なのだそうだ。どうせレストランに行くのなら、夕飯もそこですませればよかったのに、とも思ったけど、帰りのバスに広告が貼《は》られており、急遽《きゆうきよ》思い立ったらしい。……相変わらず計画性に乏《とぼ》しい生きざまだ。

気乗りしなかったけど、一度言い出したらきかない人だ。仕方なく二度目のナイトサイクルに出かける。前回と違うのは後ろに澄多さんを乗せているということだ。

二人乗りは体力を使う。なんせ二人分の体重がかかっているのだ、バランスを取るのが格段に難しい。せめて澄多さんが横座りをやめてくれれば重心が安定するのだけれど、ミニスカートの彼女を立ち乗りさせるわけにもいかない。

私は危ういハンドル操作《そうさ》で夜風を切る。

「澄多さんも自転車ぐらい買えばいいのに」

珍《めずら》しいことに、澄多さんは自転車を所持していないのだ。あれば通学にも使えるのに。

「あたしはいいの。自転車なんか必要ないわ。あっ、その角を左折して」

彼女の誘導に従って進む。

「ところで、二人乗りって禁止じゃないの？」

「禁止に決まってるじゃない。警察に見つかったら容赦《ようしゃ》なく罰金《ばっきん》よ」

私はパトカーとニアミスしないことを祈《いの》った。停学中に補導されたら目も当てられない。

「気にしない気にしない。なんせ、あたし達は不良なんだから」

「『達』って複数系になってることに、あらん限りの声で異議を唱えたいけど」

「何言ってんの。他校生と喧嘩《けんか》して停学中。あんたは立派な不良！」

そんな、最初にもめていたのは澄多さんとピアス男の方だ。私はそれに巻き込まれ……もとい、勝手に割り込んでいって、すったもんだの挙句《あげく》、ピアス男をKOしたわけで……あれ？やっぱ私が悪い？　冷静に考えてみれば、人を呼べばすむことだったわけだし……。でもあのときはそんなことに気が回らなくて……。あーわかんない。

心の迷路に踏《ふ》み入りそうになっていた私の目に、『本日開店』の立て看板《かんばん》が見えてきた。

道路沿いで客寄せをしている店員に促《うなが》されるようにハンドルを切ると、カラフルな電球をそこかしこに取りつけ、痛いぐらいに装飾された店舗《てんぽ》が目に入ってきた。季節外れのクリスマスイルミネーションみたいで、店の第一印象は極めて悪かった。

入口に待機《たいき》していた店員に「二人です」と告げると、窓際の席に案内された。脇《わき》に置かれた真鍮《しんちゅう》のスタンドランプがオシャレだ。

夜気で冷えた手を、ほんのり暖かいランプの光で温めながら店内を見渡す。吹き抜けの天井《てんじょう》、シャンデリアの淑《しと》やかな灯《あか》り、壁に設置されている、ブドウを模《も》したライト。ケバケバしい外観とは裏腹に、内部はシックな作りになっている。

オープン初日ということもあり客足もよく、親子連れや会社帰りのサラリーマン、大学生らしきグループの姿《すがた》なんかも見られた。

「あたしはロイヤルミルクのシフォンケーキにしよう」

私が店内を見渡している間に、澄多《すみた》さんは注文を決めてしまったらしい。私もメニューを開き、オーダーを決める。

お腹《なか》はいっぱいだったから、ドリンクだけ頼もうと思っていた。しかし、各種スイーツの写真を見た途端《とたん》、満腹感はいずこかへ消え去ってしまった。なるほど、これが『甘《あま》い物は別腹』というやつか。

私もシフォンケーキにしよう。澄多さんはロイヤルミルクだったけれど、私はレモンシロップだ。ついでに、コーヒーを二人分頼んだ。

待っている間、なんとなく外を眺《なが》めていた。

すっかり暗くなり、窓ガラスは鏡のように店内を反射している。鏡の中の店内は、シャンデリアではなく無数のヘッドライトが灯《とも》されている。動いては止まり、動いては止まりを繰《く》り返し、見ているこちらまでイライラしてくる。街は今日《きょう》も渋滞《じゅうたい》だ。

どこからともなく、「お前、声かけろよ」と聞こえてきた。声の方を向くと、奥の席にいる大学生グループだった。こちらを見ながら仲間内でブツブツ言い合っている。

ナンパでもされたら面倒《めんどう》だな、と思ったけれど、私と目が合うと、気まずかったのか、彼らは目を逸《そ》らした。

「さっきから何じろじろ男物色してんのよ」

澄多さんは私を見てニヤニヤしている。

「もしかして欲求溜《た》まってる」

私は真《ま》っ赤《か》になりながら否定するも、

「さすがは毒真世《どくまなせ》。なんなら、このあとホストクラブにでも直行する？」

「そんなとこ行かなくていいよ。て言うか、その渾名《あだな》イヤだから。せめてポイズンマナビーとかにして」

「ポイズン？」

「なんでもないの。気にしない気にしない。あっ、ケーキきたよ。食べよ食べよ」

いい具合にシフォンケーキが運ばれてきた。グッドタイミングってやつだ。

早速《さっそく》切り分け、口に運ぶ。澄多さんは伝票を受け取ったのち、ナイフを手にする。

私がレモンシロップの甘酸《あまず》っぱさと、ふんわりした生地《きじ》を堪能《たんのう》していると、

「ところであんたの好みって、どれなわけ？」

澄多《すみた》さんはそう言って、フォークの先端《せんたん》で、さっきの大学生グループの方を指した。

困ってしまった。別に物色していたわけではない。けれど、この手の話はやっぱり大好きなのだった。

「うーん、あの、一番右のニット帽《ぼう》の人」

一番顔立ちの整っていた人を選んだ。すると、

「まあ、ハンサムっちゃハンサムだけど、なんか軟弱そうじゃん。やっぱ男はマンカインドみたいにタフでなきゃ」

澄多さんは「九八年のヘル・イン・ア・セルは名勝負よ」と、詳細《しょうさい》に説明してくれた。天《てん》井《じょう》の金網《かなあみ》から真《ま》っ逆《さか》さま……とか、画鋲《がびょう》の上に背中から……とか、余《あま》りに刺激《しげき》的な内容に、私は眩暈《めまい》を覚えた。どうも彼女は同年代の女の子とは、かけ離れた趣味を持っているようだ。

——あれっ、デジャビュ？

私が残り一切れになってしまったケーキを、名残惜《なごりお》しそうに頬張《ほおば》りながら顔を上げると、澄多さんが一切の動作を放棄《ほうき》し、切なさが滲《にじ》み出す表情を横に向けていた。

私は眼球運動だけでその視線を追い、そして、理解した。

彼女が見ていたのは、通路を挟《はさ》んだ席にいる家族連れだった。

女の子がお母《かあ》さんの膝《ひざ》に座り、向かいに座っているお父《とう》さんに、口の周りをナプキンで拭《ふ》いてもらっているところだった。

「お腹《なか》痛いの？」

黙《だま》っているべきだったかもしれないけれど、何か言わなきゃいけないような気がした。

澄多《すみた》さんは驚《おどろ》いたように、お腹を擦《さす》っていた手を止め、

「少し食べすぎちゃったかな」

再びお腹を擦り出し、切なさが貼《は》りついたままの顔に無理やり笑みを作った。

私は訝《いぶか》しさを引っ込めることができずにいた。そのため、彼女も誤魔化《ごまか》せなかったことを悟《さと》ったらしかった。

「……あたしのお母さんってさ」

俯《うつむ》き加減で話し始めたとき、「お待たせしました、コーヒーでございます」と、ウェイトレスさんが朗《ほが》らかな笑顔でコーヒーを運んできた。澄多さんはカップを口に傾け、「あっー、やっぱブラックが一番美味《おい》しいわね」と、ウェイトレスさん以上の笑顔を見せた。切なさは消えていた。私もコーヒーを口にし、「えっー、苦いじゃんこれ」と調子を合わせる。

「あんたは味覚が幼いのよ」「素麵《そうめん》食べながらコーラ飲んでた人に言われたくない」「あんた宮沢賢治《ざわけんじ》を馬鹿にする気」「賢治はお蕎麦《そば》とサイダーでしょ」「呼び捨てにすんじゃないわよ。ろくに知らないくせに」「知ってるよ。えーと、クラムボンはカプカプ笑ったよ、ほら完璧《かんぺき》」「帰

ったらお仕置き決定」

グダグダな話を展開させながら、夜のお茶会は終わりを告げた。

澄多さんが先に外へ出て、支払《しはら》いは私がまとめて行う。

会計を終えたとき、お釣《つ》りと一緒《いっしょ》にオープンの記念品をもらった。赤いリボンで結《ゆ》わえられた小さな包みだった。中には透明な袋《ふくろ》に詰《つ》められた花の種と、〈薔薇《ばら》の家はあなたの帰りを心待ちにしております〉と書かれたメッセージが入れられていた。

なるほど『ラ・カーサ・デッラ・ロゼ』とは、薔薇の家という意味だったのか。ということは、これは薔薇の種かな。種子を記念品にするとはユニークだ。

ポケットに種子をしまい、グルッと店の裏手に回る。この店に駐輪《ちゅうりん》スペースが見あたらなかったので、仕方なく裏にあった電柱の脇《わき》に停めておいたのだ。

ダメを踏《ふ》みまくっているイルミネーションを抜け、のしかかるように暗い裏手側にきたとき、奇妙《きみょう》なリズムを取っている澄多さんの姿《すがた》があった。

ガスパールのサドルに跨《また》がり、全身を小刻みに震《ふる》わせるその姿は、かなり危なっかしい。必死にペダルを踏もうとするけど、足を地面から離した途端《とたん》バランスは崩壊《ほうかい》し、フラフラ左右に揺《ゆ》れ始める。そしてとうとう、ガシャンと音を立てて倒れた。

ピンときた私は、気づかれないようそっと歩み寄り、

「ありがとう澄多さん。帰りは代わりに自転車漕《こ》いでくれるんだね」

最高に意地の悪い笑みを湛《たた》えて言った。

起き上がり、服についた土を払《はら》っていた澄多《すみた》さんは、肩《かた》をビクッと跳《は》ね上がらせた。

「さっ、遅くならないうちに」

私は荷台に腰掛《こしか》け、澄多さんに発車を促《うなが》す。無言でサドルに座る彼女の首筋《くびすじ》は、脂汗《あぶらあせ》でビッショリだった。

私は地面に降り、荷台のフレームを掴《つか》んだ。

「大丈夫《だいじょうぶ》、倒れないように私が支えてるから」

「絶対よ！　もし離したら承知《しょうち》しないからね！」

澄多さんはそう言って、恐《おそ》る恐る足を地面から離した。

「初心者はペダルを踏むことに気を取られがちだけど、大切なのはバランスを取ることだよ。私が押すから、倒れないように安定させてみて」

私は両手で荷台を押す。澄多さんの乗るガスパールはヨロヨロと走り出す。力いっぱいグリップを握《にぎ》っているらしく、手が震《ふる》え、顔も強張《こわば》っている。

百メートルは押しただろうか。さすがにスタミナが尽《つ》きてきた。澄多さんがハンドルをむやみに動かすものだから、支えるこちらも楽じゃない。いったん停止する。

「どう。コツは掴めた？」

澄多さんは緊張《きんちょう》で声が出せないのか、首をカクカク動かし、意思を伝えてきた。

……こんなものかな。

押すのをやめ、澄多さんと場所を交代する。

「ほんと無駄《むだ》な時間だったわ。最初からあんたが漕《こ》ぎなさいよね、まったく」

彼女は耳まで真《ま》っ赤《か》になりながら荷台に腰を下ろした。私は澄多さんの弱点を握ったような気がし、内心、拳《こぶし》を高らかに掲《かか》げていた。

性悪《しょうわる》な自己を諌《いさ》めつつ、発進しようとしたときだ。

「あっ、ちょっと待って」

澄多さんは立ち乗りの体勢を取った。いいのだろうか、そんなミニスカートで。

「もう暗いから平気。それに、この時間帯なら人も疎《まば》らだしね」

彼女は抱《だ》きつくように、後ろから私の両肩《かた》に腕《うで》を回してきた。左耳のすぐ後ろから、直《じか》に声が聞こえる。

「ほら、我が家に帰るわよ」

我が家か。英語のホームには『家』という意味の他《ほか》に、『みんなが集《つど》うところ』という意味も含まれていた。みんなが集まる場所。家族が集まる場所。私達が帰る場所。

なんだか嬉《うれ》しくなり、少し戯《たわむ》れてみることにした。

「それじゃ、カーサに帰りますか」

「何それ？」

「ほら、さっきの店の名前。日本語に訳すと薔薇《ばら》の家って意味らしいよ。ロゼが薔薇で、カーサが家。ホームじゃありきたりじゃん」

「ふーん。……よし、じゃあカーサって呼ぼう。ほら、あたし達のカーサに戻るわよ」

私はきた道をなぞり返した。


その夜、私は深煎《ふかい》りイタリアンローストの威力《いりょく》を体感することとなった。草木も眠《ねむ》る丑三《うしみ》つ刻《どき》になっても眠気《ねむけ》が訪れず、寝返りを打った回数を数えるのも億劫《おっくう》になってきた頃、なんとはなしにリビングへ歩く。小窓《こまど》から見える三日月《みかづき》でも眺《なが》めていよう。そうしているうちに、体温を吸収した布団も冷めてくれるだろう。

素足をペタペタ廊下《ろうか》にくっつけながら、すっかり手に馴染《なじ》んだリビングのドアを押すと、暗い部屋には先客がいた。

「何やってるの？」

「見たまんま。寝つけないから、お風呂《ふろ》に入りなおそうかと思ったけど、なんか面倒臭《めんどうくさ》くなって。意味もなくリビング徘徊《はいかい》してたら棚《たな》に小指ぶつけて、倒れて悶《もだ》えてたら起き上がるのも面倒になっちゃって、そのまま横になってたのよ」

大の字に寝そべる澄多《すみた》さんは、虚空《こくう》を見つめながら、複雑なバックグラウンドを解説してくれた。私は「見たまんまじゃ、まずわかんないから」と彼女の隣《となり》に寝そべり、流れてくる外気を吸った。

バルコニーは開放されていた。カーテンを全開にし、その奥の窓も開かれ、リビングに夜の匂《にお》いを漂《ただよ》わせていた。

「……カーテン開けても平気？」

時計の秒針がカチッカチッと、薄暗《うすぐら》い空気を振動させる。彼女はきっかり五秒沈黙《ちんもく》したのち、貝のように閉じていた口を開いた。

「あたしのお母《かあ》さんってさ」

レストランで中断された会話の続きなのだとわかった。

「不器用な人なのよ。指先は器用なんだけど、生き方はメッチャクチャ不器用。常に誰かにもたれてなきゃ不安みたいで、歩くと危なっかしいのよね。……自走が苦手だったのよ」

バルコニーが吐《は》き出す湿《しめ》った風がうねりを発生させる。蛍光灯《けいこうとう》をキイキイ揺《ゆ》すり、柱時計をカタカタ鳴らし、カーテンをバサバサはためかせ、私の前髪《がみ》を揉《も》みくちゃにする。

「支えてくれていたお父《とう》さんがいなくなっちゃったもんだから、バランスを崩《くず》しちゃったのね。お母さんもの凄《すご》く落ち込んじゃって、あたしが声かけても反応してくれなくて、だからなんども呼んでたら、こんなことされたわけよ」

澄多さんはパジャマをたくし上げ、お腹《なか》にある火傷《やけど》の痕《あと》を露《あらわ》にした。正直、目を背《そむ》けたかったけれど、今は直視しなければいけないように思えた。

「信じらんないでしょ。実の娘《むすめ》に焼けた炭《すみ》押しつけてきたのよ！」

彼女の声が高まる。私はなんだか鼻がグスグスしてきた。咽《のど》も痛くなってきた。

「背中は熱いだけだったけど、お腹《なか》のときはメッチャクッチャ痛かった。お母《かあ》さんの顔、垣間《かいま》見ちゃったから。鬼《おに》のような形相《ぎょうそう》だったわ」

目頭《めがしら》が熱くなってきた。ほどなく目尻《めじり》から滴《しずく》が伝う。

「どういうわけか、今でもたまに疼《うず》くのよね」

入学式のときも、利恵《りえ》さんと千恵《ちえ》ちゃんがきたときも、さっきのレストランのときもそうだった。彼女が家族を認識したとき、お腹の痛みが容赦《ようしゃ》なく再現されるのだ。

「八つ当たりだったのか、それとも、自分を捨てた男に対する憎悪《ぞうお》だったのか知らないけど、なんにしろ、我が家は最悪の家庭環境になっちゃったわけ」

なぜ、私にそんなことを教えるのだろう。澄多《すみた》さんにしてみれば、私なんてただの居候《いそうろう》だ。長い人生の時間を、ほんの少し共有しているにすぎないのに。

彼女の激白は続く。

「思えばあたしも馬鹿だったわ。学校の先生に打ち明けるとか、児童相談所とか、逃れる方法は無数にあったのに。何も行動せず、あいつにされるがままになってたのよね。家に帰りたくないもんだから学校の図書室で下校ギリギリまで粘《ねば》ってたら、プチ文学少女と化しちゃったし」

私は両手で顔を覆《おお》い、洟《はな》を啜《すす》った。

「不思議なのよね。散々痛めつけてたくせに、あたしが死にかけた途端《とたん》、手の平《ひら》返したように泣き出すんだもん。わけわかんないわよ」

死にかけた、のところで私は「えっ」と声を漏《も》らした。

「あたし、あるとき長時間雨に打たれていたせいで肺炎《はいえん》こじらせちゃったのよ。そしたら、あいつ大慌《おおあわ》てで救急車呼んで。当然、あたしを診察《しんさつ》した医師は火傷《やけど》に気づくわよね。痕《あと》のつき方が不自然なことを不審《ふしん》に思って警察に通報するわよね。そしてめでたく事態が発覚。はれてあたしはあの女から救われたのでした」

澄多さんは目をきつく閉じ、歯をグッと食い縛《しば》った。堪《こら》えているのだ、色々なものに。

――次は私の番だ。

「私のお母さんは器用すぎたのかな？　それこそ、メッチャクッチャ要領のいい人だった」

私は両親の離婚《りこん》、お母さんが男のところに行ってしまったこと、生まれ育った場所に嫌気《いやけ》が差し、逃げるようにこの街の高校に進学してきたこと、全《すべ》て話した。互《たが》いに顔を合わせないということは、案外話しやすいものだ。他人に知られたくないことでも、抵抗なく、次から次へと言葉に乗せることができた。

私の声は天井《てんじょう》の闇《やみ》に吸われ、うねりに攪拌《かくはん》され、渦《うず》の一部となり、澄多さんへと降りてゆく。

彼女はそろりと瞼《まぶた》を緩《ゆる》め、潤《うる》んでいた瞳《ひとみ》を指で擦《こす》った。過酷《かこく》な記憶《きおく》はお腹《なか》の底へ押し込んだらしかった。

しばし風だけが吹いていた。乏《とぼ》しい家具が音を立てるけれど、床《ゆか》に落ちたりはしない。風に吹かれたぐらいで、この家は崩壊《ほうかい》しない。私は指の腹で床をグッと押した。私達の家。親に捨《す》てられた私達の家。

「……あたし小さい頃……さ」

風音に澄多《すみた》さんの声が混ざった。彼女は「いい、すんごく小さい頃だよ」と念を押してきた。私は「メッチクチャ小さい頃だね」と相槌《あいづち》を打った。

「例えばあの星」

澄多さんは横になったまま、遠くの山頂に輝く星を指差す。

「見方によっては、山のすぐ上にあるように見えない」

私はもう一度頷《うなず》く。

「くどいようだけど小さい頃だからね。あたし、山に登れば星が取れるものと思ってたのよ。……かなり本気で。はいそこ、笑うの禁止」

私は頬《ほお》からはにかみが消えるのを待って、口から手を退《の》けた。

「でもさ、大きくなるにつれ、それがただの夢想だってわかるわけよ。どんなに背が伸《の》びても星まで手は届かないって……」

そこまで言って、ゴロンと体を私の方に向け、

「ほしいものがみんな、手の届く距離《きょり》にあればいいだなんて、ただのわがままなのかな？」

澄多さんは、床《ゆか》に広がる私の髪《かみ》を指に絡《から》めながら言った。

彼女がほしいものってなんだろう。それはＵＧＧのブーツとか、ブルガリのバッグといったような、形のあるものではないはずだ。

「あんたは、どう思う？」

私は迷う。答えなんか持ってない。けど、何か答えなくちゃいけないような気がした。

「うーんとね、ほしいものとか、手に入れたいものとか……えーと、そのー」

よく吟味《ぎんみ》して言ったわけではなかった。だから、「うーん」「えーと」といった、滑舌《かつぜつ》の悪い言葉しか出てこなかった。それでも頭に浮かんだ単語を並べているうち、

「偉そうなことを言える立場じゃないけど、星に手が届く人なんてどこにもいないよ。大人《おとな》になったって、いくら背が伸《の》びたって、星は摑《つか》めないよ」

自然とそんな言葉が口から紡《つむ》がれた。私は立ち上がり、

「みんなほしいものが摑めなくて足搔《あが》いてるんだよ！」

右手の人差し指でビシッと天井《てんじょう》を指したのち、時間差で胸を張ってみた。

「何それ？　イチバァーン？」

私の名言と決めポーズは、謎《なぞ》の単語で受け流されてしまった。

「よくわかんないけど……澄多《すみた》さんの真似《まね》。前にやってたじゃん」

「オーケー。イチバァーンだ、それ」

「そうなの？」

「そう、ハルク・ホーガン。って、知らないんだったわね」

「ううん、知ってるよ。携帯《けいたい》で検索《けんさく》してみたら、記憶《きおく》の片隅《かたすみ》にあったのがパアって蘇《よみがえ》ってきた」

「マジでっ！　あたし、あんたを少し見直せるかも」

「ロッキーと闘ったり、映画館でグレムリンを叱咤《しった》した人だよね。ほーら、存分に見直して！」

「……電波ってる？」

「ムキー！」

実年齢《ねんれい》と精神年齢の間がはてしなく広いお喋《しゃべ》りを交わすうち、夜は更《ふ》けて行った。


リビングで翌朝を迎えた私は、顔に降り注ぐ太陽光で目を覚ました。

窓ガラスの向こうに広がる雄大な青空には、燦々《さんさん》としたお日様が姿《すがた》を覗《のぞ》かせており、時計を見ると、朝というよりお昼といった方が適切な時刻になっていた。

さすがに起きなきゃ、とは思うけれど、寝不足なのか体がだるく、気分が乗らない。俗に言う、かったるい、というやつだ。しばし日差しの袂《たもと》でだらけることを決めた。

今日《きょう》は暖かい日だ。夏でもないのに、太陽が張ち切れんばかりの情熱を地上に落とし、虚空《こくう》には、天使の梯子《はしご》みたいな日光の軌道《きどう》が見て取れた。

かけられていた毛布の感触《かんしょく》を確かめる。私が寝るとき使っている毛布だ。リビングに持参してきた記憶はないから、私が寝たあとかけられたのだろう。

……昨晩、私と澄多さんは過去を告白し合った。とても勇気のいる行為だった。澄多さんにしてみれば、私以上に苦痛を伴っていたはず。それでも、包み隠《かく》さず話してくれた。

丸めた毛布を、両手で力いっぱいギュッと抱《だ》き締《し》めたのち、起き上がる。

澄多さんはとっくに学校だろうけれど、忘れ物をしていないだろうか。冷蔵庫の中のお弁当《べんとう》を見つけただろうか。ブラウスはアイロンがけしておいたのを着て行っただろうか。そういえば、今朝《けさ》は全校集会が予定されていたはず。ちゃんと出席しただろうか。面倒臭《めんどうくさ》がってサボったりしてなきゃいいけれど。見送りできなかったことが、こんなにも心許《こころもと》ないなんて……。

「どうしちゃったんだろな、私」とか思っていると、ソファーの背もたれの向こうで何かが動くのがわかった。

その何かは器用にテーブルの上で大の字になり、寝癖《ねぐせ》でボサボサになったミディアムロングの茶髪《ちゃばつ》を下に垂《た》らし、まるで祭壇《さいだん》の生贄《いけにえ》のような体勢にも関わらず、気持ちよさそうに寝息を立てていた。

「起きて！　澄多さん！」

私は澄多《すみた》さんの肩《かた》を揺《ゆ》する。澄多さんは寝ぼけ眼《まなこ》に僅《わず》かな光を灯《とも》し、

「だ〜いじょうぶ〜。おきてるわ〜よ〜」

その寝ぼけ眼に相応《ふさわ》しく、意識の虚《うつ》ろな声を出した。

「きゅうしょくのパンのこしてきたから、ゆうはんいらな〜い」

「全然起きてないじゃん！」

私は「ムニャムニャ、もう食べれない」とか、ベタなことをほざいている澄多さんを部屋まで引っ張る。

「早く起きてったら！　完全に遅刻だけど、今から登校すれば午後の授業には間に合うよ。だから早く着替えて！」

夢遊病《むゆうびょう》のように歩いてくる澄多さんをベッドに座らせ、耳元で叫《さけ》んだ。けれど彼女は私の呼びかけなんか意に介《かい》さず、再び寝息を奏《かな》で始めた。

いっそこのまま学校まで引っ張っていってやろうかと一瞬《いっしゅん》考え、さすがにそれはまずいなと自制した結果、不本意ながら澄多さんが着ているパジャマに手をかける。

『なんで他人の着替えを手伝わなきゃならないのよ』

上着の前を結《ゆ》わえている、やけに乙女《おとめ》チックなリボンを解《と》いていると、「ふぁー」と欠伸《あくび》交じりに澄多さんが覚醒《かくせい》し始めた。

「やっと起きてくれた」と、息を吐《つ》いたのも束《つか》の間《ま》、一際甲高《ひときわかんだか》い悲鳴が私の鼓膜《こまく》を直撃《ちょくげき》した。

焦《あせ》った。メッチャクッチャ焦った。私は壁際で怯《おび》える澄多《すみた》さんに事情を説明し、なんとか誤解を解き、その場を収めた。

十分くらい経《た》った頃、着替えを終えた澄多さんがリビングに入ってきた。

私は額に人差し指を立て、言いようのないモヤモヤを押し殺す。

「もし差《さ》し支《つか》えなければ、制服じゃなくて私服に着替えた理由を教えてくれるかなぁ～」

「察しが悪いわね。学校に行く気がないからに決まってるじゃない」

そう言って澄多さんは、気怠《けだる》そうにソファーに寝そべる。

「担任《たんにん》にはさっき電話入れたから問題ないわ。わけありの体調不良って言えば、男性教師が異論を挟《はさ》む余地はなくなるのよ。憶えときなさい、色々と便利だから」

なんて狡猾《こうかつ》な……。呆《あき》れを通り越し、感心してしまった。

「途中《とちゆう》から授業に参加なんて、みみっちいことはしない主義なの。今日《きよう》は潔《いさぎよ》く欠席することにしたわ。あたしって度胸が据《す》わってる」

「さっき悲鳴上げたくせに」

痛い部分にぶつかったのか、澄多さんは「うっ」と唸《うな》った。

「あれは仕方ないことよ。まさか同世代の女子に襲《おそ》われるとは夢にも思わなかったんだもん」

「だから誤解だってば！」

私は両手を振り回し、否定する。

「まあ、未遂《みすい》だったから今回は咎《とが》めないであげるけど」

あくまでこの話題を引き摺《ず》るつもりらしい。このまま話を続けても彼女のペースに呑《の》まれることはわかっていたので、私は、コホンと咳払《せきばら》いで区切りをつけた。

「ところで、なんで昨晩部屋に戻らなかったの？　テーブルなんかよりベッドの方が寝心地いいと思うけど」

話を逸《そ》らしつつ、素朴《そぼく》な疑問を解消することにした。

「あたしとしては、今みたいにソファーで寝てたつもりだったんだけど。きっと寝相《ねぞう》が悪かったのね……」

ソファーとテーブルの隙間《すきま》をどうやって越えたのだろう……。激しく謎《なぞ》だ。普段なら皿洗いのたびに破壊音を立てるくらいドジなのに、妙《みょう》なところで器用なんだから。

「いつだったか、寝てるとき体が動かなくなっちゃってさ。『まさか金縛《かなしば》り！』って、慌《あわ》てて目を開けたら、ベッドと壁の隙間に挟《はさ》まってたことあったわね。あのときは余《あま》りのアホらしさに自分を笑ったわ」

そのときを思い出したのか、澄多さんは口元を押さえてクスクス笑い始めた。

彼女って、こんな無邪気《むじゃき》に笑える人だったんだ。

釣《つ》られるように私も笑う。私達の黄色い声が、殺風景なリビングに花を添えてゆく。

「よーし、今から遊び行こう！」

花が満ちた頃、澄多《すみた》さんが唐突《とうとつ》に言い出した。時は金なりと言ったものか、彼女の行動力はズバ抜けて高い。「ほら、次はあんたが早く着替える番よ」と、私を部屋まで引っ張って行く。

逆転してしまった立場に動揺《どうよう》している暇《ひま》もなかった。澄多さんは部屋の中までついてくると、さっきのお返しとばかりに、私のパジャマを剝《は》ぎ取りにかかる。私は必死に抵抗する。こんなことなら、のんびりしていないで着替えておくのだった。

ドタバタと準備を終え、徒歩で近くの駅へと向かう。

駅は小さいながらも、立派な橋上駅舎を有していた。

券売機で切符《きっぷ》を買い、プラットホームで電車の到着を待つ。

「そろそろ、どこ行くか教えてよ？」

実のところ、私はまだ行先を知らされていない。切符は、澄多さんに言われるがまま買ったのだ。澄多さんは「いいから黙《だま》ってついてきて」と、徹底した情報管制の構えだ。

これは訊《き》いても無駄《むだ》だな、と、私は黙って彼女について行くことにした。

お昼どきということもあり、駅内に人影は少ない。私が口を閉じると、必然的に静寂《せいじゃく》の比重が増してゆく。一瞬《いっしゅん》だけ訪れた黙《しじま》の時間、私は澄多さんを観察した。

初めて顔を合わせたときと同じ、きつめのアイラインに、キラキラだらけの黒色Tシャツ。昨日《きのう》も穿《は》いていた、扇情《せんじょう》的なミニスカート。

彼女の私服。人を威圧《いあつ》するようでいて、その実、自分を冷やかしているようなデザイン。

「なんでそんな服装なの？」

　それは、バカバカしい質問だった。何を着ていようと、それは人の勝手というものだ。けれど気になってしまう。ここ数日、私と澄多さんの距離《きょり》は、互《たが》いの手が届くほど縮まった。遠くから色眼鏡《めがね》で見ていたのではわからない、彼女のひととなりに触《ふ》れることができた。彼女は決して、学校でささやかれているような素行《そこう》の悪い人間ではない。この服装は、間違いなく彼女の本質から外れている。

「『なんで』って言われてもねー」

　澄多さんはTシャツのキラキラを繁々《しげしげ》と見たり、ネックレスを掌《てのひら》で遊ばせたり、茶色に染まった髪《かみ》を指に絡《から》めたり、自身を観察する。そして、

「悪い子になりたかったの……かな」

　恥《は》ずかしそうに鼻の頭を掻《か》いた。

「そうすれば、過去と折り合いがつくような気がするから……」

　電車がホームに到着した。耳に障《さわ》るブレーキ音の中に、「悪い子なら親に叩《たた》かれても仕方ないよね」と、聞こえた……。

　私達が乗り込むと、電車は発車音を靡《なび》かせ、ガタゴトと揺《ゆ》れ始めた。

　ターミナル駅で電車を乗り換え、目的地の最寄《もよ》りの駅に降り立つ。駅前に止まっていたタク

シーに乗り五分。行き着いた先は、この街にある天文台だった。

「昨日《きのう》の夜、星について語り合ったでしょ。それで思いついたのよ」

澄多《すみた》さんが小さい頃、星を取ろうとしていた話だ。

「星か……。私、天文台なんて初めてだよ」

巨大《きょだい》なドームに目を配らせる。

「うん、あたしも初めて。大体ここら辺にあることは噂《うわさ》に聞いてたんだけど、迷わなくてよかったわ。休館日じゃなきゃいいけどね」

おいおい。色々とツッコミたい部分はあるものの、まあ……いいや。

運がいいことに、休館日ではないようだ。

施設内に入ると、広いオープンスペースが出迎えてくれた。展示室にミュージアムショップ、カフェまで備えているようだった。更には、

「へえっ、プラネタリウムがあるんだ。よし、入ろう」

上映時間が迫っているらしく、プラネタリウムの入口前には人が列をなしていた。プログラムを確認すると、『春の星座』『星の王子さま』とある。

急いでチケットを購入《こうにゅう》し、列の後ろに並ぶ。程なく扉《とびら》が開き、列が動き始める。

プラネタリウムの内部はなんとも不思議な空間だった。白で統一されたドームの下、リクライニングシートが幾《いく》つも並び、中心には球体型の投影機が設置されている。モダンアートなど

に見られる、自然とは異なる人工的な神秘感が漂《ただよ》う場所だ。

シートに落ち着くと、アナウンスがプログラムの開始を告げる。照明が消され、投影機から光が伸《の》びる。

なんと表現するのが適当だろう。私の乏《とぼ》しい国語力では、気の利いた言葉が組めない。「すごい」とか「キレイ」なんて月並みの語句に変換したら、この胸を締《し》めつけるような感慨《かんがい》が台無しになってしまいそうだ。

――そこには宇宙があった。今、私と澄多さんは、満天の星々に抱《いだ》かれている。星座の解説をするナレーションは耳に入ってこなかった。私はただ、目の前に投射された星々に心を巻き取られていた。

星って、こんな身近にあったんだ。ひょっとすると、今なら手が届くのかもしれない。

「何やってんの、あんた？」

「ううん、なんでもない」

私は伸ばした手を胸の上に戻した。

三十分ほどで『春の星座』は終了した。次は『星の王子さま』だ。世界的に有名な作品だけれど、私は聞きかじった程度の知識しかない。花嫁《はなよめ》を探しにニューヨークに行くやつなら知ってるけれど……。

係員による短いプレショーののち、主題歌が流れ、３Ｄアニメーションで構成された『星の王子さま』が上映される。

主人公はパイロットで、砂漠《さばく》に不時着した際、不思議な少年と出会う。この少年こそが星の王子さまなのだ。名前が示すとおり、出身地はなんと小惑星《しょうわくせい》。王子さまは、大事に育てていたバラとの喧嘩《けんか》が原因で故郷を飛び出し、幾《いく》つもの星を巡《めぐ》る旅を続けていた。大体のあらすじはこんな感じだった。

『大切なものは目に見えない』

そうだろうか？

「〝大切なもの〟って目に見えるし、身近に存在していると思うよ。ただ、余《あま》りに身近すぎるせいで、大切さに気づかないだけなんじゃないかな？　失って初めて〝大切なもの〟だと気づくんじゃないかな？」

上映が終わり、周りの観客が席を立つ中、私は隣《となり》の澄多《すみた》さんに語りかけた。

「グゥ〜」

澄多さんは小さくいびきを掻《か》いていた。私はガクッと前のめりになる。なんだか様々なものを台無しにされた気分だった。

彼女を起こし、カフェに場所を移す。

「昨晩あんまり眠《ねむ》ってないのよ」

そう言って、缶《かん》コーヒーのプルタブを開ける。

カフェとはいうものの、メニューを発注し、食事をしたりする場所ではないようだった。購《こう》入《にゅう》したお菓子《かし》やジュースで口を潤《うるお》す、いわゆる休憩《きゅうけい》コーナーの一種らしい。

コーヒーを飲み終えた澄多さんがトイレに立っている間、私はミュージアムショップを眺《なが》めていた。

結構バラエティーに富んでいる。観光地定番のオリジナルサブレは無論、場所柄《がら》を反映した小型の望遠鏡。クリアファイルに、一筆箋《いっぴっせん》。宇宙食まで扱っている。

陳列《ちんれつ》ラックに並んだキーホルダーを手に取っていると、その中の一つが目に留まった。あるイベントを思いついた私は、素早くそれを購入し、ポケットへとしまう。イベントを成功させるには、今、これを澄多さんに見せるわけにはいかない。

澄多さんがトイレから戻ってくると、私達は天文台をあとに、帰路につく。

もう少し館内を見て回りたいけれど、帰宅時の混雑に遭遇《そうぐう》するのは避《さ》けたい。詳細《しょうさい》な見学はまたの機会にするとしよう。

途中《とちゅう》の停留所《ていりゅうじょ》でバスと遭遇できたのは幸運だった。停車予定には、南福住《みなみふくずみ》近くの停留所も含まれている。私は窓際の席に、澄多さんは通路側に座り、他愛《たわい》ないお喋《しゃべ》りで間を繋《つな》ぐ。

バスが市街地に入ったとき、不意に澄多さんがお喋りを中断した。気になるものでもあるのだろうか？

何かに引かれるように外を見やると、バスは巨大《きょだい》な建物の脇《わき》を通過するところだった。

この場所は前にきたことがある。濁《にご》りない純白を纏《まと》った、長方形の建造物。新しい命が生まれることもあれば、最後を看取《みと》る場所でもある。私と砂森《ゆなもり》くんが時間を潰《つぶ》していた遊具では、頭にネットを被《かぶ》った子供が遊び、エントランスでは、松葉杖《まつばづえ》の男性がタバコを吸っていた。

夕映えに輝く病院は、見る者を酷《ひど》く切ない気分にさせる。

「なんで病院ってあんな真っ白くするのかねー。急に夕日が反射してきたからビックリしたじゃない！」

なんだ、そういうことか。

私達はお喋《しゃべ》りを再開した。


家につき、夕飯をすませると、澄多《すみた》さんはお風呂《ふろ》へと向かった。

チャンスだ。私はガラスサッシを開き、バルコニーに出た。このバルコニーは澄多さんにとって忌《い》まわしき記憶《きおく》そのものだ。今までカーテンで頑《かたく》なに閉ざし、目を逸《そ》らしていた。しかし昨日《きのう》、彼女は自ら封を解いた。

——澄多さんは痛ましい過去を乗り越えようとしているのだ。

外はすっかり暗くなり、頭上には満天の星が瞬《またた》いていた。これなら上手《うま》くいくはずだ。素早くイベントの準備を始める。

準備はすぐに終わった。なんせ用意するものはタライ一つだ。五分もかからない。

さて、澄多さんはどんな反応をするのだろう。私はドキドキしながらそのときを待った。

気持ちよさそうに上気した澄多さんがリビングに現れると、私はバルコニーの前に歩いた。

「澄多さん。星を取ろう！」

『あんた、何バカなこと言ってんの』。彼女の表情を翻訳《ほんやく》するに、そんな感じだった。

「ほら、騙《だま》されたと思って。今、バルコニーへ行けば星に手が届くから」

澄多さんは不審《ふしん》そうにバルコニーのカーテンを開く。そして、「あっ」と声を漏《も》らした。

裸足《はだし》のままバルコニーに進み出て、足元に置かれたタライを……もとい、タライの中身を凝視《ぎょうし》する。

「ねっ。届きそうでしょ」

タライに湛《たた》えられた水は鏡のように反射し、夜空の星々を地上に写し取っていた。

「ほら、早く手を伸《の》ばして。その中にある星を摑《つか》んで」

澄多さんの手が伸び、指先が水面に触《ふ》れ、地上の星々を密《ひそ》やかに揺《ゆ》らしながら、底へと到達する。

『おやっ』と、彼女の眉根《まゆね》が寄ったことで、私は目的が達成されたことを悟《さと》った。

「引っ張り上げてみて」

彼女が拾い上げたのは、星型のキーホルダーだった。今日《きょう》、天文台で買ってきたやつだ。ショップで見つけたとき、昨晩の話と繋《つな》がり、この余興《よきよう》を思いついたのだ。

「べっ、別に、あなたにプレゼントするために買ったわけじゃないから、ねーっ」

「…………」

喜びの絶頂にあった澄多《すみた》さんの表情に、大きなヒビが入る。

あれ？　もしかして滑《すべ》った。おかしいな、こういうのが流行《はや》ってるんじゃないの？

澄多さんはゴホンと空咳《からぜき》をしたのち、おもむろに、

「別にほしくないけど、あっ、あなたが、そっ、そんなに言うなら、もらってあげても、いいわよーっ」

「「…………」」

私と澄多さんはしばし無言だった。なんだか周りの空気がチクチク痛い。

「なかったことにしようね」

「うん、そうしよう」

私達は、深く、深く頷《うなず》き合った。

「さっきのはとにかく、これは有難《ありがた》く頂いておくわ」

イベントは成功だ。最後にとちった感があるけれど、あれはなかったことにしたので考慮《こうりよ》しない。

「ずっとバッグにつけて歩いてね。外しちゃダメだかんね」

澄多《すみた》さんは「仕方ないからそうするわ」と、キーホルダーを両手で包む。

彼女が言う『ほしいもの』。具体的にそれがなんなのかはわからないし、尋《たず》ねるのも無粋《ぶすい》だ。

私は勝手な予想を立てる。

「ほしいものって、案外、手の届く距離《きょり》にあるかもよ」

バルコニーからは、無数の街灯《あか》りが見渡せる。それらは家族の温かさの象徴《しょうちょう》に思えた。私と澄多さんに血の繋《つな》がりはないけれど、今は同じ屋根の下で寝起きしている。家族とはいえないまでも、赤の他人より身近な存在であることは確かだ。

「私はここにいるよ。ちゃんと手の届く距離だよ。学校に行けば舘下《たてした》さんだっているし、澄多さんは独《ひと》りじゃない。少なくとも、二人の親友がいるじゃない」

澄多さんは目を擦《こす》ったのち、

「希《のぞみ》とは、小、中が一緒《いっしょ》ってだけよ。向こうはあたしに対して後ろ暗さを感じてるみたいだけど……。まあ『顔見知り』って言うのが適切ね」

「またまたー。照れちゃって」

「ほんとよ。互《たが》いの家に行ったこともないんだから」

「素直じゃないな。前に読んでた本、舘下さんから借りたんでしょ」

「あれは希がどうしてもって言うから仕方なく……あーもう。聞き分けのない子はお菓子《かし》没収《ぼっしゅう》。海苔缶《のりかん》に隠《かく》してあるクッキーは、あたしが美味《おい》しく頂くわ」

「やめてー！　あれ秘蔵のデストルーパー。なんで隠し場所知ってんの！」

私は台所に走って行く澄多さんを追いかけた。

バルコニーから出る際、遠くの空で星が光った気がした。


私は電話というものが好きではない。……だって、あれは、高確率で不幸を知らせてくるものなのだから——。

次の日、恒例《こうれい》となった並木道散歩の途中《とちゅう》、いつものように利恵《りえ》さんと遭遇《そうぐう》し、世間的な語らいを終え帰ってきたときだった。固定電話が鳴っていることに気がついた。

「はいはい、今行きまーす」なんて独《ひと》りごちりながら受話器を取ると、向こうからは、ふくよかな声が聞こえてきた。電話の主は年配の女性だ。

『あら、聞いたことのない声ね。えーと、澄多さんのお宅であってるのかしら？』

「はいそうです。澄多で間違いありません」

『あービックリした。かけ間違えたかと思っちゃった』

『おっほほ』と芝居《しばい》がかった笑いが聞こえてきた。見知らぬおばさんが大袈裟《げさ》に仰《の》け反《ぞ》り、口元を押さえている光景が推測できた。

『あなた有住《ありす》ちゃんじゃないわね。お友達か誰か？』

「私は真世杏花《まなせきょうか》という者で、澄多《すみた》宅の居候《いそうろう》です」

『居候？　有住《ありす》ちゃんと？　それほんとの話？　あの、とんがった有住ちゃんと居候？』

おばさんは「有住ちゃん」「居候」となんどか反芻《はんすう》したのち、「年頃の子は晴れのち曇りなのね」と自己解決したようだった。この人、澄多さんのことを知っている。誰だろう？

『ああ、ゴメンなさい。私、市立病院に勤めている、看護師の金野《きんの》っていうの』

おばさんの証言を裏打ちするように、『耳鼻咽喉《じびいんこう》科の佐々木《ささき》先生、大至急外来までお越しください』と院内放送らしきものが受話器から流れてきた。

――このおばさん、本当に病院から電話してるんだ。

市立病院といったら、この前の休日に、キリちゃん達と待ち合わせをした場所だ。私は白く輝く長方形の建物を記憶《きおく》から呼び起こした。

『有住ちゃんは今学校？』

私は「はい」と短く答える。

『先週の木曜にかけたときは家にいたから、今日《きょう》ももしやと思ったんだけど、やっぱり学校よね』

先週の木曜っていったら、あの日じゃないか。澄多さんが崖《がけ》の底を這《は》っていた日……。

私は目をキッと絞《しぼ》った。そして――。

「あの、いくつかお尋《たず》ねしてもよろしいでしょうか？」

そして私は、吐《は》き気を催《もよお》す行為におよんだ。

午前中をボーっと無気力にすごした私は、視界に薄《うす》い膜《まく》のようなものを感じながら正午《しょうご》を送り、物憂《ものう》い昼下がりを越え、億劫《おっくう》な夕方を迎えていた。

もうすぐ澄多さんが帰ってくる。帰ってきたのなら、電話の件を伝えねばいけない。それは気が引ける行為だ。

金野さんはお喋《しゃべ》り好きだった。質問には全《すべ》てフレンドリーに答えてくれた。わかったなんて、偉《えら》そうなことを言っていいのかわからないけど、わかった気がする。あの夜、澄多さんを横殴《なぐ》りにしたものの正体が。

澄多さんは傷を乗り越えようとしている。けれど先週の木曜の晩、必死に上がっていた急勾《こう》配《ばい》から足を滑《すべ》らせてしまった。病院からの電話によって――。

しかし彼女は諦《あきら》めなかった。カーテンを開け、バルコニーを解放し、過去を告白した。忘れたいはずの過去と対面した。進行方向に立ち塞《ふさ》がる忌々《いまいま》しい坂をもう一度上がり始めたのだ。

もし電話の件を伝えたならば、彼女はまた……。

けど、遅かれ早かれ彼女の耳には入ってしまう。

目の前にかかっている膜は次第に黒ずんでゆき、雨雲みたいに闇《やみ》が鮮明《せんめい》になっていった。ストレスってやつなのかな。心に雨が降るって、こういうことなのかな。

自分のことでもないのに、私は完全に参《まい》っていた。だから、咄嗟《とっさ》に聞こえた「ただいま」に反応することができなかった。

「なんだ、いるんじゃん。買いものにでも行ってるのかと思ったわよ」

澄多《すみた》さんの華《はな》やかな笑顔が、私の胸をグシャグシャと掻《か》き乱す。数秒遅れの「お帰りなさい」は沈《しず》みきった声になってしまった。

「元気ないわね？　ジャイアントコーンでも食べたら」

私は「意味わかんないから」とだけ返した。

「今日《きょう》はうけたわ。クラスの男子、エロ本見つかって没収《ぼっしゅう》されてやんの。ほんと馬鹿よね。柏《かし》崎《わ》《ざき》のやつ、わざわざ教室まで出張してきたのよ。これが爆笑もの。『たわけ。お前は学校になんというものを持ってきとんのだ。こういうものはコソコソ部屋で閲覧《えつらん》するがよい。この青二才が！』だって。男ってアホよね、って、聞いてる？」

「ちゃんと聞いてるよ。エロ本で満足するようじゃ青いんでしょ」

澄多さんはほんのり赤くなり、「いや、まあー、捉《とら》え方っていうか、考え方は人それぞれだしね……うん」と困った顔をした。

いっそこのまま黙《だま》っていよう。私は本気でそう考えた。けれど、

「……何があったの」

真剣な眼差《まなざ》しだった。受け流すことはできそうにない。私は口を開く。

「市立病院の金野《きんの》って人から電話あった」

澄多さんは刹那《せつな》の瞬間《しゅんかん》、凍《こお》りついていた。

「お母《かあ》さん、入院してるんでしょ」

「あのお喋《しゃべ》り看護師、どこまで話したの！」

澄多さんは「お母さん」の部分に、敏感に反応した。

「澄多さんのお母さんが入院していて……。それで、その病気は厄介《やっかい》なやつで……。万が一のことを考えて……。今の内に一度でもお見舞いにこないか……」

私の視線は自然と床《ゆか》に落ちた。澄多さんを直視するのが怖《こわ》かったからだ。

「なるほど、あの無駄話《むだばなし》大好きオバハンも、分別《ふんべつ》はつくようね。他人には掻い摘《つま》んで話したわけか」

他人。この言葉がチクッときた。

「見舞いに行くだけ無駄よ。だってもう虫の息だもん」

不意《ふい》打ちのように発せられた言葉に、今度は私が凍りついた。

「数年前癌《がん》に冒《おか》されたらしくてさ。あたしは知らなかったけど、なんども入退院繰《く》り返してたんだって。そんで去年、肝臓《かんぞう》に転移してるのが発覚してまた入院。今度は退院できないって話。先週の電話では、あと一月《ひとつき》もたないって言ってたわね」

「一度くらい会ってあげたっていいじゃん！」

私はギャーギャー喚《わめ》いた。

「うっさいわね！　会いに行ったところで、あの女にはもう意識がないんだから無意味でしょ！　あたしがきたことすらわかんないわよ」

澄多《すみた》さんは、私以上に喚いた。

「いい気味じゃない。あたしにあんな仕打ちをした報《むく》いよ」

そんなのってない。そんなのってあんまりだ。そんなのって……。そんなのって……。

「これはあたしの家庭の問題なの」

黙《だま》るよりほかなかった。言い換えるなら、「他人のあんたには関係ないでしょ」ということだ。私は赤の他人。発言は許されない。

「そんなことよりお風呂《ふろ》お風呂お風呂。今日《きょう》は汗《あせ》かいちゃった。長距離《きょり》のタイムなんか測定してなんになるのかしらね」

私は見るからに憂鬱《ゆううつ》を誘《さそ》う真っ黒な雨雲に、全身を包まれた気がした。

五章

人は常時、何かしらに抗《あらが》って生きている。自分に纏《まと》わりついている不遇《ふぐう》な運命とか、差し迫っている模擬《もぎ》テストの対策とか、掃除《そうじ》当番をサボる口実の考案とか、大なり小なりあれど、抵抗には違いないのだ。もしくは、生きるという行為そのものが死に抗っている証拠《しょうこ》なのかもしれない。インターネットや携帯《けいたい》電話は、人が孤独に抗った結果なのだ、きっと。

その孤独と闘う武器、携帯電話を握《にぎ》りながら、私は感慨《かんがい》に耽《ふけ》っていた。さっきまで通話していた相手は中学時代の悪友達。部活仲間でもあり、よく一緒《いっしょ》に遊びに出かけたものだった。

三人は一箇所に集まっているらしく、一つの携帯を全員で回し、その日、遠くへ出立《しゅったつ》する私へ発破《はっぱ》をかけてくれた。

傍《はた》から見れば、分別《ふんべつ》のない今どきの少女達なのだけれど、それは誤解だ。彼女らは私の心情を誰よりも察している。直接会いにこないで電話越しにエールをくれたのは、私への気遣《きづか》いなのだ。……会ったら辛《つら》くなっていただろうから。

玄関《げんかん》に錠《じょう》をし、十五年すごした我が家《や》をザッと見る。荷物は昨日《きのう》あちらに送った。家具類にはビニールをかけたし、不要な衣類等は処分した。今やこの家から生活の気配は消滅し、寒々しい空《あ》き家そのものだ。

私はアスファルトに足を踏《ふ》み出す。このひび割れた道路は、今の私にとって黄色のレンガ道に他《ほか》ならない。

イエローブリックロードならぬ、グレーアスファルトロードかな、などと思いながら途中《とちゅう》の水路に玄関の鍵《かぎ》を投げ捨て、私は走り出した。

あと数時間後には、あまたの桜が私を出迎えてくれる。あと二日後には新たな出会いが私を待っている。春は出会いと別れの季節。別れは去年の春にすませた。だから今年の春は出会いしかないはずだ。

私は髪《かみ》を靡《なび》かせながら鈍色《にびいろ》の道を駆《か》けて行った。

＊

時間というものは無情だ。誰かの意思を汲《く》み、待ってくれることもなく、容赦《ようしゃ》なく前に流れてゆく。背後からはタールの洪水《こうずい》が迫ってくる。その洪水は世界全体を覆《おお》うくらい広く、逃げ場なんかない。呑《の》まれないためにはイヤでも前に進まなければならない。

金曜日、土曜日、日曜日。私は否応《いやおう》なしに流れる時間の中を、人生の急勾配《こうばい》を、ドス黒い洪水の前方を、混迷《こんめい》なく一心に歩く。

金曜日は遅れている授業の予習をした。土曜日はスーパーのバーゲンセールで、おばちゃん達と熾烈《しれつ》な争奪《そうだつ》戦を繰《く》り広げた。日曜日は戦利品のデニムパンツの裾《すそ》をなおした。

私が電話を打ち明けた翌日から、澄多《すみた》さんの顔にクマができるようになった。夜眠《ねむ》れないらしかった。

ただし、ようすはいつもと変わらない。

「行ってきまーす」と登校し、「ただいまー」と帰ってき、お風呂《ふろ》に直行する。習癖《しゅうへき》のように夕飯に文句を言いながらも全《すべ》て平らげ、本を読み耽《ふけ》り、その日を終える。変わらない生活の中にいるからこそ、彼女の衰退《すいたい》は一層顕著《けんちょ》だった。

私は彼女に、どう接してゆけばよいのだろう……。

ただ、嬉《うれ》しいできごともあった。停学が解除《かいじょ》されたのだ。日曜の昼、携帯《けいたい》に連絡《れんらく》があった。月曜日から普通に登校してもよしとのことだった。私は立ち位置が釈然《しゃくぜん》としない不安から、やっと開放されたのだ。

「不良娘《むすめ》が一週間ぶりの登校か。多分、クラスメートから恐《おそ》れ敬《うやま》われるわよ」

澄多さんは不吉《ふきつ》な予言を下した。

恐れ敬われるかどうかはわからないけれど、浮いてしまうのは確かだと思う。だって入学一週間で傷害事件起こすなんて、普通あり得ない。豊和《ほうわ》先生も前代未聞《ぜんだいみもん》の事態と嘆《なげ》いていたし。絶対、悪印象を持たれてしまったはず。

正直、登校するのが怖《こわ》い。クラスのみんなから蔑《さげす》まれ、孤立するのではないかと思うと、震《ふる》えずにはいられない。

停学中、キリちゃんとは数回連絡を取り、授業の進行状況を確認したりした。

『大丈夫《だいじょうぶ》、私はマナちゃんのこと大好きだから。停学なんて気にすんな～』

彼女の言葉に何回励《はげ》まされたことか。

運命の月曜日、通常より一時間早く登校した。授業前に柏崎《かしわざき》先生から話があるらしい。

ハイテンションで朝練をしているサッカー部を脇目《わきめ》に、生徒指導室を目指す。

「失礼します。真世《まなせ》です」

「入りたまえ」と、トラウマになってしまった感がある、ハスキーな声がした。

朝っぱらから怒鳴《どな》られるのではないかとビクビクしながら、全校生徒が恐れをなす、クラシックな畳《たたみ》部屋に足を踏《ふ》み入れる。

「うむ、おはよう」

続いて、

「……おはよう……ございます」

か細く、控《ひか》えめな挨拶《あいさつ》が聞こえてきた。私は目をパチクリさせ、疑問を抱《いだ》くにはじゅうぶんな光景を見やった。

朝の冷気をはらみ、見るからに凍《こご》えそうな畳の上には、テーブルを囲む形で座布団が三枚敷かれていた。一枚には柏崎先生、そしてもう一枚には、見知らぬ女生徒が遠慮《えんりょ》がちに座っているのだ。セーラー服を着ていることから、この学校の生徒ではない。

だからこそ変なのだ。私はこの人を知っている気がするのだ。

どこかであったかな。それとも誰かの姉妹。それにしたって、ここになんの用？　疑問を持て余《あま》していると、

「まあ、座りなさい」

私は空《あ》いている三枚目の座布団に正座《せいざ》した。

「おほん。こちらは……」

柏崎《かしわざき》先生は、角《かど》を削《けず》った声で彼女の紹介《しょうかい》を始めた。


話を終えた彼女は、速《すみ》やかに自分の学校へと登校して行った。ここからほど近い高校へ通っており、私が朝早く呼ばれた理由は、彼女の登校時刻に合わせたためらしかった。

彼女とは面識《めんしき》があった。面識と言ってしまうには、余りに僅《わず》かな時間だったけれど、先々週の日曜日、私達は確かに出会っていた。場所はデパート内のファストフード店の脇《わき》。あのときニアミスを起こした女の子が彼女だったのだ。

本来、彼女は澄多《すみた》さんに用があったらしい。しかし、柏崎先生は澄多さんではなく、私と面会させた。当然と言えば当然だ。あの件で処分されたのは私なのだから。

白く曇った窓の外では、サッカー部がうるさい。

「ディフェンス陣《じん》、もっと声出せ」「守ったあとのことも考えろ」「バカ野郎《やろう》、もっと周囲に気を配れ！」。部員を洗礼するコーチの声が、冷たい空気を振動させている。

そのとおりだと思った。もっと話すべきなんだ。せっかく守ったって、黙《だま》っていたのでは周りの人間は戸惑《とまど》ってしまう。少なくとも、私は大いに戸惑った。

彼女は話してくれた。あのときのことを。澄多さんがあのピアス男と口論していたわけを。

……澄多さんはあいつから彼女を守ったのだ。

あのふんぞり返っていたピアス男と彼女は、一時期つき合っていたらしい。しかし、あいつの横暴な態度に嫌気《いやけ》が差し、別れを告げた。その後は距離《きより》を置いていたらしいのだけれど、あの日、運悪くデパートで鉢合《はちあ》わせしてしまったのだそうだ。

彼女はしつこく復縁《ふくえん》を迫られ、それを拒否《きよひ》した。そうこうしているうち、あいつが力技に打って出てきた。そのとき、乱入してきたのが澄多さんだったのだ。

彼女は澄多さんとまるで面識がなかった。そうこうしているうち二人が小競《こぜ》り合いになり、怖《こわ》くなった彼女は逃げ出した。私とぶつかりそうになったのはそのときだ。

やはり気になり引き返したとき、警備員に連れられて行く、私と澄多さんを見た。数日の間、名乗り出る恐怖《きょうふ》と葛藤《かっとう》したすえ、後ろめたさに負け、デパート側に事情を説明し、ここ（中《なか》栄《さかえ》高校）に連絡《れんらく》を入れてきたということだった。

感銘《かんめい》というか感動というか、その意外性に唖然《あぜん》とした。

あの澄多《すみた》さんが、見知らぬ人を助けに入るなんて。

「若者はすぐ行動に打って出る」

柏崎《かしわざき》先生は緑茶を啜《すす》りながら、ボヤくように言い放った。それは柏崎先生には似つかわしくない、のん気な言動に思えた。

「えっと、なんと言っていいのかわからないですけど……迷惑《めいわく》かけてすいませんでした」

とりあえず、無難《ぶなん》に謝っておいた。畳《たたみ》に両手をついて頭を下げてはみたものの、なぜだか笑い出したい気分だった。

「構わんよ。すんだことはよしとしよう」

私もお茶を口に含んだ。京都宇治茶《きょうとうじちゃ》らしい。

「澄多さんにお咎《とが》めとかあるんでしょうか？」

「とくにないが。澄多君には大義名分《たいぎめいぶん》があったようだしな。相変わらず損《そん》な性格だ」

そう言って柏崎先生は、グッとお茶を飲み干し、湯飲みをテーブルに置く。

「澄多君のことが心配かね？」

「去年のことがありますから。今度は退学になるんじゃないかと」

柏崎先生は、「ああ、去年のあれか」と関心がなさそうだった。私は怪訝《けげん》だった。生徒指導員にとって、澄多さんが去年起こした傷害事件は許されざる行為のはずだ。この話題には、もっと険《けわ》しい態度で臨みそうなものだけど。

「女性徒に現《うつつ》を抜かすような腑《ふ》抜《ぬ》けた教師などいなくなって清々《せいせい》したわい」

えっ？　それって、どういう……。

「やはり創業三百年の老舗《しにせ》の味は伊達《だて》ではない。味が洗練されている」

柏崎先生は満足げに、二杯目のお茶を注ぎ始める。

「おお、すまんな。もう行ってもよいぞ。遅れた分しっかり勉強しなさい」

さっきの発言について尋《たず》ねる間を殺されてしまった。私は釈然《しやくぜん》としないまま、脱《ぬ》いでいた上履《うわば》きに足を通す。

サッカー部の朝錬《あされん》は終了したらしく、外は静かになり、反対に校舎内は活気を帯びてきた。廊下《ろうか》にはちらほらと生徒の姿《すがた》が見え始めている。あと三十分もすればホームルームが始まり、皆にとって億劫《おつくう》かつ、安穏《あんのん》な一日が開始されようとしている。

私は緊張《きんちよう》していた。渇《かわ》いた口から心臓の鼓動《こどう》が洩《も》れているのではないかと思うぐらいドキドキしていた。リップを塗り忘れたせいでカサカサする唇《くちびる》を舐《な》め、手の汗《あせ》をハンカチで処理してから教室のドアへ手をかける。

なんだか入学式のときみたいだ。ただしあのときは、友達ができるか、みんなと上手《うま》くやっていけるかといった、期待《きたい》からくる清々《すがすが》しい不安だった。けれど今日《きよう》は、再びみんなの輪に加われるかといった陰湿《いんしつ》な不安だ。

私は小寒い廊下《ろうか》で汗《あせ》だくになりながら、懐《なつ》かしいドアを開けた。

「あっ、マナちゃん！　おっはよう。それと、ひっさしぶり！」

そうだよ、恐《おそ》れることなんかないんだ。ここには私を受け入れてくれる人がいるんだから。

私は涙《なみだ》の向こうの友人に笑いかけた。


私が他校の男子と喧嘩《けんか》のすえ、そいつをKOしたことは、どういったわけか周知の事実となっていた。クラス内に、あの警備員と通じている人でもいるのだろうか？　噂《うわさ》ネットワークの恐ろしさを垣間《かいま》見た気がする。

クラスメートの反応は多種多様だった。関わりたくないのか、遠巻きに私を見つめる子もいれば、興味津々《しんしん》にそのときの状況を尋《たず》ねてくる子もいた。

「真世《まなせ》さんって、可愛《かわい》い顔に似合わず雄々《おお》しいのね」

ラストの「雄々しい」がなければ素直に、「そんな〜可愛いだなんて、えへへ」と、いじらしく振《ふ》る舞《ま》えたのに。

気弱そうな子からは敬語を使われた。

「あっ、あの……不在のときの日直の件なんですけど……いえ、なんでもないです。失礼します！」

そんな。露骨《ろこつ》なまでにビクビクしないでよ。それに、ダッシュで逃げなくても――。

クラス内で、かなり極端な立ち位置に収まってしまった私は、未体験の事象《じしょう》にまごつく暇《いとま》もなく豊和《ほうわ》先生に呼び出された。

「真世、お前を学級委員長に任命する」

もう何がなんだか。ハイスピードすぎる展開に疲れ果て、頭をダランと下げる。

「そうか、やってくれるか。わざわざ席を空《あ》けておいた甲斐《かい》があった。お前が張り倒した、あの男子生徒な……」

先生の話によれば、あのピアス男は向こうの学校でも相当な問題児で、教師も手を焼く存在だったらしい。校内外で様々な悪行をするも、巧妙《こうみょう》に尻尾《しっぽ》を掴《つか》ませなかった。確固たる証拠《しょうこ》がないため学校側も処罰《しょばつ》しあぐねていたのだけれど、今回の件はバッチリ証拠が挙がった。なんでも監視《かんし》カメラの映像があるらしい。場合によっては芋《いも》づる式に余罪が出てくるかもしれない。

「出向いてきた向こうの先生からクレーム一つ出なかったんだぞ。こう言っちゃあ不謹慎《ふきんしん》だが、あちらさんとしては万々歳《ばんばんざい》なんだろうな」

結局、委員長をやることになってしまった。学級委員長は生徒会の末端として機能している。生徒会関係の役職につけば、停学によって傷ついた内申《ないしん》も、若干補塡《じゃっかんほてん》されるのではないかという打算的な考えもあった。

「みんなもお前には一目《いちもく》置いている。『委員長は是非《ぜひ》とも真世杏花《きょうか》に任せよう』というのがクラスの総意だ。がんばってくれ」

私は複雑な心境だった。殴《なぐ》った対象が他校のヤンキーなら尊敬され、教師なら蔑《さげす》まされる。私はみんなに受け入れてもらえたけれど、澄多《すみた》さんは疎外《そがい》された。厄介者《やっかいもの》にされ、居場所をなくしている。

ただ、柏崎《かしわざき》先生の反応は奇妙《きみよう》だった。何か違和感のようなものを覚える。

……澄多さん。彼女は見知らぬ人を助けた。本当は……。

私は晴れない靄《もや》のようなものを抱《かか》えながら、久方《ひさかた》ぶりの授業に臨んだ。

幸せのあとには不幸が待っている。不幸のあとには幸せが待っている。そして、今回は幸せが二度続くことになった。

昼休みのことだった。高橋《たかはし》さんから携帯《けいたい》に連絡《れんらく》がきた。要望に沿う物件が見つかったとのことだった。床面積、家賃、立地条件、聞く限り全《すべ》てが理想的だった。今日《きょう》見に行く予定を立ててもらった。

「やったじゃない！　マナちゃんにも運が回ってきたのよ」

キリちゃんは自分のことのように喜んだ。私も「よっしゃー」と喜ぶふりをした。そう、あくまで「ふり」だったのだ。待ち望んでいたことなのに、なぜだか落胆《らくたん》を感じた。新しい部屋が見つかった。それはつまり、あそこに厄介《やつかい》になる理由がなくなったということだ。あの傍若無人《ぼうじやくぶじん》な同居人との別れを意味している。これは幸せなのだろうか。私の本心は？

心持ちが定まらないまま迎えた放課後、私は弓道部《きゅうどうぶ》に入部届を出した。

もじもじと、提出が遅れてしまった理由を話す。

「ゼンゼンオッケー。なんの問題もないわ。我が部は停学経験者だろうと、前科《ぜんか》持ちだろうと差別なし。心置きなく在籍《ざいせき》して！」

どうも新入部員は私一人だけだったらしい。神無月《かんなづき》さんは予期せぬ部員獲得《かくとく》に歓喜したのか、神棚《かみだな》に向かって十字を切った。日本神道《にほんしんとう》とキリスト教の垣根《かきね》を超越した、ハイブリッドな祈《いの》りを捧《ささ》げている彼女に理由を告げ、部活始めは明日《あした》にしてもらった。私はこのあと新居を見に行かねばならない。

高橋さんとの約束の時間を前に、図書館へと走った。本の貸し出し期間は停学中にすぎてしまっている。

私が悪いわけじゃない、これは不可抗力《ふかこうりょく》だ。自分に言いわけをしつつ、図書室のカウンターに借りていた本を返却《へんきゃく》する。しかし……。

あれっ、おかしいな。一冊足りない。

バッグの中には『坊《ぼっ》ちゃん』しか入っておらず、『背中越しの天使達』が見当たらないのだ。入れたつもりだったけど。久しぶりの登校で、朝バタバタしていたせいかな。

仕方なく『坊ちゃん』のみ返却し、待ち合わせ場所に指定されていた駅に急ぐ。

既《すで》にきていた高橋さんと軽く挨拶《あいさつ》を交わし、車で新居（予定）へと赴《おもむ》く。

——インチキ臭《くさ》いくらいに最高の物件だった。家賃も手頃で、設備、立地条件、全《すべ》て文句なし。まるで人を騙《だま》して視聴者を楽しませる悪趣味なテレビ番組の標的になったみたいだった。

私は真偽《しんぎ》を尋《たず》ねた。

「いいえ、この部屋で間違いありません」

高橋《たかはし》さんはいつかと同じように答えた。

「つい二日前に空《あ》いたんですよ。ここの大家《おおや》さんと我が社は古くからのつき合いです。この前のようなすれ違いは絶対起きません！」

高橋さんは自信満々で破顔していた。私はコクリと頭を下げた。頷《うなず》きなのか俯《うつむ》きなのか、自分でも不明瞭《ふめいりよう》な動作だった。


家に着いた私を待っていたのは、ソファーに深々と腰《こし》を降ろし、無表情に読書をしている澄《すみ》多《た》さんだった。私は戦慄《せんりつ》した。手から力が抜け、バッグを床《ゆか》に落とした。

「どうもハードカバーって好きになれないのよね。表紙が硬《かた》いと読みにくいじゃん。それに無《む》駄《だ》に重いし、かさばるし。やっぱ文庫が一番かな」

私に見せつけるかのように本を掲《かか》げた。

「あたしも夜なかなか寝つけなかったな。眠《ねむ》っている間に何かされるんじゃないかって思うと、瞼《まぶた》が閉じないのよね」

澄多さんはパタンと本を閉じた。その音からは、わざとらしさすら感じた。

「はい、これ返す。あんたもそそっかしいわね。台所に置きっぱなしだったわよ」

私は差し出された『背中越しの天使達』を受け取ることができなかった。

恐《おそ》らく、朝、バッグにお弁当箱《べんとうばこ》をつめる隙間《すきま》を確保するため、中身を一度外に出したときだ。そのまま入れ忘れていたらしい。

澄多さんは私が動かないと見るや、「じゃあ、ここに置いておくよ」とテーブルに置き、リビングから早足に出て行った。私はバッグを拾うためしゃがみ、そのまま足腰が立たなくなった。

澄多さんは過去を打ち明けてくれた。自意識過剰《かじょう》かもしれないけれど、これは私のことを認めてくれたからではないだろうか。せっかく認めてもらったのに、そんな彼女を裏切った気がしてならなかった。

『あんた、あたしに隠《かく》れてこんな本読んでたんだ。これであたしのこと理解しようとしてたんだ。馬鹿にすんじゃないわよ！』

いっそ怒鳴《どな》り散らしてもらいたかった。そうすれば、土下座《どげざ》でもなんでもして最大限謝罪できる。我慢《がまん》されるのは何より辛《つら》かった。

フラフラと身を起こし、澄多さんの部屋の前に立った。

トントンと二回ノックする。

「ゴメン。ちょっと一人になりたい気分。夕飯になったら呼んでちょうだい」

中から聞こえてきた声は、少し湿《しめ》っぽい気がした。私は部屋から離れたことを示すため、わざと足音を立て台所へ向かった。

自分の浅はかさを悔《く》やんだ。澄多《すみた》さんとの関係に亀裂《きれつ》を入れてしまったのだ。

無気力に夕飯を並べたのち、澄多さんを呼ぶ。

食欲は失《う》せていたため、自分の膳《ぜん》は雀《すずめ》の涙《なみだ》ほどにした。

「具合でも悪いわけ。全然足りないでしょそれ」

私は目を逸《そ》らす。

「どうしたのよ？　久々の学校生活でストレスでも溜《た》まった。わかった。ガンジーのやつに絞《しぼ》られたのね。あんなのシカトシカト。頑固爺《がんこじい》さんの説教なんて気にしないのが一番」

本について追及してこないのは、大目に見るということなのだろうか。そうだとしても、澄多さんとの繋《つな》がりに、しこりができてしまったに違いない。

そんな陰気な状況の中、切り出さなきゃいけないことがある。引っ越しの件だ。

いずれはここを出て行かなきゃいけないのはわかっている。こういう日がくることも覚悟《かくご》していた。けど、いざそのときを向かえた今、私の心は揺《ゆ》らいでいた。

「今日《きょう》さ、不動産屋から連絡《れんらく》がきたんだ……」

澄多さんは箸《はし》を口に入れたまま、ピタリと動きを止めた。

「放課後に転居先見てきたけど、これがまた素敵《すてき》な部屋なんだよね。だから……」

小窓から入る隙間《すきま》風《かぜ》が、背中まで伸《の》びた私の髪《かみ》を揺らした。それはとても寒い風だった。

「だから……今週末に引っ越そうかと」

「…………」

「だから……私はあと一週間でここからいなくなるんだけど」

「…………」

澄多さんは、出会った頃のように無言だった。

「今までありがと。それと……あの本……ゴメン」

ヒューと吹く風の中に、「おめでと」と淡白な肉声が加わる。

私は彼女になんと言わせたかったのだろう。

『そんなの認めない。あんたはずっとここで家事やってりゃいいのよ！』

そう言ってもらえたら、多分――。

思ったとおり、時間というものは無情なものだった。私の意志を汲《く》んではくれず。容赦《ようしゃ》なく流れて行った。この街の駅へ降り立ったとき、迷わず生きると誓《ちか》った。恐《おそ》れず踏《ふ》み出すと誓った。転がる石ころなんか蹴《け》散《ち》らし前に進むと誓った。

でも今、進むのが怖《こわ》い。足はブルブル震《ふる》え、酔《よ》っ払《ぱら》いの千鳥足《ちどりあし》みたいにヨロヨロしている。小石にだって足を取られそうだ。

授業にも集中できなかった。先生の話は電波状況の劣悪な中継みたいで、まるで身に入らないし、黒板の文字は理解不能の記号でしかなかった。

部活もこんな感じで、初日から神無月《かんなづき》さんの注意を受けることとなってしまった。

自分でもなんでこんなに落ち込んでいるのかわからなかった。心の内を探るけれど、まるで手応《てごた》えがない。まさに空《から》っぽだ。私は再び抜け殻《がら》になってしまったのだろうか。

そんなこんなでチャイムが鳴り、パッとしない一日は終わった。

ゾッとするほど生暖かい風に当りながら、ひたすらに長い国道を下っていると、なんの予告もなしに携帯《けいたい》が鳴った。まあ、予告をしてくる電話はないけれど。

伯父《おじ》さんからだった。縁石《えんせき》に足をつき、通話ボタンを押す。

伯父さんの声は弾《はず》んでいた。私が狂喜する姿《すがた》を頭に描いていたらしかった。けれど、私はその用件を拒絶《きょぜつ》した。お腹《なか》の底から湧《わ》いてくる怒《いか》りのような、懐《なつ》かしさのような、嘆《なげ》きのような、鬱憤《うっぷん》のようなものをぶちまけた。電話越しに伯父さんが困惑《こんわく》するのがわかった。

「ゴメンね、伯父さん」

電話を切り、しばらく放心していた。

萎《な》えてゆく意識とは逆に、皮膚《ひふ》感覚はどんどん鋭利《えいり》になっていった。轟音《ごうおん》を撒《ま》きながら通りすぎるトラックの震動が、縁石を伝い、私を揺《ゆ》すり、散っていた意識を強引に覚醒《かくせい》させた。気づくと灰色だった雲は、赤く染まっていた。

……皮肉だ。なんでいつも帰り道で、なおかつ夕日なんだ。意図的にこんな日を選んでいるの？　それとも、あの日の続きのつもりなの？　どうなの？　ねえ、

——お母《かあ》さん。


靴《くつ》を脱《ぬ》ぐなり部屋に直行し、敷いたままにしておいた布団に崩《くず》れ落ちる。まさに崩れ落ちるという比喩《ひゆ》がジャストだった。枕《まくら》を跨《また》ごうとしたとき膝《ひざ》がガクンと折れ、そのまま重力に身を任せたのだ。

布団に頭を埋《うず》め、駄々《だだ》を捏《こ》ねる子供のように足をバタバタさせていた。すると、ドアが開いた。

「うるさいからやめなよ。いったいどうしたの」

お風呂《ふろ》から上がったばかりらしく、澄多《すみた》さんの体からは湯気《ゆげ》が立ち昇っていた。

私は布団を放り、制服の襟《えり》をなおしながら、

「伯父さんから電話あった。お昼頃、妹が急に尋《たず》ねてきたんだってさ」

さも、どうでもいいことのように言った。

「伯父さんの妹。それって、あんたのお母さんってことじゃないの？」

私はフッと笑う。

「なんか再婚《さいこん》が決まったみたい。そのことで私と会って話したいみたいなんだって」

私はもう一度笑った。

「おかしな親だよね。私の携帯《けいたい》番号知ってるくせに、伯父《おじ》さん経由で話を持ってきたんだよ。自分じゃ言い辛《づら》いからってお兄《にい》さんに頼むなんてね。伯父さんと私の仲がいいもんだから、あわよくば説得してもらおうとしたのかな。だったら、ふざけてるよね。ほんと、ふざけた親だよ。体《てい》が好《よ》すぎるよ」

一度に喋《しゃべ》ったせいで呼吸が苦しい。ハアハア息を吸うと、肺がチクチク痛む。

「会えばいいじゃん。せっかく会いたいって言ってんだから」

「今更《いまさら》会えるわけないよ！」

両手でスカートの脇《わき》を握《にぎ》り、皺《しわ》クチャにし、そのままゴロンと横になった。

「一度私を捨《す》てたんだよ！　裏切ったんだよ！　娘《むすめ》より男を選択《せんたく》したんだよ！　捨てたものは拾えば元通りになるなんて簡単な話じゃないよ」

そう、私は捨てられたのだ。裏切られたのだ。この事実は覆《くつがえ》ることがない。一度折り目がついてしまったらそれまでだ。アイロンをかけたところで元通りにはならない。

「なかったことになんかできないよ」

掴《つか》んでいたスカートを離し、代わりにシーツをグシャグシャにする。本当に子供みたいだった。お母《かあ》さんにしてみれば、私は永遠に子供でしかない。だから自分に絶対服従だと思っている。再婚するからこっちに帰ってこい。お父《とう》さんは別の人だけど、また家族三人で住もう。身勝手にも程がある。

私はもう十五だ。九月には十六になる。男の子の首筋《くびすじ》に見惚《みと》れることもあるし、同級生が囁《ささや》いているセックスの話に、ドキドキしながら聞き耳を立てたりもする。大人《おとな》にはほど遠いけど、右左もわからない子供じゃない。いつまでも親の言うことに無条件に頷《うなず》くほど幼くない。

「あんたわがまま言ってる。このままだと絶対後悔《こうかい》するよ」

「それ、澄多《すみた》さんにだけは言われたくない」

指摘《してき》されたことが妙《みょう》に腹正しかった。

「どういう意味」

語尾に鋭利《えいり》な刃物を押し当てたように、歯切れのいい声だった。

「澄多さんだってお母さんのこと避《さ》けてるくせに。私にとやかく言える立場じゃないよ」

場が静まり返った。部屋の中から、家の中から、世界から、一切の音が消えた気がした。

「あたしの内情は関係ないと思うけど。今はあんたに『こうした方がいい』ってアドバイスしてるだけなんだから」

あくまで冷静に対処する彼女に、微《かす》かな怒《いか》りが湧《わ》く。

「他人にアドバイスする前に、自分で実践《じっせん》してみたら」

もう一度静まり返る。この静けさは、初めてこの家に入ったときと似ていた。

「お母《かあ》さん危篤《きとく》なんでしょ。露命《ろめい》を繋《つな》いでるんでしょ。看護師さんが気を利かせて、わざわざ電話までくれたのに。わがまま言ってるのはそっちだよ！」

激情に身を任せ、怒涛《どとう》の勢いで雑言《ぞうごん》を吐《は》き出した。澄多《すみた》さんが咽《のど》を詰《つ》まらせたのがわかった。彼女の動揺《どうよう》を誘《さそ》ったことで、僅《わず》かな優越感に浸《ひた》っているちっぽけな自分がいた……。

「──あんた。いくらなんでも、言っていいことと悪いことがあるよ！」

澄多さんの顔が険《けわ》しくなる。歯を噛《か》み締《し》めているのか、顎《あご》をギュッと引き締《し》め、こちらに近づいてきた。

「訂正《ていせい》するわ。あんたのは〝わがまま〟じゃなくて、ただの〝逃避《とうひ》〟。自分が母親と会いたくないもんだから、関連のないあたしの事例を持ち出して、会わないことを正当化してるんじゃないの。卑怯《ひきょう》よ……あんた」

カチンときた。それは彼女の指摘《してき》が正しいことの証明であったのかもしれない。

「卑怯なのそっちじゃん！　『悪い子になりたい』『そうすれば過去と折り合いがつく』。自己欺瞞《ぎまん》もいいところだよ」

彼女の瞳《ひとみ》を睨《にら》みつけ叫《さけ》んだ。そこには、歪《いびつ》に捻《ひね》くれ醜悪《しゅうあく》な顔の私が映っていた。

「ほんとうは会うのが怖《こわ》いだけでしょ」

なんだか、自分に向かって悪態《あくたい》をついているような錯覚《さっかく》を覚える。

「そっちこそ、自分の不幸を肯定《こうてい》してんじゃないわよ！　いくじなし！」

私達の口論は延々と続いた。憎《にく》しみが堰《せき》を切ったように流れ出し、収まりがつかなかった。日常の不平や、相手への些細《ささい》な不満。まるで見当違いのことまで持ち出し、互《たが》いを罵《のの》しり合った。おかしいな。こんなはずじゃないのに。私が言いたいことって……。彼女から言ってほしかったことって……。あれ。あれ。あれ。

繰《く》り返される激情の衝突《しょうとつ》に、両者の息が切れてきた頃、私が致命《ちめい》的なことを仕出かす。

「そんなことだから、両親に愛想《あいそ》つかされるんだよ!」

自分の発言に血の気が引くと同時、頰《ほお》に衝撃《しょうげき》が奔《はし》った。

「手え上げさせんじゃないよ! こんなこと、もうまっぴらなんだから」

私は認識できない痛みに悶《もだ》えながら、ヒリヒリする頰を押さえ、

「明日《あした》、出て行く」

部屋から出て行く澄多さんの背中に吐《は》き捨てた。

すぐ高橋《たかはし》さんに電話を入れ、用件を伝えた。急な話だったけれど、なんとか予定を前倒ししてもらい、明日、引越し業者を手配してもらえることとなった。それから、台所で使っていた調理器具なんかをダンボールに戻し、あとはずっと部屋にこもっていた。夕食も摂《と》らず、お風《ふ》呂《ろ》にも入らず、布団にくるまったまま、気がつくと太陽光を浴びていた。

澄多《すみた》さんはまだ起床《きしょう》していないらしく、姿《すがた》はない。好都合だ。鉢合《はちあ》わせになっても気まずいだけだ。私は彼女が起きる前に登校した。……お弁当《べんとう》は用意しなかった。

最悪だった。最悪の仲違《なかたが》いだった。どうやっても繕《つくろ》うことができないくらい、澄多さんとの関係はズタズタになってしまった。繕うことができないのなら、仕方ない。私は破れてしまった布を諦《あきら》め、新しい糸で新たに布を織る。完成したときの図柄《ずがら》はまだ不明だ。

異様なまでの集中力で各教科をこなし、放課後まっすぐ帰ってくると、マンションの前には引越し業者のトラックが駐車《ちゅうしゃ》していた。

挨拶《あいさつ》もそこそこに、三度目の引越しを開始する。

やっぱりプロだ、手際がいい。荷物が少なかったこともあり、ものの十五分で全《すべ》て完了してしまった。私がチュイルリー南《みなみ》福住《ふくずみ》にいた二週間は、たかだか十五分でその痕跡《こんせき》すら消えてしまったのだ。

「荷物は以上でよろしいでしょうか？」

私はトラックの荷台をザッと見渡し、「はい、これで全部です」と了解《りょうかい》する。作業着姿《すがた》の男性は、「では、我々は一足先に」と運転席に乗り込み、車を発進させた。

ここにきてから色々あった。引っ越してくるや否、追い出されそうになったり。不良な隣人《りんじん》と同居し、彼女のわがままに翻弄《ほんろう》されたり。デパートでチンピラを張り倒して停学を食らったりと、振り返れば怒涛《どとう》の二週間だった。

その不良な同居人――澄多さんの姿はない。昨晩のことを考えれば当然か。強風が吹き、世界が桜色に染まった。私は往来のど真ん中で、捲《めく》れ上がったスカートを押さえることもせず、ただピンク色の渦《うず》に呑《の》まれていた。凄《すご》かった。道路に落ちていたのとか、枝に残存していたのとか、とにかくたくさんの花びらが飛び交っていた。

ああ、桜が散っちゃう。

春が去れば桜は散るのだ。誰でも知っている当たり前のことなのに、それを認めることはとても悲しいことのように思えた。

風がやみ、グシャグシャに絡《から》まった髪《かみ》をなおしていると、なんだか泣きたくなってきた。大声で泣き叫《さけ》べばストレスくらいは発散できるかもしれない。いっそ本気で泣いてしまおうかと思い、大きく息を吸ったとき、先手を打たれた。

……千恵《ちえ》ちゃんだった。千恵ちゃんが甲高《かんだか》い声で泣き叫びながら、こちらに歩いてきた。

「あっ、真世《まなせ》さんどうも。ゴメンなさいね、みっともないとこ見せて。ほら千恵。いい加減泣きやまないとお姉《ねえ》ちゃんに笑われちゃうぞ。帽子《ぼうし》はまた同じの買ってあげるから」

利恵《りえ》さんのあやしも、泣きモードの千恵ちゃんにはなんのその。「やだ！　あの帽子じゃなきゃやだ！」と断固として譲《ゆず》らない。

「それではまた」と千恵ちゃんを引っ張り、利恵さんは行ってしまった。

さっきの強風で、お気に入りの帽子が飛ばされてしまったらしい。かわいそうに、あんなに泣いて。転んでも涙《なみだ》一つ見せなかった子が、帽子《ぼうし》をなくした途端号泣《とたんごうきゅう》している。大切なものを失うのは何より痛いのだ。同じものを買ってもらったとしても、代わりにはならない。千恵《ちえ》ちゃんが大切にしていたのは、あれに似た帽子ではなく、あくまであの帽子なのだから。代用品で誤魔化《ごまか》しなんか利かない。

「子供はいいわよね。泣いていても、親が手を引いてくれるんだから」

利恵《りえ》さん達と入れ違いで、澄多《すみた》さんが歩いてきた。私は肩《かた》を強張《こわば》らせる。

「行くのね」

澄多さんもギスギスした空気を読んでいるらしく、言葉少なめだった。

「…………」

ここでは沈黙《ちんもく》こそが正しい行いのように思えた。

ヒューッと、風が鳴った。ひとひらの花びらが私と澄多さんの間を横切っていく。異物感に祟《たた》られた私が目を擦《こす》ると、昨晩殴《なぐ》られた頬《ほお》に、スッと指の感触《かんしょく》がした。そして、

「さよなら」

もっとも忌避《きひ》していた言葉を残し、澄多さんは遠ざかって行った。

もう一度世界が桜色に変わった。虚空《こくう》に泳がせていた指に、花びらが絡《から》まる。花嵐《はなあらし》が収まったとき、澄多さんの姿《すがた》も見えなくなっていた。

……今年の春も別れの季節になってしまった。

ガスパールに乗り、坂を下る。桜の息吹《いぶき》と同時にやってきた私が、桜と共に去りゆくのだ。洒落《しゃれ》た演出じゃないか。ふと見上げた空には、デタラメな図画のような散り雲が浮かんでいた。急ごう。今頃、新居に荷物が搬入《はんにゅう》されているはずだ。早く帰って設置場所を指定しなければ。

坂を下り終えたところで、後ろ髪に胸を撫《な》でられ、一度振り返った。

今度こそ正真正銘《しょうしんしょうめい》のお別れだ、チュイルリー南福住《みなみふくずみ》とも、桜並木とも。

迷いを振り切るように走り出そうとしたとき、ガスパールのフレームにヒビが入っていることに気がついた。塗装が剝《は》げていた箇所から腐食《ふしょく》が進行してしまったのだろう。かなり広がっている。まずいことに、ここは中心フレームだ。折れたらそれっきり、スクラップだ。もう無理はさせられない。二人乗りなんてもっての他《ほか》だ。まあ、もう後ろに乗る人なんていないだろうけれど。

私は空っぽの荷台に陰湿《いんしつ》なものを載《の》せ、夕映えに包まれた街を走った。

サインが伝票に記《しる》されたのを確認すると、引越し屋は帰って行った。

伝票の控《ひか》えを適当な引き出しに放り、チェアーに腰《こし》を降ろし、改めて新居を確認する。

完璧《かんぺき》だった。タンスはおろか、ベッドまで備えつけられている。学校へも近くなったし、歩いて行ける距離《きより》に、コンビニや食料品の量販店もある。これで家賃は前とさほど変わらない。

文句のつけようもないくらい最高の物件だ。

――しかし、何かが足りなかった。認めたくない何かが。

チェアーの背もたれに顎《あご》を乗せ、何も考えずにボーッとしていた私は、熱にうなされる病人みたいな足取りで荷物の山へと向かう。体は虚脱《きょだつ》していたけど、明日《あした》の準備を始めなければならない。

制服を脱《ぬ》いださい、襟《えり》が解《ほつ》れているのを発見した。引越しのとき引っかけてしまったらしい。縫《ぬ》うのが面倒《めんどう》だったため、安全ピンで無骨《ぶこつ》に繕《つくろ》った。

教科書を収めていたダンボールを開くと、憶《おぼ》えのないものが目についた。いや、憶えはあった。ただし、詰《つ》めた記憶《きおく》はない。だって他人のものだし。

入っていたギフトショップの袋《ふくろ》を広げると、中身は思ったとおり皿だった。先々週の日曜日、わざわざデパートまで赴《おもむ》き購入《こうにゅう》した高価な皿。それがなんで私の荷物に？

入れたのは澄多《すみた》さんしか考えられない。なんで？　はなむけ、手切れ金。まてよ。枚数は割れてしまった私の皿と同じだ。もしかして、弁償《べんしょう》……。わざわざデパートまで赴いて……、こんな高価なものを……。

私は思考に絡《から》んできたものを打ち消したのち、胃に何か入れれば気分も紛《まぎ》れるかもしれない、と考え、遅めの夕食を摂《と》ることにした。

夕食はコンビニ弁当《べんとう》ですませた。調理をする気にはなれなかったし、どうせ食べるのは私だけだ。手間をかけるだけ無駄《むだ》に思えたのだ。

大量生産の稲荷寿司《いなりずし》は、つまらないものだった。衣は硬く、ご飯はパサパサ。添えてあった沢庵《たくあん》からは着色料の味しかせず、食べられたものではない。食欲がからっきしだったことと相《あい》乗《の》りし、そうそうに箸《はし》を置いた。

澄多さんも私と同じくコンビニに走っただろうか。きっとそうだ。彼女に料理のセンスなんかない。素麺《そうめん》にコーラといい、こんなものばかり食べているから味覚が変になるんだ。私が転がり込むまで、どんな生活をしていたのだろう。

……ほんと、今頃何をしていることやら。

なぜか私は泣いてしまった。床《ゆか》におでこをくっつけ、ワーワー泣いた。

設計ミスなのか、それとも地盤沈下《じばんちんか》の影響か、床に零《こぼ》れた涙《なみだ》がフローリングをツゥーと滑《すべ》ってゆく。この家は私の涙を拒絶《きょぜつ》している。でも、受け入れられるにしろ拒絶されるにしろ、泣く場所があるなら幸せなのだ、きっと。

……ああ、そういうことか。

三〇二号室の開《あ》かずの間、澄多さんのお母《かあ》さんの部屋。あそこは、彼女が唯一泣ける場所なのだ。普段はふんぞり返っているけれど、彼女の根は脆《もろ》く儚《はかな》い。お母さんの危篤《きとく》の知らせを受けた澄多さんは、台所で大暴れしたのち、あの部屋で泣き叫《さけ》んでいたのではないだろうか。不意にそんな考えが胸をよぎった。

私は時間の糸車を回す。そして、紡《つむ》いだ糸で人生の機《はた》を織る。できあがった布はなんの図柄《ずがら》もない真っ白だった。純白なんて上等なものではなく、白けた無の色だ。そのうえザラッとしたイヤな肌触《はだざわ》りで、涙《なみだ》を拭《ぬぐ》うことすら躊躇《ちゅうちょ》してしまう。私は涙を拭《ふ》かずに登校した。

無様《ぶざま》な顔だった。自信も希望もない暗い顔。それは去年と同じ、抜け殻《がら》になった私の顔だ。学校に着くなりトイレの個室を陣取《じんど》り、チークとファンデを巧《たく》みに使い、なんとか人前に出られるぐらいには修正し、教室へ歩く。

しかし、偶然《ぐうぜん》というのは悪戯《いたずら》だ。廊下《ろうか》を歩いていると、今一番会いたくない人とバッタリ出合ってしまった。時間からするに、今学校に着いたところなのだろう。

「…………」

澄多《すみた》さんは無言で角へと消えた。私があげたキーホルダーもカバンから外されていた。当然だ。あんなことがあったんだ。口を利く気になんかなれるはずがない。キーホルダーは川の底にでも沈んでいることだろう。

〝さよなら〟の形に唇《くちびる》を動かすと、口内いっぱいに苦いものが滲《にじ》む。私は諦《あきら》めの味を反芻《はんすう》しながら授業に臨《のぞ》んだ。

別の何かに集中するというのは、日常のゴタゴタを忘れるのに最適な行為だ。そういう意味では、委員長という面倒《めんどう》なだけの役職にも、内申書《ないしんしょ》以外の価値を見出すことができた。ホームルームの仕切り。提出物の収集。生徒会評議への出席、及びクラスへの報告。眩暈《めまい》がするほどの忙しさも、今の私には甘受《かんじゅ》するべき要素だった。下心のある頑張《がんば》りではあったものの、それは皆の目に好意的に映ったようで、男女の隔《へだ》たりもなく、おのずと友達の輪も広がりを見せた。

『頼もしい委員長』。それが私の肩書きだった。

「キリちゃん、学校生活の悩みとかない。もしあるんだったら、この私がズバッと解決してあげよう！」

憂《うれ》いで黒く濁《にご》った沼の底から、汚《よご》れた自尊心を引き上げる。

「悩みごとがあるのはマナちゃんの方じゃないのかな」

キリちゃんは剣呑《けんのん》な顔をしていた。言葉の各所に青筋が浮き出ているように思えたのは、気のせいだろうか。

「やだなー。悩みなんかあるわけないじゃん。どうしたらそんな話になるのかなー」

キリちゃんは手を伸《の》ばし、私の襟《えり》を捲《めく》る。

「ここ。ずっと前から解《ほつ》れたままになってる」

それは、数日前の引っ越しのとき引っかけたところだった。縫《ぬ》うのが面倒なため、安全ピンで固定していたのだ。

「クラスの仕事は率先《そっせん》して行う割に、自分のことはほったらかしって、なんか解《げ》せない」

「違う違う。ここって裏側でしょ。普通にしてれば見えないから、いいかなーって。キリちゃん目敏《めざと》いな」

動揺《どうよう》しながらおどける私の態度は、さぞアンバランスに見えたことだろう。

「それだけじゃないわ。今までお弁当《べんとう》持参だったのに、最近は購買《こうばい》を利用してる。今日《きょう》なんか、髪梳《かみと》かしてきてないでしょ」

「ああ、そうだった。朝急いでたからうっかり」

私は手櫛《てぐし》で髪を梳く。まさに上辺《うわべ》を取り繕《つくろ》うがごとく、なんどもなんども梳いた。

「なんでもないのなら、なんでずっと泣いてるの？」

ギョッとして手鏡を覗《のぞ》くも、別に泣いてなんかいない。

「その反応からするに、思い当たる節《ふし》があるのね」

まんまとハメられてしまった。

「これでも観察力には秀《ひい》でているつもりよ。マナちゃんとはまだつき合いが短いけど、何かジメジメしたもの抱《かか》えちゃったな、ってことぐらいはわかるわ。マナちゃんには嘘《うそ》をつく才能がないのよ」

ああ、遺伝なのだな、と思った。嘘つきの才能がないのは親譲《ゆず》りだ。

「前にも同じこと言ったけど……私でよかったら相談に乗るよ」

『もう少しだけ頑張《がんば》ってみようと思うんだ』とは言えなかった。眼球の裏側がジンと締《し》めつけられ、咽《のど》の奥が痙攣《けいれん》したように戦慄《おのの》く。机の上に額を当て、情念からくる痛みをグッと堪《こら》えた。

無様《ぶざま》を晒《さら》している間、キリちゃんは何も語ってこなかった。事情を追及してくるでもなく、慰《なぐさ》めてくるでもなく、ただ、黙《もく》していた。

結局、今日一日、私はプライベートについて何も触《ふ》れられることなく帰路についた。彼女の仁愛《じんあい》に感謝しつつ新居のドアを開けると、台所から漂《ただよ》ってくる異臭《いしゅう》に鼻を顰《しか》めた。

ほったらかしだった生ゴミをビニール袋《ぶくろ》に密閉し、換気扇《かんきせん》を回す。消臭《しょうしゅう》スプレーをその辺に噴射《ふんしゃ》したところで、やる気が尽《つ》きた。

脱《ぬ》ぎっぱなしのパジャマの上に膝《ひざ》をつき、ボーっと天井《てんじょう》に目を凝《こ》らす。

りっぱな天井だ。シミ一つない。クモの巣が垂《た》れていたあの家とは大違いだ。この新しい家には雨は降っていない。ただし……、お日様が射しているわけでもない。

生活ゴミを詰《つ》めたレジ袋の山、溜《た》まった洗濯《せんたく》物、ボウルに沈《しず》んだままの汚《よご》れた食器。今、我が家は黒雲に包まれているのだ。

何もやる気がしない。たかが一週間ほど家事を怠《なま》けたぐらいで、ここまで酷《ひど》くなるとは。学校の仕事は現実逃避《とうひ》の意味を込めて頑張れるけど、家のこととなった途端《とたん》、無気力感に苛《さいな》まれてしまう。

こんな未曾有《みぞう》の事態に陥《おちい》ってしまったのも、全《すべ》てあの仲違《なかたが》いのせいだ。

あれ以来、澄多《すみた》さんとは口を利いていない。校内で見かけたことはなんどかあるも、とても声をかけれる状況じゃあなかった。

……彼女は私以上にズタズタになっていた。

艶《つや》のあった頬《ほお》は窶《やつ》れ、灰色に淀《よど》み、弾力《だんりょく》のあった唇《くちびる》はカサカサに乾いていた。クマに覆《おお》われた瞳《ひとみ》からは意思の光が消え失《う》せ、虚《うつ》ろで濁《にご》った輝きを湛《たた》え、まるでB級ホラーのゾンビメイクのようだった。未だ不眠が続いているらしく、食事も満足に摂《と》っていないのだろう。

館下《たてした》さんから尋《たず》ねられたこともある。

「あなたなら知ってるわよね？ 有住《ありす》に何があったの？」

背中がゾクッとした。口内が渇《かわ》きを覚えた。必死に言い訳を考えた。悪戯《いたずら》を咎《とが》められる子供みたいな心境だった。

「……知りません。私は他人ですから」

サイテーの答えだった。自分が汚《けが》らわしい存在に思えてきた。私は足早に、館下さんの失望したような表情から逃げた。

『心配する必要なんかないんだ。だって赤の他人だし。友達でもないし』

そう自分に言い聞かせた。しかし、悲しいことに……私は嘘《うそ》が下手《へた》なのだ。自分につく嘘すら満足に構築できない。

どうせならキレイな形で別れたかった。学校で会ったときには「おっす」なんて砕《くだ》けた挨拶《あいさつ》を交わし、休日には連れだって遊びに出かける。たまに昔を思い出し、彼女の家に泊《と》まりに行ったり、逆に彼女を私の家に泊めたり。翌日、学校があるにもかかわらず朝までお喋《しゃべ》りしていて、結局、次の日二人揃《そろ》って寝坊《ねぼう》したり。住む場所が違っても、彼女とはずっと友達でいたかった……。でも、もう遅い。一度壊《こわ》れたものは元通りにはならないのだ。

積み重なる時間の頂上から下を望みつつ迎えた日曜日、私は意味もなく街中を歩いた。気分転換というか、孤独が身に沁《し》みる家の中にいたくなかったのだ。

漫然《まんぜん》と足を動かしていると、そこそこ大きめのスーパーマーケットに行き着いた。疲労を訴えてくる体の願いを聞き入れ、自販機前のベンチで休憩《きゅうけい》を取っていると、

「あら。真世《まなせ》さんじゃないですか。御無沙汰《ごぶさた》しています」

そう言って、眼前に立つ利恵《りえ》さんは笑顔でお辞儀《じぎ》をしてきた。

「そうだったんですか。……羨《うらや》ましい」

話を聞き終えた利恵さんは、肩《かた》にかけていたショルダーバッグを膝《ひざ》の上に置いた。

私は利恵さんに全《すべ》てを話した。お母《かあ》さんの再婚《さいこん》が決まったこと、そのことを容認できずにいること、そして澄多《すみた》さんとの喧嘩《けんか》別れ、全てを打ち明けた。

一人で抱《かか》えるのが辛《つら》くなっていたのだ。問うてきたキリちゃんには何も言わなかったくせに、偶然《ぐうぜん》出会った利恵さんには相談を持ちかける。我ながら矛盾《むじゅん》した行動だ。

「羨ましくなんかないですよ。かなりヘビーだったんですから」

「だって、お二人は喧嘩《けんか》できるほど仲良しなのでしょ。私からすれば、それはとても羨《うらや》ましいことです」

利恵《りえ》さんは深呼吸する。

「実は私、今の夫とバツイチ再婚《さいこん》したんですよ」

鳩《はと》に豆鉄砲《まめでっぽう》な話だった。まさか、利恵さんに離婚《りこん》経験があろうとは。

「前の夫とは、終《つい》ぞ喧嘩することができませんでした。言い変えれば、互《たが》いに感情を曝《さら》け出せる関係すら築けなかったということなんですね。それは、とても悲しい間柄《あいだがら》なんじゃないでしょうか。だって、『言う』ということは、相手に『こうしてもらいたい』『こうであってもらいたい』という期待《きたい》からくる行為なんですから。私は前の夫に何も期待していなかったし、夫も私に何も期待していなかった。やっぱり、そんな関係は物足りないですよ……」

難解な話だ。これが大人《おとな》の考えなのだろうか。

「澄多《すみた》さんも真世《まなせ》さんと同じくらい、苦しんでいるに違いありません。だってお二人は親友なのですから。仲直りは割と簡単だと思いますよ。『ゴメン』って言えば万事オーケーなんじゃないですか」

ズタズタの彼女を思い起こすと、体がズキズキと痛んだ。胸を押さえ、咽《のど》をきつく閉じ、込み上げてきたものを堰《せ》き止める。

「千恵《ちえ》、帽子《ぼうし》の件でまだ落ち込んでいるんですよ」

利恵さんはここ一週間、千恵ちゃんの新しい帽子を見繕《みつくろ》うため、街中《まちじゅう》のお店を巡《めぐ》っているらしかった。帽子をなくした千恵ちゃんは、未《いま》だ落ち込んでいる。今日《きょう》は私が今いるスーパーマーケットの洋服売り場を覗《のぞ》いた帰りらしい。結果は空振《からぶ》り。

「あの帽子。去年、保育園を転園する際、仲のよかった友達から頂いたものなんです。仮に、あれとまったく同じ帽子を買い与えたとしても、千恵は納得《なっとく》しないでしょうね。それでも、何かしてあげたいんです……」

クラクションが鳴り、そちらを見れば、道路脇《わき》には車が一台停車していた。

「主人がきてしまいましたので、私はこれで」

利恵さんが助手席に乗り込むと、車はウインカーを出したのち、車道の流れに消えて行った。

一人になった私は、利恵さんの言葉を反復する。

『澄多さんも私と同じくらい苦しんでいる』『仲直りは割と簡単』『ゴメンって言えばオーケー』本当だろうか。そもそも、澄多さんは私と仲直りしたがっているのだろうか。

考えれば考えるほど、思考は混迷していった。

翌朝、登校した私を待っていたのは、キリちゃんの尋問《じんもん》だった。

「マナちゃん。そろそろ話してくれるわよね」

薄《うす》く笑いつつも、言い逃《のが》れを許さない厳《きび》しさがそこにあった。はぐらかすのは無理そうだ。観念した私は、キリちゃんに全《すべ》て白状した。昨日《きのう》、利恵《りえ》さんに話したという前例があったためか、私の口は抵抗なく開いた。キリちゃんに黙《だま》っているということに、やましさを感じていたこともあった。

キリちゃんは厳格な意見を述べてきた。

「非があるのはマナちゃんの方ね。澄多《すみた》さんの言うとおり、会ってきっちり白黒つけるべきよ。こう言われちゃあ気分悪いでしょうけど、マナちゃんの意志がどうであれ、お母《かあ》さんの再婚《さいこん》は決定事項なわけでしょ。先送りにしても解決しないわよ」

そのとおりだ。私がどう足掻《あが》こうが再婚は決定しているのだ。しかし、納得《なっとく》できるものではない。また一緒《いっしょ》に暮らしたくなったから帰ってこいだなんて、馬鹿にしている。

「マナちゃん、怖《こわ》がってる」

「別にお母さんなんか怖くないよ！」

私の声は高くなった。

「ううん、そうじゃなくて。お母さんに従っちゃう自分を怖がってるんじゃないかな？」

――お母さんに従う。

『お父《とう》さんなんかいなくてもへっちゃらよね』『私に似て物分かりがいいわね』『さよなら』。

キリちゃんの言葉に反応するように、私の中で何かが蠢《うごめ》いた。

「東京《とうきょう》に帰るか、それともこの街に残るか。選択権があるのはマナちゃんなんだから。結局、自分がどうしたいかよ」

蠢いたものは静かに聞き耳を立てる。

「親戚《しんせき》に六歳《さい》になる男の子がいるんだけどさ、今年のお正月、私の家に遊びにきたわけよ。久しぶりに甥《おい》の顔みたもんだから、私のお父さん張り切っちゃって。その子がほしがってたオモチャ、惜《お》しみなく買ってあげたのよ。その子よっぽど嬉《うれ》しかったのね、大はしゃぎで家の中を跳《は》ね回ってたわ」

キリちゃんはそのときを思い出したのか、頬《ほお》を緩《ゆる》めた。

「マナちゃんのお母さんも浮かれてたのよ。ほしかったものが手に入って」

それは、以前私が発した言葉と似ていた。

——私のお母さんがほしかったもの。

「私のお母さん、三十も半ばだし。六歳の子じゃ比較対象にならないって」

「ううん、根底は共通。悲しければ泣きもするし、嬉しければ笑いもする。感情に年齢《ねんれい》は関係ないわ。それに、人は永遠に子供なんじゃないかな。七十年や八十年生きたって、大人《おとな》にはなれないのよ。ましてや三十代なんて、私達と大差ないわ。お父さんお母さんも、私達と感じることは同じなのよ」

——お母さんも、私と同じ。

「きっと後悔《こうかい》してると思うな。マナちゃんへの連絡《れんらく》を伯父《おじ》さんに頼んだのは、合わせる顔がなかったからよ。仮に対面するとなったら、お母《かあ》さん、そうとう勇気が必要なんじゃないかな」

勇気。それは、相手と向き合う勇気。過去と向き合う勇気。そして、過《あやま》ちと向き合う勇気。ほしいもの、ほしかったもの。あのとき、お母さんがほしかったもの……。

「お母さんがほしかったものって、なんだろう？」

「本人に直接訊《き》いてみればいいじゃん」

キリちゃんの中に小悪魔《こあくま》を見た気がし、私は苦笑した。

「立ち止まってないで前に進むんだ、真世杏花《まなせきょうか》！」

そう言ってキリちゃんは、人差し指で私のオデコをピシッと弾《はじ》き、優美な微笑《びしょう》を花咲かせた。含みのない、真《ま》っ直《す》ぐな笑みだった。

大きく頷《うなず》いた私は、教室を飛び出した。オデコに手を当て、そこに残る微《かす》かな感触《かんしょく》を握《にぎ》りしめる。燻《くすぶ》っていた私は、キリちゃんに背中を押してもらったのだ。

そうだ。このままじゃいけないんだ。私はお母さんから逃げていた。こちらから連絡を取らず、向こうから連絡がくることもない。こんな停滞《ていたい》した状況に甘《あま》んじていた。これじゃあダメなんだ――。

階段の踊《おど》り場で豊和《ほうわ》先生と擦《す》れ違った。

「真世。お前どこ行く気だ？　これからホームルームだぞ」

「わけありの体調不良のため早退します！」

先生は「そっか。それなら仕方ないのか……な？」と、狐《きつね》に摘《つま》まれたような顔で腕《うで》を組んだ。

私は走った。とにかく走った。登校してきた生徒が、反対方向に駆《か》けてゆく私に奇異《きい》な視線をぶつけてくるも、気にせず走った。目指すは駅だ。

今から東京《とうきょう》に向かう。そして、お母《かあ》さんと話をつけてくる。どんな形に収まるかはわからないけど、逃げ回っているよりはずっといい。

過去と向き合ったなら、次は、過《あやま》ちと向き合わなきゃならない。

澄多《すみた》さんだ。彼女の前に立つのは、それこそ勇気がいる行為だ。仲違《なかたが》いの理由にしたって、私の一方的な八つ当たりだった。彼女が仲直りしたがっているかどうかは、この際どうだっていい。もう一度引っ叩《ぱた》かれたっていい。ケジメとして、この件には区切りをつけるべきだ。

駅に着き、ホームに止まっていた電車に飛び乗った。停車駅を確認する必要はない、上がりの電車は大抵、この街のターミナル駅へと向かうのだから。考えるより行動だ。

電車内でお母さんへメールを打つ。

『今からそっちに行く』

内容はシンプルにまとめた。送信ボタンに指をかけ、しばし迷う。

少しだけ……、ほんの少しだけ……、臆病風《おくびょうかぜ》に吹かれた。咽《のど》が渇《かわ》きを覚え、胃がキーンと冷たくなり、呼吸が荒くなる。

ああ、怖《こわ》がってるな、私。

静かに息を吸い、ゆっくり吐《は》き出す。呼吸が安定したのち、

『立ち止まってないで前に進むんだ、私！』

送信ボタンを押し込んだ。

羽《は》の生えた封筒《ふうとう》が羽ばたくアニメーションが流れたあと、〈メールが送信されました〉のメッセージが表示された。

私は駅に着くまで、携帯《けいたい》を両手で握《にぎ》りしめていた。

ターミナル駅で降り、新幹線《しんかんせん》の時間を確認する。よし、九時二十二分に東京《とうきょう》行きがある。

急いで乗車券と特急券を購入《こうにゅう》し、新幹線ホームの改札を抜けた。

新幹線なら二時間ほどで東京だ。午前中に到着できる。

ホームに立ったとき、携帯がメールを受信した。お母さんからの返信だ。メールには、なんとか時間を空《あ》ける旨《むね》が書かれていた。

向こうに着いたら、なんて文句を言ってやろうかな、と考えていると、アナウンスが響き、ほどなく、新幹線の鼻先がゆっくりとホームに入ってきた。

久々に吸った東京の空気は、なんだか重苦しく、肺の奥に痒《かゆ》みのような違和感を抱《いだ》かせた。

私は呼吸を浅く保ちながら、待ち合わせ場所を目指した。

メールに送付されてきた地図を頼りに歩くと、高いビルに囲まれ、肩身狭《かたみせま》そうに看板《かんばん》を掲《かか》げているファミリーレストランへと行き着いた。

この場所は記憶《きおく》にあった。小さい頃、なんどか連れてこられたことがある。

入口のベルをチリンと鳴らし、迷わず一番奥の席に進む。迷いようもない。我が母が、奥の席から手招《てまね》きをしているのだ。

憎《にく》らしいやら、懐《なつ》かしいやら。表意すべき感情を選択《せんたく》しながら席に着く。

一年という空欄《くうらん》越しのお母《かあ》さんは、少しだけ年老いて見えた。悩みの種だった目尻《めじり》の皺《しわ》の範囲もやや広がり、下顎《あご》の肉づきも割増になった気がした。それとは相反《あいはん》し、全身から迸《ほとばし》る覇気《はき》はますます洗練《せんれん》されていた。抜かりのない服装に、きつすぎない化粧《けしょう》。スケジュール帳を眺《なが》める双眸《そうぼう》は、少しの揺《ゆ》るぎもなく、開かれたビジネスバッグからは書類の束《たば》が覗《のぞ》いている。もはやキャリアウーマン以外の何者でもない。

「再婚《さいこん》相手の人がいないけど、どうしたの？」

スケジュール帳が机に置かれる。

「急だったから、都合《つごう》がつかなかったのよ」

久しぶりに聞くお母さんの生声《なまごえ》は、胸の奥の『懐かしさ』を刺激《しげき》してきた。

「それが高校の制服？　似合ってるじゃない。可愛《かわい》いわよ」

私は「フン」と、素《そ》っ気《け》ない態度を決め込む。

「なんていうか、垢抜《あかぬ》けした気がする。中学のときのセーラー、ヒラヒラした感じで、あなたと不釣《ふつ》り合《あ》いだったのよね。ブレザー着たら……。なんか……なんて言ったらいいのか……、雰囲気《ふんいき》が安定した……」

「なんか」「なんて」。その不確かな言い方は、今のお母さんには不釣り合いのような気がした。

ああ、お母さんも困惑《こんわく》してるんだ。

「スーツ系が似合うなんて、やっぱり私に似たのね。将来はキャリアウーマンで決まり。杏花《きょうか》は専業主婦ってガラじゃないわ」

ここ数週間の生活を思い返す。食事の支度《したく》に、お弁当《べんとう》の準備。掃除《そうじ》、洗濯《せんたく》、ご近所さんとの井戸端《いどばた》会議。私はクスッと笑った。

お母さんとは徹底的《てっていてき》に言い争う構えだったけど、やめた。なんだか毒気《どくけ》が薄《うす》れてしまった。

それに、わざわざ東京《とうきょう》まできたのは喧嘩《けんか》するためじゃなく、意思を伝えるためなのだ。

「ああ、遅ればせながら、高校合格おめでとう。お祝いに好きなもの頼んでいいわよ。おごるから」

遠慮《えんりょ》なく、一番高額なメニューを注文する。

昼食が運ばれてくると、お母さんは喋《しゃべ》りをやめ、食事に集中する。〈食事の最中に無駄話《むだばなし》をしない〉。そんな決まりごとが我が家にあったことを思い出した。

私とお母《かあ》さんは無言で、熟成のフィレステーキで胃を満足させた。

本番は食事のあとだった。コーヒーで舌《した》を潤《うるお》したのち、私から話し始める。

「仕事の方は順調なわけ？」

「順風満帆《じゅんぷうまんぱん》。課長の椅子《いす》って座り心地いいわよ」

悔《くや》しかった。痛い目に遭《あ》っていることを期待していたのに。私をこんなに振り回しておきながら順風満帆なんて。私がこんな大変な思いをしているのに順風満帆なんて……。

「一人暮らしはどう？　変わったこととかあった？」

「別に。ウザッたい親がいなくて清々《せいせい》してるくらい」

「口の悪い子ね。兄《にい》さんに言いつけてやろうかしら。杏花《きょうか》が非行に走ったって」

「きっと、家庭に問題があるせいだよ」

さすがのお母さんも苦虫を噛《か》んだ。クイッとコーヒーを飲み干し、お代わりを注文する。この辺りを責めていけば、言い負かすことも可能だろうけれど、……実を言うと、もうどうでもよくなっていた。出て行った理由を訊《き》いたとしても、お母さんの中にも上手《うま》い返答は用意されていない気がした。代わりに、

「一年前、お母さんがほしかったものって何？」

キリちゃんのアドバイスに乗っかってみることにした。

「全部……かな。何もかもほしかったわね。ほら、私って欲張りだから」

納得《なっとく》したわけじゃない。許したわけでもない。あのときの痛みは忘れようがない。けれど、

……まっ、いいか……。

私もコーヒーのお代わりをもらうことにした。

「ところで、あっちで友達とかできた？」

この何気ない質問に答えることで、今日《きょう》ここにきた目的は達成される。頭に浮き出てきたのは、セミロングの茶髪《ちゃぱつ》の少女だった。答えは決まっている。

「最高の友達ができたよ。もうどうにもなんないぐらいメッチャクッチャ大親友。だから私、東京には帰らない。再婚《さいこん》したければ勝手にどうぞ。私はあの街で幸せに暮らすから！」

お母さんに笑みが灯《とも》った。その灯火《ともしび》は、今までにない光色を発していた。

「杏花《きょうか》って、ブラックコーヒー飲めたっけ？　いつも砂糖ドバドバ入れてたのに」

論争で劣勢に陥《おちい》ったとき、関連のないことで煙《けむ》に巻くのは、お母さんの得意技だ。

「何言ってんの、ブラックが一番美味《おい》しいんだってば」

「……大人《おとな》になったのね」

違うよ、私は大人なんかじゃない。背伸《せの》びしてるだけ。そのせいで一週間前に転んじゃって、今その痛みに悶《もだ》えてるんだよ。でも、お母さんも大人じゃないよ。

「そろそろ帰るね。これから友達と会わなきゃいけないから」

席を立った私は、振り返る。

「そうだ。お母《かあ》さんに贈《おく》る言葉があるんだけど、もらってくれる？」

「頂けるものはなんでも頂くわよ」

「このクソババア！」

私はもう一度入口のベルを鳴らした。


東京《とうきよう》から日帰りしてくると、まっすぐ学校へと戻った。

くるときと同じく電車に乗り、線路を逆に進み、駅から学校までダッシュする。

時間からするに、ちょうど六時限目の授業が終わったところだ。あの人は部活に所属していない。早くしないと帰ってしまう。空には不安定な黒雲が停滞《ていたい》しており、今にも崩《くず》れそうだ。

言い表せない焦燥《しようそう》に駆《か》り立てられた私は、C組の教室へと足を速めた。

遅かったのだろうか。C組に澄多《すみた》さんの姿《すがた》が見当たらなかった。

教室から出てきた子を呼び止め、尋《たず》ねてみると、どうも早退したらしかった。

必死に早退の理由を訊《き》く私が不気味《ぶきみ》に映ったのか、その子は「知らないわよ」と、乱暴に話を切り上げ、行ってしまった。

迷っている暇《いとま》も惜《お》しかった。駐輪場《ちゆうりんじよう》に止めていたガスパールを漕《こ》ぎ、チュイルリー南福住《みなみふくずみ》へと急ぐ。

お母さんがほしかったものは、結局うやむやだけど、私がほしいものははっきりしている。星にだって手が届いたんだ。目の前にあるものが手に入らないはずがない。

懐《なつ》かしい坂が見えてきた。最初は憂鬱《ゆううつ》の象徴《しょうちょう》だったけれど、今ではすっかり馴染《なじ》んでしまった。立ち漕ぎで一気に駆け上がり、チュイルリー南福住《みなみふくずみ》の前に立つ。

視線は惹《ひ》かれるように三〇二号室の窓へと注がれた。

先週まで私が住んでいた家。無愛想《ぶあいそ》な不良娘《むすめ》と日々を送った家。ろくな思い出がないけれど、それでも私はこの家が――桜並木に祝福されたこの家が大好きなのだ。そして、私はあの不良娘が心配でならない。最近の彼女を見るに、健康状態は芳《かんば》しくないだろう。早退したのは体調のせいだろうか。それとも、お母さんの容態《ようだい》が……。

祈《いの》るように天を見上げたとき、屋上にいる人影を捉《とら》えた。

その人影は茶髪《ちゃぱつ》で、中栄《なかさかえ》高校の制服を着ていて、あろうことか転落防止のフェンスを越えた先に立ち、下を眺《なが》めているのだ。うっかりで行けるようなところではない。意図的にそこにいるのだ。それはつまり……。

――澄多さん、飛び降りる気だ！

私はマンションの入口に猛《もう》ダッシュした。彼女がここまで追い詰《つ》められていたなんて。やっぱり私との喧嘩《けんか》が原因。そんな。とにかく自殺なんて絶対阻止《そし》だ。

階段を一段抜かしで駆け上がり、屋上に続く扉《とびら》を体当たりでこじ開け、空の下に転がり出る。

澄多《すみた》さんを見定めた私は、「わー」と走り寄った。こちらに気づいた澄多さんが、「ひっ」と怯《おび》えた声を出す。

私はフェンスの上から上半身を乗り出し、彼女の脇《わき》の下から手を回し、無理やりフェンスの内側に引いた。

力の限り引いた。澄多さんは、「きゃー」と女の子らしい悲鳴を上げ、私と折り重なるようにコンクリートの上に転がってきた。

間に合ってよかった！　私は彼女の下で安堵《あんど》の溜息《ためいき》を吐《つ》いた。

「いったいなんのつもり！　奇声《きせい》上げながら、あたしにベリートゥーベリーかますなんて。恨《うら》みでも晴らしにきたわけ」

澄多さんは震《ふる》えていた。無理もない、自殺なんて怖《こわ》いに決まっている。

次は説得だ。私はボキャブラリーを総動員し、命の大切さを説いた。すると、

「あたしがいつ自殺しようとしたのよ？」

「さっき、そこで」

私はフェンスの向こうを指差す。澄多さんはバツが悪そうに鼻頭《はながしら》を掻《か》く。

「やっぱり飛び降りる気だったんだ。ダメだよ命を粗末《そまつ》にしちゃ！」

「だから違うって言ってるでしょ。ほら、あれよ。あれっ……」

促《うなが》されるまま下に目を向け、ああ、そういうことか、と納得《なっとく》した。

「偶然《ぐうぜん》見つけたのよ。それで、どうやって取りに行こうかなって」

澄多さんが指差した先。下の階の雨樋《あまどい》には、可愛《かわい》らしい帽子《ぼうし》が引っかかっていた。千恵《ちえ》ちゃんの帽子だ。一週間前に飛ばされたのが、運よくあそこに引っかかっていたのだろう。

私は慕《した》わしげに澄多さんを見つめた。澄多さんは後ろを向き、視線から逃げた。

なるほど。私は得心《とくしん》しつつ、帽子を回収する手立てを一考する。

もちろん手は届かないし、樋を伝って行くのも危険だ。だとしたら——。

周囲を見渡し、給水塔《きゅうすいとう》の下に転がっている鉄パイプを見定める。工事のとき足場を組むのに使うやつだ。

閃《ひらめ》き、鉄パイプを拾う。ついでに、鉄骨の連結金具とワイヤーも拝借《はいしゃく》することにした。

鉄パイプの先にワイヤーで金具を吊《つ》るし、上下左右に振ってみる。

思いついたことは単純に、釣《つ》りだ。この即席の釣竿《つりざお》を使い、帽子を釣るのだ。

金具が落ちないことを確認した私は、制服からワッペンと安全ピンを外す。安全ピンを折りまげ、ワッペンを裏返しに金具に括《くく》りつける。これで完成。

鉄パイプを二人で抱《かか》え、吊るした金具を帽子の上に落すと、思惑《おもわく》どおり、ワッペンのマジックテープと帽子のレース部分がくっついた。

「野生の思考ってやつね」

回収した帽子の汚れを払《はら》いながら、澄多さんがはにかむ。歪《ゆが》みのない自然な笑顔だった。

「マナガイバーって呼んで！」

「電波ってる？」

私はむくれながら三階へ下った。

三〇一号室のインターホンを押し、出てきた利恵《りえ》さんに帽子《ぼうし》を渡す。帽子を持った利恵さんが中に引っ込んでいくと、少し遅れて、千恵《ちえ》ちゃんのはしゃぎ声が聞こえてきた。

どんなに汚《よご》れていても、傷《いた》んでしまっても、あれは掛け替えのない大切なものなのだ。

「お手柄《てがら》だね。澄多《すみた》さん」

「う、うっさいわね。ただの偶然よ」

捻《ひね》くれ者の澄多さんは、照れ隠《かく》しに、いかにも不機嫌《ふきげん》そうな表情を作った。


しばらくぶりに踏《ふ》んだ三〇二号室の廊下《ろうか》は、とても足に馴染《なじ》んだ。リビングのソファーも、心地いい感触《かんしょく》で私を支えてくれる。なんだか、長旅から帰ってきた気分だ。「やっぱり我が家が一番」。そんな定番の台詞《せりふ》を言いたくなる気持ちも理解できる。

「あのとき酷《ひど》いこと言ってゴメン」

これを言うために、私はここまできたのだ。

「それと、あの本のことも謝るね」

『背中越しの天使達』。あの本を読むことで、私は間接的に澄多さんを愚弄《ぐろう》し、そして傷つけたのだ。このことも謝罪しなければならない。

「深く考えすぎだって。そういうのを、思い違い、って言うのよ」

「じゃあ、なんで。あんな沈痛《ちんつう》そうな態度を取ったの？」

澄多さんは忙《せわ》しなく頭や首を摩《さす》ったのち、

「同情してたのよ、書かれている子達に。だって……可哀《かわい》そうなんだもん」

モゴモゴと口籠《くちご》もった。

……そうだよね。この人は、こういう人なのだ。自分のことはそっちのけなくせに、他人のこととなると、妙《みょう》に気負うんだから。でも、そんな彼女だからこそ、私は引きつけられてしまったのだ。

「今日《きょう》、お母《かあ》さんと話つけてきたよ」

私は東京《とうきょう》でのやり取りを話して聞かせた。

「『このクソババア！』か。よしよし。よくぞ言った。それでこそ毒真世三太夫《どくまなせさんだゆう》」

「だからその渾名《あだな》イヤだって」

どちらが言い出したでもなく、私達は床《ゆか》に転がった。この格好が一番安定しているような気がした。背中を床にピタッとつけ、ホームを肌《はだ》で感じる。帰ってきたと思うと安心できるのだ。

コンポの電源を入れたことに、深い意味はなかった。電源スイッチが手の届く位置にあったからかもしれないし、ただ、気紛《きまぐ》れに命令されただけなのかもしれない。澄多《すみた》さんは何も言わなかった。ご自由に、という意思表示だ。私はカセットの再生ボタンに手を伸《の》ばす。

ボタンを押し込むと、前に停止させた箇所から、奥深いバラードが開始される。

「あたしのお父《とう》さん音楽鑑賞が趣味でさ。この曲はお気に入りだったみたい。よくリビングに流してたわ。当時はうんざりしてたけど、久々に聴《き》くといい曲ね」

「実はこれ、アニメソングだよね」

「マジで！」

唄《うた》っている歌手について説明したけれど、澄多さんは、「そのグラミー賞って凄《すご》いわけ？」と興味なさげだった。

「蒸発が発覚したときお母《かあ》さん怒《いか》り狂ってさ、家にあったお父さんのもの全部処分しちゃったのよ。途中《とちゅう》で怒りの矛先《ほこさき》があたしに変わったおかげで、コンポは難《なん》を逃れたわけだけど」

このコンポはお父さんが残していったものだったのか。

「澄多さんのお母さん、お父さんのこと大好きだったんだね」

「その分、反動が大きかったのね。裏切られた途端《とたん》、お父さんと関係するもの全《すべ》てを憎《にく》んじゃったの。あたしなんかその最たるものよ。あたしに流れる血の半分は、お父さんからもらったものだし。まさしく可愛《かわい》さ余《あま》って憎さがなんとやら。せっかく手に入れたほしかったものを失ったのが、よっぽど悔《くや》しかったのね」

『ほしかったもの』。切妻《きりづま》さんに続き、澄多さんの口からも。今日《きょう》だけで同じ台詞《せりふ》を二度聞いた。

「大事な人と別れるのは辛《つら》いものね」

もしかしたら、みんな似たようなものを求めているのかもしれない。

「『憎い』と『愛《いと》しい』って、相応した感情なのかも。上手《うま》く言えないけど、キライな人に対しては『嫌《きら》い』ですむじゃん。愛しい人だからこそ『憎い』のよ。憎さの中にこそ愛しさが……あーダメだ。何言ってんのか自分でもわかんなくなってきた」

曲が終わり、カセットが自動で巻き戻る。

「澄多さんはお母さんのこと憎い？」

澄多さんは答えなかった。けれど、無言の中に答えが表れていた。澄多さんはお母さんのことが大好きなのだ。消せない痛みを背負わされても、それでも、愛してやまないのだ。憎しみと愛情。このジレンマが彼女を苦悩させていた原因なのだ。

——大好きな人を憎むのは、悲しい行為なのだから。

リビングが徐々《じょじょ》に暗くなってきた。外では街灯《がいとう》が光の輪を作り、晩春の夜を照らし始めていた。もうそんな時間だ。よく見ると小雨《こさめ》もぱらついている。

「そのお母さんとも今日で永遠にお別れか」

そんな……。

「昨日《きのう》の夜遅くに血圧が低下し始めて、今晩が山なんだって。シカトしてたら学校まで連絡《れんらく》してきやがって。あの看護師」

澄多《すみた》さんは他人事《ひとごと》のように話した。私は大の字に寝そべる彼女の下《もと》に走り寄り、

「行こう！　お母《かあ》さんに会いに行こう！　私はケジメをつけてきたから、次は澄多さんの番」

眼前で叫《さけ》んだ。

「なんであんな女なんか。それに、今からじゃ遅いわ。既《すで》に道路はギシギシ。タクシー呼んでも到着するのはずっと先になるわよ」

そうだった。いつもこの時間は渋滞《じゅうたい》なのだった。電車の時刻とも合わないし。他《ほか》の交通手段となると……あれしかない。

「行くよ！」

澄多さんを無理やり立たせ、玄関《げんかん》まで引っ張る。

「だから間に合わないって。あんただってこの街の大渋滞知ってるでしょ。もう無駄《むだ》なのよ！」

言葉の最後は悲鳴のようだった。私はチッチッと指を振る。

「知ってる？　この街の、この時間帯はね。車より自転車の方が速いんだよ」

「あんた馬鹿でしょ！　学校に行くのとはわけが違うのよ。病院まで何キロあると思ってんの。それ以前にあたしは行くなんて一言も言ってない」

「じゃあこうしよう。澄多さんは荷台に座ってて。あとは私が勝手に病院に向かうから」

私は澄多さんをガスパールのところまで引き摺《ず》り、半強制的に荷台に座らせ、有無《うむ》を言わさず発進した。病院までの道は単純だ。通りを道なりに突《つ》き進めば行き着く。

葉桜がキレイだった。青葉に付着した雨粒《あまつぶ》が、街灯《がいとう》の光で輝いていた。まるで、並木が行く先を照らしてくれているみたいだった。私は小雨《こさめ》に前髪《がみ》を濡《ぬ》らしながら並木道を突《つ》っ切った。

「二人乗りは違反行為よ！」

「いいの。私達は不良なんだから」

「あんたがつき合う必要ない！」

「だって澄多さん、自転車に乗れないでしょ」

「なんでそれを！　隠《かく》してたのに」

「いやいや、全然隠せてないから」

澄多さんは色々と食い下がってきたけれど、私は無視した。ほんと素直じゃない。早退までして、行くか行かないか最後まで屋上で迷っていたくせに。今だって文句を言いながらも大人《おとな》しく座っている。イヤなら降りればいいのに。彼女は背中を押しさえすれば進めるんだ。だったら私が押してあげる。それが私なりの恩返しだ。

学校と反対方向に進路を取り、市内を目指す。やはり道路は凄《すご》い渋滞だ。ガードレールに反射する幾多《いくた》のベッドライトが眩《まぶ》しかった。

「あんたの自転車オンボロなんだから、そんなに乱暴に走ったら壊《こわ》れちゃう。さっきから車体ギイギイいってる！」

言われて確かめると、フレームのヒビが広がっていた。二人分の重量を支える力は残ってないのだ。構わない、病院までもってくれればいい。なんとしても澄多《すみた》さんをお母《かあ》さんに再会させるのだ。絶対に間に合わせる。

バイパスを横に切り、自衛隊駐屯基地《ちゅうとんきち》の脇《わき》を通過する。車輪の回転に伴い、周りのネオンが光の水流となって後ろに消えてゆく。

後ろから嗚咽《おえつ》が聞こえてきた。私はお腹《なか》に絡《から》んでいた手を握《にぎ》る。澄多さんも握り返してきた。力強い握り方だった。彼女は大丈夫《だいじょうぶ》だ。歪《いびつ》な軌道《きどう》を描いている前タイヤだって、しっかり回転している。まがった車輪でも前には進める。安っぽい傘《かさ》でも雨は防げる。カッコ悪くたって生きていけるんだ。

「ガスパールって名前、童話から引用したって前に話したよね。題名は忘れちゃったけど、すんごいわがままで、家臣を困らせてばかりいるお姫《ひめ》様が登場する話なんだよね」

背中と接触している澄多さんの肩《かた》が、ピクッと反応した。

「でっ、擦《す》った揉《も》んだのすえ、物語のラストでわがままお姫様を、隣国《りんごく》で病に伏したお母さんの下《もと》に運んだ馬の名前が……」

「ガスパールなわけか」

納得《なっとく》したんだか呆《あき》れたんだか、漠然《ばくぜん》とした手応《てごた》えだった。

「ほんと、人格疑うくらい傍若無人《ぼうじゃくぶじん》なんだよね。本ばっか読んでる根暗《ねくら》で、友達も少なくて、歌舞伎《かぶき》ファンかと思えば格闘技オタクで、味覚にも変調きたしてるし、おまけに十六にもなって自転車にも乗れなくて」

「ちょい待ち。明らかにあんたの主観が混入してる。この性悪《しょうわる》！」

「ふん、だ。毒真世《どくまなせ》だもん」

「ポイズンマナビーは放棄《ほうき》するわけね」

「しっかり聞いてたんじゃん！」

流れる黒雲の動きが速くなった。違う、早くなっているのは私だ。私は小雨《こさめ》と夜を蹴散《けち》らし、澄多《すみた》さんと共に国道を滑空《かっくう》してゆく。

「そこ左折して。近道になる！」

力のこもった声が後ろから聞こえてきた。言われたとおりに左折し、お寺が密集している区間を縫《ぬ》うように抜けた。すると遠くに、見覚えのある長方形の建物が見えてきた。市立病院だ。ラストスパートとばかりに、痺《しび》れてきた膝《ひざ》と足に喝《かつ》を入れ、残りのスタミナを総動員し、全ての力をペダルに込める。

病院のエントランス前で、キーッとブレーキを鳴らす。

「行って！」

澄多さんが夜間通用口に消えるのを見届けたあと、私は押し寄せてきた疲労に腰《こし》を落とした。ガスパールはボロボロになっていた。タイヤからはゴムが焼ける臭《にお》いがし、チェーンも外れかけ、気がかりだったフレームは皮一枚で繋《つな》がっている状態だ。ここまでもったのが上等なくらいだった。もう乗れないだろう。

昔、お母《かあ》さんがなけなしのお金で買ってくれたガスパールは、たった今その役目を終えたのだ。大役を果たしてくれた。

倒れているガスパールの前輪を手で回してみる。相変わらず歪《いびつ》な軌道《きどう》だ。それでも、ここまでこれた。親友を大切な人と再会させることができた。きっと間に合った。澄多さんはお母《かあ》さんに会えたはず。確証もなく、そんな気がした。

夜空には星が輝いていた。知らぬ間に、雨はやんでいたのだ。

一時間ほど経《た》った頃。私が座っているブランコの隣《となり》に、人影が立った。

「お母さんと会えた」

「微妙《びみょう》なところね。聴覚は正常らしいから声をかけてはみたけど、気づいてくれたかな。ただ、一瞬《いっしゅん》指が動いた気がした。錯覚《さっかく》かもしれないし、やっぱ微妙」

澄多さんは深く息をつく。

「見るに耐えなかったわ。数分ごとに痰《たん》の吸引《きゅういん》を行えば血痰だし、心電図測る機械はおろか、人工呼吸器とも繋《つな》がってなかった。最終的に医者が首振ったとき、『ああ、終わったんだ』ってわかった……」

私は澄多《すみた》さんに肩《かた》を貸し、泣き出した彼女の頭をしばし撫《な》でていた。

泣きやみ、私からハンカチとティッシュを受け取った彼女は、どこか吹っ切れたような顔つきで隣《となり》のブランコに腰《こし》を下ろした。

「葬式《そうしき》は実家で行うみたいだから、明日《あした》は久しぶりにお婆《ばあ》ちゃん家《ち》か」

そういえば、彼女は小学生のとき越してきたのだった。

「昔住んでたところってどこなの？」

「ここから新幹線《しんかんせん》と在来線を乗り継《つ》いで一時間半くらい。南福住《みなみふくずみ》には負けるけど、キレイな桜があるところよ。広い草原にポツンと一本だけ生《は》えているんだけど、孤独感はないのよね。むしろ貫禄《かんろく》があるくらい。なんでだろ？　今にして思うと神秘的よね」

着いたら写メールをお願いした。

「あたし達、雨を越えてここまできたんだ」

意味が飲み込めず星空を仰《あお》ぐ。なんとなく、答えでも浮かんでいるような気がした。遥《はる》か彼方《かなた》に雨雲が見える。あの辺りは雨だろう。ああ、そうか。雨雲が停滞《ていたい》していたのは私達の家の周辺だけで、この辺りに雨は降っていなかったのだ。現に、今座っている遊具は濡《ぬ》れていない。

　晴れたのではなく、雨を追い越してきたんだ。

「歩いてさえいれば、心の雨だって越えられるよ。きっと」

大熊《おおぐま》。牛飼《うしか》い。乙女《おとめ》。北の空には春の星座が鎮座《ちんざ》していた。

「さしずめ、天然のプラネタリウムね。スピカ、レグルス、アルク……なんとか」

星を指差す澄多さんの手に、星型のものが光っていた。

「それ、私があげたキーホルダー。……捨《す》ててなかったんだ」

「ああ……これ」

　キーホルダーはキーフックがバチ環《かん》に交換され、ネックレスに造り替えられていた。捨てられたのではなく、つける場所を変えていただけなのだ。

「そういえば、病室にいるときから無意識に握《にぎ》ってた気がする」

　チェーンを首に通すと、澄多さんの胸に星が輝いた。

「私さ、いなくなったお父《とう》さんとも会うことに決めた。今どこにいるかわからないけど、興信所《こうしんじょ》でもなんでも使って探し出してやる。そして『このクソオヤジ』って言ってやるんだ」

「そうだ。言ってやれ言ってやれ。ふざけた親には娘《むすめ》の口からガツンと言ってやんな！」

　澄多さんがクスリと笑う。

「お父さんの場合はそれだけじゃすませないよ。そのあとぶん殴《なぐ》ってやる。なんだっけ？　アナキンブローだ。あれでノックアウトしてやるんだから」

「あんたわざと間違えてるでしょ」

「ばれた」

私達は大笑いした。お腹《なか》が捩《よじ》らせ、キャハハと笑った。澄多《すみた》さんはもう一回涙《なみだ》を振り払《はら》い、

「もう平気」とハンカチを返してきた。堅固《けんご》な表情だった。もう案じる必要はないだろう。

「さっきリビングで聴《き》いた曲。あの曲にはね『生きてゆくには、強さだけでなく優しさも必要だ』って意味が込められてるんだよ」

「あのアニソンに？」

私は記憶《きおく》にあった日本語訳の歌詞を、無理やり英語のリズムに乗せ唄《うた》ってみせた。

「澄多さんは強くて優しい人だから、絶対生きてゆける。私が保証する」

「優しくなんかないわ。そして強くも……。今だってウサギの目だし」

「ううん、強いよ。デパートでピアス男から澄多さんが助けた子。月曜に学校にきて事情を説明してくれたんだよ」

「マジで。なんでわざわざ名乗り出てくんのよ！」

「そうそうできることじゃないよ。見ず知らずの人を助けに入る勇気なんて、私にはないもん」

私は両手を胸に当て、大袈裟《おおげさ》な動作で感慨《かんがい》を示した。澄多さんは口を閉じ、ただブランコを揺《ゆ》らしていた。

「あと、去年の事件だけどさ。これ言っちゃってもいいのかな？」

「言いかけたんなら最後まで言いなさいよ。気持ち悪いじゃない」

冷たい夜気を吸い、体の火照《ほて》りを静め、

「館下《たてした》さん、関わってるでしょ？」

澄多さんは、「なんであんたがそれを！」と驚愕《きょうがく》を見せた。

それだけでじゅうぶんだった。ようやく合点《がてん》がいった。

「自分が叩《たた》かれたときのこと考えたんだ。澄多さんの悲しい表情。それで思った。『ああ、この人傷ついてる。ほんとは暴力なんか振るいたくないんだな』って。こんな優しい人が注意されたぐらいで暴挙に打って出るわけがない。でも去年のことは事実なんだから、だったらそれなりの理由が絶対ある。ピンときたよ。だって私も似たようなことやっちゃったんだから」

雲の隙間《すきま》から月が姿《すがた》を現した。月明かりの下に浮かんだ澄多さんの顔は真《ま》っ赤《か》だった。もちろん怒《いか》りからではない。

「友達を助けるためだったんじゃないかなって。そこで館下さんと繋《つな》がったんだ。あとは想像。小笠原《おがさわら》先生って女性関係にだらしない人で、女子生徒に現《うつつ》抜かしてたみたいな話を聞いたから、もしやと思ったわけ」

根拠《こんきょ》の乏《とぼ》しい無茶苦茶《むちゃくちゃ》な推理だったけれど、正解だったようだ。澄多さんは諦《あきら》めたように口を開く。

「偶然《ぐうぜん》だったのよ。本返しに行ったら、奥からコソコソ聞こえてきてさ。しかも聞き覚えのある声じゃない。仕方ないのよ、あたしだって女子の端《はし》くれだもん。そういうことに興味くらいあるわよ。でっ、野次馬《やじうま》根性刺激《しげき》されて覗《のぞ》きに行ったら、小笠原《おがさわら》のやつ興奮してたらしくてさ、どう見てもヤバイ状況なのよね。止めに入ったら逆上されて、あたしにもちょっかい出してきてさ。腕力《わんりょく》じゃ敵《かな》わないし、それでつい、咄嗟《とっさ》に摑《つか》んだ椅子《いす》でガツンと。それにしても、放課後あんなに生徒が残っていたとはね、予想外だったわ」

「そこで本当のこと話したら、館下《たてした》さんに悪評が立っちゃうもんね」

ほんと、不器用な人だ。

「悪いのは小笠原だけど、希《のぞみ》にだって責任はある。自分が陥《おちい》った禁断の恋に陶酔《とうすい》しちゃって、キスまで許しちゃったみたいなんだから」

あの館下さんが……。控《ひか》えめな印象の内に、熱いものを持っていたらしい。

「そのあとあたしは、なだれこんできた先生達に羽交《はが》い締《じ》めにされた挙句《あげく》、耳がキンキンするぐらいガンジーから怒鳴《どな》られたわけ」

ここにきて一つ思い当たったことがあった。

「そのことだけど。柏崎《かしわざき》先生、真相《しんそう》知ってるんじゃないかな」

「あのガンジーが？　まさか。そんなわけないじゃない、あたしは単位が足りなくなるくらい長い停学食らわされたんだから。絶対にない」

「ううん、絶対知ってるって。だから停学ですんだんだよ。教師怪我《けが》させたら普通は退学だもん。事実を知ってるからこそ、処分を緩和《かんわ》してくれたんだよ。そっか。小笠原先生に転勤を勧めたのも柏崎《かしわざき》先生なんじゃないかな」

私もブランコを漕《こ》ぐ。夜空に浮かぶ満天《まんてん》の星々が、煌《きら》びやかなダンスを始める。揺《ゆ》れる二つのブランコが、暗い夜に左右対称な線を描く。

「本来、上に報告しないといけないのに、そうすると館下さんのことも知られちゃうから、澄《すみ》多《た》さんの意志を尊重したんだよ。滅多《めった》にいないよ、あんないい先生」

澄多さんは茹《ゆ》でダコになっていた。感謝されることに不慣れなのだ。

私はここぞとばかりに、今までの仕返しをすることにした。

「話は変わるけど、あの皿ありがとね。わざわざデパートまで足伸《の》ばして高いやつ弁償《べんしょう》してくれて。大切にするからね」

茹でダコから煙《けむり》が立ち上った。私のヘンテコな仕返しはまだ続く。

「そして、行き場のなくなった私を住まわせてくれてありがとう」

彼女が私を家に招《まね》いたのは、至極単純な理由からだ。

「私が泣いてたからでしょ。困った人を見ると放っておけない性格なんだね」

煙の密度が濃《こ》くなった。次でラストだ。……ただ、これはかなり厚かましい。

「その恩返しに高校卒業までの三年間、澄多家の家事全般、私が引き受けることにする」

我ながら図々《ずうずう》しいと思った。断られたらキッパリ諦《あきら》めるつもりだった。けれど、

「好きにすれば。せいぜいこき使ってやるわ。覚悟《かくご》なさい」

アイロンがけしてないシャツみたいに、ヨレヨレの声で容認してくれた。私はブランコから飛び降り、澄多《すみた》さんに向きなおる。

「帰ろう、私達の家に。そしてこのはてしなく長い道を一緒《いっしょ》に歩こう」

「残酷《ざんこく》な道ね。くたびれそう」

「疲れたら家で休めばいいよ。ホームはいつでも帰ってきていいところなんだから」

「ホームじゃなくてカーサでしょ」

「……そうだったね」

私は息を整える。そして、脳裏に桜並木を思い描き、

「帰ろう、私達のカーサに」

私と澄多さんは夜闇《よやみ》の中を歩き出した。


「杏花《きょうか》。早く!」

鞄《かばん》を抱《かか》えた私は、急いで玄関《げんかん》に走った。

「グズグズしてると遅刻だよ」

急《せ》かしてくる澄多さんに、私は「歩いてて、追いつくから」と先を促《うなが》した。「わかった」と素《そ》っ気《け》ない返事と共に、外廊下《ろうか》を靴音《くつおと》が遠ざかって行った。……本当に行ってしまった。

私はムスっとしながら靴に踵《かかと》を収《おさ》める。顔を上げると銀色のドアノブが目についた。

ここはもう開かずの間ではない。彼女がお葬式《そうしき》から帰ってくるなり、数年分の埃《ほこり》を二人で掻《か》き出し、今ではキレイなものだ。バルコニーもピカピカにした。水を撒《ま》き、土汚《よご》れをブラシでこそぎ落とした。ホースから迸《ほとばし》った水が霧状《きりじょう》に拡散し、私と澄多さんを繋《つな》ぐように、小さな虹《にじ》ができていた。そう、雨を抜けた先には虹ができているのだ。この七色の橋は、人の心と心を隔《へだ》てている溝《みぞ》にだってかかるはずだ。

手始めに、キリちゃんと砂森《ゆなもり》君に、澄多さんを紹介《しょうかい》した。今はまだたどたどしい間柄《あいだがら》だけれど、澄多さんなら絶対大丈夫《だいじょうぶ》。いずれ他《ほか》の同級生とも良好な関係が築けるはず。だって、彼女は自身を濡《ぬ》らしていた雨を越えたのだから――。

秋になったら、もらってきたバラの種をプランターに植えようと思う。いつか必ずバラは咲くはず。いっそ本格的にガーデニングでも始めてみようかな。あとで相談してみよう。

外廊下を進み、階段を下り、入り口で待っていてくれた澄多さんと外へ出る。

「バス時間迫ってるからダッシュ」

私達は肩《かた》を並べ走った。今は私もバスで登校している。せっかく一緒に住んでいるのだから、並んで校門を潜《くぐ》りたかったのだ。澄多さんには早く自転車に乗れるようになってもらいたい。

そうなれば私も新しい自転車で登校できるのに。ちなみに名前は、『ナイト9000』だ。

……アウトレットで九千円だったからだ。

「杏花《きょうか》、もっと速く！　これじゃあ間に合わない」

「私は誰かさんの速度に合わせてるんだけどな」

「それ、あたしが鈍足《どんそく》ってこと？」

「読書もいいけど、たまには運動しないと、体が鈍《なま》っちゃうよ」

やけになって猛《もう》ダッシュする澄多《すみた》さんの後ろを、私は余裕《よゆう》でついて行く。朝日に照らされた地面には、葉桜が影を落としている。桜の季節は終わってしまった。残念ではあるけれど、悲しくはない。季節はまた巡《めぐ》ってくるのだから。来春は、私がチュイルリー南福住《みなみふくずみ》で桜を迎えればよいのだ。

雲一つない暮春《ぼしゅん》の空の下、私達は並木道を駆《か》け抜けた。

あとがき

初めまして、直井章《なおいあきら》という者です。このたび幸運に恵まれ、電撃文庫さんから本を出すこととなりました。まさか自分が作家デビューするとは、未だに信じられません。

思えば、小説を書き始めたのは、ただの気紛《きまぐ》れからでした。

……かれこれ二年前、私はふと思いました。

『パソコンの中に文書作るソフト入ってるけど、これ使ったことなくね』

はい、ほんと下《くだ》らない理由です。パソコンにプレインストールされているも、まるで使う機会のない『w○○d』がもったいなかったため、それで小説を執筆《しっぴつ》し始めたというわけです。

最初は誰かに読ませようなどとは考えていませんでした。フロッピーに保存し、日記のように机の引き出しに封印しておくつもりでした。

ですが人の心は変わるものです。書き終えた途端《とたん》、達成感に酔《よ》うあまり、勢いで『第十六回電撃大賞』へ応募《おうぼ》してしまったのです。

結果は見事に落選。当たり前ですね。ド素人《しろうと》が発作《ほっさ》的に書いた小説が受賞するほど世間は甘《あま》くありません。

気紛れで始めた執筆活動でしたが、やはり悔《くや》しさはありました。もう一回だけ挑戦《ちょうせん》してみようと考えるのに、そう時間はかかりませんでした。その後、断片的にあったアイデアを総動員して書き上げ、『第十七回電撃大賞』へ応募したのが今作というわけです。

最終選考に残らなかった私に声をかけてくださいました、担当の湯浅《ゆあさ》さま。誠《まこと》にありがとうございます。当初はメールの送信の仕方すらわからず多大なご迷惑《めいわく》をおかけしました。

イラストレーターのふゆの春秋《はるあき》さま。あとがきを書いている現在、まだイラストは見ておりませんが、ホームページを拝見《はいけん》させていただきました。とても繊細《せんさい》な作品の数々に、私は心を奪《うば》われました。イラストが出来上がってくるのを心待ちにしております。

最後になりますが、この本を手に取ってくださいました皆さまに、心からの感謝を述べたいと思います。まだまだ至らぬところが目立ちますが、それでも末永《すえなが》く見守っていただければ幸いです。

二〇一一年　九月　直井　章

本書に対するご意見、ご感想をお寄せください。

■

あて先

〒102-8584 東京都千代田区富士見1-8-19
アスキー・メディアワークス電撃文庫編集部
「直井 章先生」係
「ふゆの春秋先生」係

■

電撃文庫

桜色《さくらいろ》の春《はる》をこえて

直井《なおい》 章《あきら》

発　行　二〇一一年十一月十日　初版発行

発行者　髙野　潔

発行所　株式会社アスキー・メディアワークス
〒一〇二-八五八四　東京都千代田区富士見一-八-十九
電話〇三-五二一六-八三九九（編集）
http://asciimw.jp/

発売元　株式会社角川グループパブリッシング
〒一〇二-八一七七　東京都千代田区富士見二-十三-三
電話〇三-三二三八-八六〇五（営業）

装丁者　荻窪裕司（META + MANIERA）

印刷・製本　加藤製版印刷株式会社

ISBN978-4-04-886082-6 C0193

電撃文庫創刊に際して

文庫は、我が国にとどまらず、世界の書籍の流れのなかで〝小さな巨人〟としての地位を築いてきた。古今東西の名著を、廉価で手に入りやすい形で提供してきたからこそ、人は文庫を自分の師として、また青春の想い出として、語りついできたのである。

その源を、文化的にはドイツのレクラム文庫に求めるにせよ、規模の上でイギリスのペンギンブックスに求めるにせよ、いま文庫は知識人の層の多様化に従って、ますますその意義を大きくしていると言ってよい。

文庫出版の意味するものは、激動の現代のみならず将来にわたって、大きくなることはあっても、小さくなることはないだろう。

「電撃文庫」は、そのように多様化した対象に応え、歴史に耐えうる作品を収録するのはもちろん、新しい世紀を迎えるにあたって、既成の枠をこえる新鮮で強烈なアイ・オープナーたりたい。

その特異さ故に、この存在は、かつて文庫がはじめて出版世界に登場したときと、同じ戸惑いを読書人に与えるかもしれない。

しかし、〈Changing Times,Changing Publishing〉時代は変わって、出版も変わる。時を重ねるなかで、精神の糧として、心の一隅を占めるものとして、次なる文化の担い手の若者たちに確かな評価を得られると信じて、ここに「電撃文庫」を出版する。

1993年6月10日
角川歴彦

桜色の春をこえて
直井 章
イラスト✿ふゆの春秋

目次

デザイン◎荻窪裕司